主　办 \ 江汉大学新诗研究所
顾　问 \ 李强
主　编 \ 柳宗宣

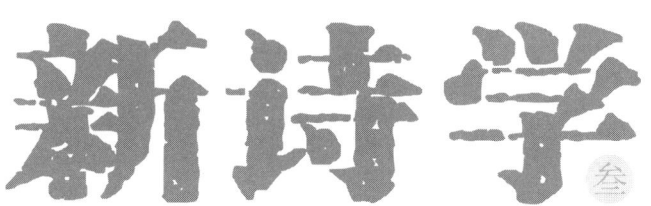

山西出版传媒集团　北岳文艺出版社
BEIYUE LITERATURE & ART PUBLISHING HOUSE

·太原·

目 录 Contents

辑一　　/ 吕德安研究

吕德安诗选 / 3

论吕德安 / 52

神秘的陌生人
　　　　——读吕德安的诗　/ 楼河 / 52
"写微不足道的事物，顺便将黑暗沉吟"
　　　　——读吕德安　/ 纪梅 / 76
吕德安谈诗　/ 张耳 / 88
寂静的知识　/ 于坚 / 93
第六届东荡子诗歌奖答谢词　/ 吕德安 / 95
与"画"有关　/ 吕德安 / 96

辑二　　/ 陶诗研究

陶诗研究 / 木朵 / 101

辑三　　/ 学院视线

李龙炳诗选 / 137

论李龙炳 / 140

李龙炳的乡村书写和他的理想主义　/ 周东升 / 140

阿西诗选 / 150

论阿西 / 155

无界的旅人
　　　　——读阿西近作　/ 朱峻青 / 155

辑四　　/ 学院

李建春诗歌 / 169

随笔 / 178

拇指书 / 178

李建春小辑 / 197

是兴，不是见证
　　——答《飞地》十问 / 李建春 / 197

辑五　　/ 对话

夏宏访谈 / 205

如同回到了呼吸 / 205

黄斌诗选 / 217

辑六　　/ 宫林作品

宫林简历 / 225

宫林随笔 / 227

水墨交响　苍茫无声
　　——韩国画家金正铉的水墨绘画 / 227
安迪·高兹沃斯作品《石屋》/ 230

论宫林 / 233

稍纵即逝的瞬间
　　——宫林作品《冰人》/ 莱纳特·乌特斯特罗姆 / 233
宫林的"借潮汐而生"的大地作品 / 柳宗宣 / 235

辑一 / 吕德安研究

吕德安诗选

论吕德安

神秘的陌生人 / 楼河
——读吕德安的诗

"写微不足道的事物,顺便将黑暗沉吟" / 纪梅
——读吕德安

吕德安谈诗 / 张耳

寂静的知识 / 于坚

第六届东荡子诗歌奖答谢词 / 吕德安

与"画"有关 / 吕德安

　　吕德安,1960年3月18日出生于福州市马尾镇。1976年高中辍学上山下乡当知青。1978年考入福建工艺美术学校,并开始学习写诗。1981年毕业后在福建外文书店从事美工十年。1983年与诗人画家同仁创建诗社《星期五》,并成为南京著名诗社《他们》的主要成员,此间一些早期重要作品已陆续发表问世,个人诗集有《纸蛇》《另一半生命》。1986年正式出版诗集《南方以北》。1992年旅居美国纽约,以画谋生,创作长诗《曼凯托》。1994年获首届《他们》文学奖,同年底回国在福建家乡北峰筑居山中,修园,绘画,并着手长诗《适得其所》的创作(此诗断断续续历时十五年基本完稿)。1998年再度出国,从此游居纽约、福建两地至今,此期间多次受邀参加国内国际诗歌节和一些重要汉语诗歌奖评委会,并多次参加北京牟森"戏剧车间"从事戏剧实践。2000年后,创作重点偏向绘画创作,出版诗集《顽石》。2011年出版诗集《适得其所》。同年获云南高黎贡诗歌主席奖。现为"影响力中国网"诗歌主持。

吕德安诗选

沃角的夜和女人

沃角,是一个渔村的名字,
它的地形就像渔夫的脚板,
扇子似地浸在水里,
当海上吹来一件缀满星云的黑衣衫,
沃角,这个小小的夜降落了。

人们早早睡去,让盐在窗外撒播气息,
从傍晚就在附近海面上的几盏渔火,
标记着海底有网,已等待了一千年,
而茫茫的夜,孩子们长久的啼哭
使这里显得仿佛没有大人在关照。

人们睡死了,孩子们已不再啼哭,
沃角,这个小小的夜已不再啼哭,
一切都在幸福中做浪沫的微笑,
这是最美梦的时刻,沃角,
再也没有声音轻轻推动身旁的男人说:
"要出海了。"

1979年

残疾的女邻居

残疾的女邻居,跟我一块长大
我们是在花朵相仿的年月出生
当她又挪动椅子坐在门槛
我已一抬腿就能跨过篱笆

一早,她的眼睛里的那双翅膀
拖过地板,房间里就有太阳冷漠地歌唱
可我一抬腿就能跨过篱笆
心中铭记一句话:奔向远方

她是天生双脚残疾,还在萎缩
我们之间怎么能存在爱情
她还要长大,直到找到她的痛苦
而我一抬腿就能跨过篱笆

这是天生的,她还要去习惯永远
被粘住在地面,被一步步地吞噬
而我一旦抬腿跨过篱笆
兴许永远不再回来:消失在远方

1983年

我的情人

含泪的星星,含泪的情人
今夜你父亲的船漂泊不定
你父亲的房子醉意逼人
亲爱的,我们出去走走,这样会好受些

不要这样羞怯地啃啮着指头
我知道那是十座最美丽的家园
你的未来会有众多的爱情红葡萄
你将是一个十分出色的幸福的主妇

可是今夜你父亲实在醉得太厉害
他那单眼皮的石头使我的鸟儿惊慌
他床单上的皮鞋活像两只大黑猫
他呕吐的地方明天将长满荒草

我掏不出那颗订婚的水晶戒指

我的心漫游在茫茫海上
含泪的星星，含泪的情人
我的穷口袋里只有一本月亮的诗集

不要这样羞怯地啃啮着指头
不要低着眼睛让我心碎
亲爱的星星，亲爱的情人
我们出去走走，上哪儿都行

1983年

吉他曲

那是很久以前
你不能说是什么时候
在什么地方
那是很久以前

那是很久以前
你不能说出
具体的时间和地点
那是很久以前

那是很久以前
你不能说出风和信约
是从哪里开始
你不能确定它

那是很久以前
就像你不能说出
林中的风和泥土的信约
那是很久以前

就像美好的来由
谁也说不出

让快乐陪伴你
让痛苦陪伴你

你不能说出嘴唇
是由泥土制成
还是由话儿制成
当你想说的时候

你不要说手指
当你们相遇的时候
风儿轻轻吹拂
不要说这是冰凉的

也许事情就是这样
但你不要说——
只是当你突然怀念起什么
就请你怀念着什么

    1984年

父亲和我

父亲和我
我们并肩走着
秋雨稍歇
和前一阵雨
像隔了多年时光

我们走在雨和雨
的间歇里
肩头清晰地靠在一起
却没有一句要说的话

我们刚从屋子里出来
所以没有一句要说的话

这是长久生活在一起造成的
滴水的声音像折下一枝细枝条

像过冬的梅花
父亲的头发已经全白
但这近似于一种灵魂
会使人不禁肃然起敬

依然是熟悉的街道
熟悉的人要举手致意
父亲和我都怀着难言的恩情
安详地走着

1984年

断 木

这根断木脱离树身
猝然落在瓦顶时
洒下了一大片绿叶
声音阴郁而沉闷

它危险地坠下时
宛如一声长叹
老朽的瓦顶
牙床似地为之震颤

记得当时我正在屋里
吓得像门被人踢开
与我独守的寂静,也感到
一阵沙尘使它起了变化

邻居们纷纷出来张望
并且争着议论不休
去年冬天下过一场雪
也唤起同样的好奇

但我不想到外头去说
因为它不比雪的夭折更美丽
我只想等它化为寂静
让我的屋子恢复原样

哟，就让它危险地搁在上头吧
就让它干枯于人的记忆吧
当我又快活地忙起来时
听见风在树中不停地歌唱

　　　　　1985年

和初恋情人在屋子里

和初恋情人在屋子里
比外面的一切都更刺激
当我们彼此注视
命运也在天上注视着我们

我小心地动着她的衣扣
而她的形态很茫然
手迅速地抓向窗帘
因为那里透着一道窟窿

那是一道光就要把她
变一个真正的女人
而那天，我终究没能把她
变成个真正的女人

啊！那也是天生的一幕：
当她在暗中泪流成河
我仍旧默默地抚摸她
始终笨拙地亲吻她

　　　　　1985年

献 诗

草场上有人在装草
赤膊闪耀金光
四周空空荡荡
唯有他独自欢畅

装草人似乎很懂得
享受这大片青草
他累了就坐下来
满足地四处观望

他大清早就干起来了
把草堆得房子一般高
只是过不久将全部运走
给过冬的牲畜充槽

眼前还有更大片未割
等他记得下次再来
等他下次再来时
影子般漫游在大地的怀抱

1986年

也许是一次合唱

在房间里,窗帘的颜色
能改变一切。就像白昼
光线下的一棵树影
而我的耳畔只听到:
如果你爱我就要有勇气
把我带入这样的房间

唯一的变化是那幅窗帘
在房间里,它是我心灵的慰藉
那棵树也一样,它让小鸟

浓荫下唱得更炽热:
如果你爱我就要有勇气
把我带入这样的房间

许多年过去,换过多少房间
窗帘依旧,只是更加稀薄
树也不复存在,但是风中
一个声音时远时近:
把我带入这样的房间
如果你爱我就要有勇气

1986年

一支歌

一路上他都在这么想
今天我有三件奇异的事
如果我存心要忘掉
那定是我的鞋子发了疯

第一件是清晨的
有人被鸟儿唤醒
接着是城市的喧嚣升起
把鸟儿们逐渐淹没

第二件是中午所见
一个单身汉孤独的见解:
一副为爱情损坏的面孔
有着抽屉的陈腐气息

第三件是傍晚和夜晚
那是纯属心情的歌曲
歌中唱到:我有一副死人的耳朵
和一本死板的书

一路上他都在这样想:

虽然这些都是昨天的事
如果我存心要忘掉，走得远远
那一定是我的鞋子发了疯

1986年

挖　墙

在房间里，一堵堵高墙间
应该有通风的门，一扇或两扇
能并肩走过两个人，高高兴兴
需要两个肩膀那样宽大自在
让南风穿过去与另一间的北风会合
这是泥瓦匠多年前的建议

我学会了许多知识以外的东西
在房间里，一面现成的墙
如今叫人来挖掘，就好像你
终于懂得把多余的东西
都归还给土地，里里外外
再回过头来把自己改变

那些落在地面的砖土也一样
运到别处成为令人活跃的一堆
像原始人自己的金字塔
而一扇门成形，它的空间就像
房子本身的记忆新打开的空间
让南风穿过，施展孔雀的尾翎

多少年过去，我还记得那时我
似乎更愿意让门保持洞的模样
上面一道道凿子啃啮的痕迹
高兴看到它先是眼睛大小，再是
一个人，两个人，足够并肩走过
在房间里，在一堵堵高墙之间

1986年

泥瓦匠印象

但是他们全是本地人，
是泥瓦匠中的那种泥瓦匠；
同样的动作，同样的谨慎，
当他们踩过屋顶，瓦片
发出了同样的碎裂声，
再小心也会让人听见；
而等他们终于翻开屋顶，
尘埃中仿佛已升到天上。
啊！都有着同一副面孔，
都在太阳落山时消失。
都为同一件事：翻身一遍。
但这次却更像是我们的原型，
一个个笨拙地爬过屋顶，
但无论从时间还是从动作
都像已经过去了，又像
仍旧停留在夜里，
已经整整一个时代。

1987年

沉 默

沉默，有时候我找到它的背后
在深处拾起它的石头
沉默，有时我是发生在其中的
一件事——继续拾起它的石头

基于对时光的认识
我深信黑暗只是一片喧哗的
找不到语言的嘴唇
像爱，像雪……

沉默是否就是这样一种黑暗

在它的阴影下,我尝试着说话
或者,我终于能拾起那块石头
远远地扔出它的肩头

1987年

种种邀请
——献给弗洛斯特

要不托人告诉你
要不写信
或用一次闪光
或留下一顶帽子

弗洛斯特
这只是暂时分别
迟早我还会回来
踩响你的树枝

1987年

风 景

经过多年的失望
我终于搬走了窗口
但仔细一想,事实上
搬走的只是它的框架

黑洞洞的,世界仍在原处
可我毕竟已经离开
在它的远方行走
背负它的窗子框架

天边飞过相似的候鸟

想象当年的我也一样
重复地走过这个或那个远方
背负着自己的窗子框架

    1987年

河床中的男人

我静静的来到河边，比河面高出一人
但令人吃惊的却是暮色的河床
一个男人半浸在水里；他笨拙
而原始的橡胶衣服不怕水
又好似一个神沐浴在天光里
我知道那是一个凡人在劳动
当他把一些脏东西从水中捞起
河水浑浊地叹息。然而他不在乎
对他来说这是一天的活儿必须干完
谁能叫他分两次下水干同一件事呢

只有我们俩。我看见月亮随着河水上涨
他背上也有一团暗下去的火焰
我是说，感觉到一天的结束就应该回家
可他仍旧站得挺直，没有回答，没有动静
甚至没有影子。只有夜的黑暗
在暮色中推迟降临——兴许还会
破例降临两次。然而他不在乎
对他来说这是一天的活儿必须干完
谁能叫他分两次下水干同一件事呢

    1987年

洪水的故事

当初，洪水来过，一个世纪后
又把我们从台阶上惊起
先是不到膝盖一半，女人们
都只是轻撩裙子，鞋端在手上
来了，似乎只是来重复一下往事
来了，漫过街巷，让大小灰尘浮起
让深处的泥土开腔说话，重新浑浊一遍
而那时我在屋里，看见父亲
从床底拖出几箱重物，堆到床上
又很快把它们放回。那一天
若说受了惊吓,也不过是
小小岁月中换一条床单，寂静
寂静仍旧是廉洁的，而等五月过去
洪水就会静静地归入大海

而接下来的几个五月加快
和父亲去世后变得沉默
和山里的报信人跑来，那一天
我正在睡觉，他们已打开天窗
要把厨房搬到屋顶，要升起火
让彼岸的人知道我们在这里
"没有更好的地方了"——这是
父亲生前的话，现在重新回荡
而此刻，如果有人溺水失踪
那他一定正在海上漂浮，而往日
幽暗的街角，也一定有人提灯撑船
送来永久的救济：那一天
和今后的每一天

1987年

狐狸中的狐狸

你可能要到我这里来
你并不知道我是否在此
你按照惯例,准备等待
你的行动内部仿佛
早有一条常规的走廊

我也习惯了在你身边的一条路上
隐藏,在寂静的花朵后面
如今,我是多么容易感到自己
已不再是你的,而仅仅是你的
狐狸中一只逃离的狐狸

当我的周围只能用假设来证实
我的眼睛确实看见了你
已掠过那扇门
我又是多么容易为自己
又要现出身来感到欢乐

1988年

一次见证

我曾经长久地注视她:
一个孩子,当她用手掌
压住一只飞蛾
将它从地上抹去
如同抹掉一道颜色
惊奇中又留下更多
然而我的心没有
随着她而欣喜若狂
或跳动得更加厉害

但是我不知道，我如此
继续保持冷静可曾是
一次蓄意的纵容——
我只是在多年后
看着她瞳孔放大
一副要哭的样子
才终于伸出手，并一把
抓住了她成长的秘密

1988年

少女踩过冰冻的草坪

少女踩过冰冻的草坪
细微的脆裂声传入体内

那不是蛇的咝咝声
那是雪缝里仿佛有知觉的草

发出水晶般的喊叫
她望着。而某些东西

确实镜子般碎裂了
正如那少女所震惊

和预感的。哟，上帝
在你轻妙的足迹里时光流逝，

而那少女晶莹剔透
她正思量着如何踩过

再踩过，而我们一旦注视她
也许就能喊出你的全部名字

1990年

回　忆

我半躺着，床旁镜子里站着一个女人
她高过镜子一倍，只看得见她的
腰，和一半的乳房

她很美，美过镜子里的天空
美得令人窒息
那腰以及那一半的乳房

就这样占据了整个镜子
而我半躺着
仿佛生活在水底

她真是太美，从未显露全部
如果她低下身看自己
乌亮的头发，悄无声息地再看看我

我就会死亡，或起身叹息，
像先人留在坟墓里的
一把梳子

1990年

一　月

从低沉的天空偶尔可以看见
鸟儿在努力飞高，双翅愈变愈小
但分辨得出，那是它在那里
一上一下地拍打，它在那里
游向更高处，它在那里飞过
并证实了你以为是云的，并不是云
而是一块光的田畴；天有多高
没有意义——这个——它不会
与你一样尽量去弄明白，但是倘若

那悠闲的姿态一下子变得严峻而冷静
那黑色的一点,会让你在窗前预感到什么
你的心也会因此留下一个印象:
"鸟儿已飞过天空,我迟早
也得从这里离开。"

1990年

纽约今夜有雪

纽约今夜有雪——那又怎样
我们眼睛里的黑暗将首先降临
不是在曼哈顿和罗斯岛
也不在其他任何地方

整个匆忙的一天尚未过去
但我们已准备放下手中活
至少开始等待并感觉到
今夜将是一年中最黑暗的一夜

我们看见鸟儿飞过天边
想必它们也知道天气的变化
慌乱中寻找一次降落
就像我们眼睛里的黑暗

会在什么地方——大家都在说
纽约今夜有雪。此事虽未证实
但有一点是:明天我们不是被雪覆盖
就是被自己的黑暗完全笼罩

1992年

十一月的向导

告诉你我不过是个异乡人
只知道要去的是座岛屿
后来主人却称它是村子
几棵树围成一片林子
林子外又是林子
而海就在方圆几里外翻卷

这些老而又老的房屋
在汽车里老远就能看到
只是它们的主人多半不住这里
一年也难得跑回几趟——
闲着，闲着这么个好地方
而海就在方圆几里外翻卷

这里安静得好似一段故事
一段故事的终结，令人向往
相传百年前的某一天
海啸卷走村上的一半房子
卷进海底，其中还有一座教堂
而海就在方圆几里外翻卷

房地产商人跑了，像落叶一样
当地人跑了，像落叶一样
但是不久又都回来——
跟走的时候没有两样
哟，天知道外边发生了什么
而海就在方圆几里外翻卷

更多的人也来了。他们
围起篱笆，造出更好的教堂
海边，海边的那些游艇，
也都放着鱼竿，像模像样
这是有钱人喜欢这样玩
而海就在方圆几里外翻卷

因为白天有鸟,夜晚有星星
有钱人有钱,花得起这些
而真正的当地人都已变老
因为每天傍晚他们都在念叨
念叨那阵阵钟声从海面上传来——
他们说着那沉入海底的教堂

而海就在方圆几里外翻卷

1992年

曼哈顿

如果在夜晚的曼哈顿
和罗斯福岛之间
一只巨大的海鸟
正在缓缓地滑翔,无声

无息;如果这是一个
又刮风又降雪的夜晚
我不知道这只迷惘的海鸟
是不是一时冲动

这是两个透亮的城市
中间是不断缩小的海
在夜晚,如果鸟儿
仅仅是想适应一下如何

在一道道光的缝隙里生存
抑或借助光和雪
去追随黑暗中的鱼群
那么,但愿它如愿以偿

如果我还惊奇地发现,这只鸟
翅膀底下的腋窝是白色的

我就找到了我的孤独
在曼哈顿和罗斯福之间

1992年

冻 门

在镇上，一座荒废多年的土屋
印象中不过肩膀高，七八间房
都露了天，这正好是孩子们
逃学的好去处，他们跑来
搬进石块又逐个地往外扔
砸到谁，谁倒霉。现在轮到你
独自躲进去，好叫大家一间间地找
找不到，干脆扔石头试探
所有可能的角落，或者祈求来场雨
让雨赶出兔子，再一下子抓住不放
但来的却是父亲，吓跑的却是自己
父亲的威力是寂静。说来奇怪：
父亲只稍轻轻一站，你就立即现身

冬天，下起漫天雪，一片苍茫
冻住了门。只关上半个房间
后来房间也消失了，肩膀高，都埋进雪
辨认、辨认不出这里和那里
兴许这是大自然的风和雪
在模仿孩子们的游戏，当孩子们睡去
房子已变成了坟墓，那些我们以为
是房间的，现在不过是一片虚无
到处都不再有区别，而你必须放弃
你已经是大人了，这是父亲坐着
在饭桌上说的。远近镇上到处
都有人在劝说。而我不是那个孩子
在我的梦中那扇门早已自己豁然敞开

1992年

古 琴

那里，一具形状怪异的古琴
当他把它挂在墙上
墙上就仿佛出现了一个洞穴——
房间里多出一个洞穴的生活
他不愿意这样，这是白天

晚上，他手痒，试图弹奏它
想象人们坐成一堆，等着喝彩
想象古代夜晚的情景
但没有人，琴也不听使唤
他不愿这样，他把它挂向

风中，睡觉前希望它产生魔术
但没有魔术，只是他自己在睡去
他梦见有人在风中挖掘着音乐
而他的身体就是在这样的音乐中
像一块逐渐消失了重量的石头

幽暗而空洞，这是在他惊醒时喊
他又把琴随便放在一个地方
但耳朵里仍然有人在挖掘
声音像白天一样遥远，像地狱里
盲人音乐家的手指。他不愿意这样

1992年

鲸 鱼

冬夜，一群鲸鱼袭入村庄
静悄悄地占有了陆地一半
像门前的山，劝也劝不走
怎么办，就是不愿离开此地

黑暗，固执，不回答。干脆去
对准它们的嘴巴的深洞吼
但听到的多半是人自己的声音
用灯照它们的眼睛：一个受禁锢的海
用手试探它们的神秘重量
力量丧失，化为虚无，无边无际
怎么办，就是不愿离开一步
就是要来与我们一道生活
这些鲸鱼，虽说是两栖，有享受
空气的自由，爬行和村庄的月亮
甚至陆地的一半权力
但这些，并不能让我们
赶在死亡之前替它们招来潮汐

硕大的身躯像在一场拖延时间的哮喘病中
挨到了天亮，打开窗口，海
就在几米之外，但从它们的眼睛看
它们并不欢迎，它们制造了一次历史性
的自杀，死了。死加上它们自己的重量
久久地压迫大地的心脏
像门前的山，人们搬来工具
试图把它们移开，人们像在挖土
但土会越挖越多，而如果碰到石头
那些令人争议的骨头，就取出
砌到墙上变得不起眼；
像门前的山，人们在上面挖洞
从洞挖向洞，都朝着大海方向
人们把它们的脂肪加工成灯油
送给教堂，剩下的给家庭，四处
四处都散发着鱼肉的腥味
和真理的薄荷味，哪怕在今天
那些行动仍具有说服力
至少不像鲸鱼，它们夜一般的突然降临
可疑，而且令人沮丧

1992年

看房子归来有感而作

两座房子,我都喜欢:
一座靠近地铁,离曼哈顿
十五分钟,就像广告上说的
"是您理想的选择"
(当然,这句话总在你来去之间)

另一处,远在海边
偏僻孤单,有海风带来潮湿
有海的喘息帮助睡眠
还有月亮清光缕缕
照进房间,装饰着黑暗
和墙上的裂缝,这些都适合你
对寂静的冥想

都有着美好的允诺——
两座房子,我都喜欢
所以哪一天,你如果恰巧
看见我从一扇门前躬身退出
又在遥远海滩上翻滚
那就一定是我正在痛苦
正在寻找理由去决定
如何体面地辞退其中一个

1993年

勤奋的玻璃工人

比想象的要早——他
几天前来过一次,忘了带
尺子,只好用手上下比划
把尺寸记下

接着整个星期过去

再没有他的消息
我想,那些窗户恐怕他
迟早还要再来量一次

"同样的尺寸,一共两扇!"
这是我在大声喊——
那时我在后院的花园
而他已经爬了上去

而此刻轮到他冲我喊
在那片玻璃外面
在不断地变化手势
想来需要某种帮助

一个哑巴,又腾不出手
那样子像冻住似的
中间隔着一个季节
背后的雪里停泊着汽车

多年之后,我还记得这一幕
那一天,我还在睡觉
他已装好玻璃,房间
顿时变得清新,温暖

1993年

河 马

河马从水面升起
我们希望它继续升起
一遍两遍,直到确认它在哪里
和它那酣睡的音乐

冬天,它那宽阔的背
需要爱抚,需要拨弄

或者，河马应该在栏杆里升起
像真理

啊！至少河马在水面上梳理
把它的石头皱纹和水的皱纹
加以区分是必要的
它那黑夜的颜色和水的玻璃颜色

但是此刻河马在哪里
我们期待它在水下的祈祷结束
啊！至少河马应该像教堂
当它升起，天空有翅膀的影子

大地湿漉漉一片，而我们眼睛如梦
继续摇晃在它的阴影里；而冬天
将重新估量它，用一种失落感
或一大堆过剩的干草

啊！河马应该像河马那样升起
像它往昔裹在云彩里的家——在那里
另一些夏天的河马雨一般降临
又几乎不曾落地

在那里，它们喝彩而我们在水下
屏住呼吸——一切恰如其分
而世界巨大的肉体的质问
终将在那里归于沉寂

1993年

解 冻

一块石头被认为待在山上
不会滚下来，这是谎言
春天，它开始真正的移动
前年夏天它在更高的山顶

我警惕它的每一丝动静
地面的影子，它的可疑的支撑点
不像梦里，在梦里它压住我
或驱赶我跌入空无一人的世界
而现在到处是三五成群的蜥蜴
在逃窜，仿佛石头每动一步
就有一道无声的咒语
命令你从世界上消失，带着
身上斑斑点点的光和几块残雪
而一旦石头发出呼叫，草木瑟瑟发抖
它那早被预言过的疯子本性
以及它那石头的苍老和顽固
就会立即显现，恢复蹦跳
这时你不能再说：继续
待在那里。你应该躲开
你会看见,一块石头古里古怪
时隐时现，半途中碎成两半
最后像一个饥渴的家族
咕咚咕咚地滚到山底下聚会
在一条溪里。这是石头的生活
当它们在山上滚动，它们
一块笔直向下，落入梯田
一块在山路台阶上，一块
擦伤了自己，在深暗的草丛
又在一阵叹息中柔软地升起
一块又圆又滑，轻盈的
蓝色的影子沾在草尖上
犹如鲜血滴滴。我想
就是这些石头，不像在天上
也不像在教堂，可以成为我们的偶像
它们只是滚动着。一会儿这里
一会儿那里，一会儿在我们的梦中
在我们上面画着眼睛的屋顶——
而正是这些，我们才得知山坡
正在解冻，并避免了一场灾难

1993年

群山的欢乐

这无穷尽的山峦有我们的音乐
一棵美丽而静止的树
一块有蓝色裂痕的云
一个燃烧着下坠的天使
它的翅膀将会熔化
滴落在乱石堆中
为此我们听见群峰在夜里涌动
白天时又坐落原处
俯首听命。我们还听见
山顶上石头在繁殖
散发出星光,而千百年来
压在山底下的那块巨石
昏暗中犹如翻倒的坛子
有适量的水在上面流淌
满足着时间——
然而用不了多久
这些东西都将化为虚无
我们苦苦寻觅的音乐还会消失
我们将重新躺在一起
接受梦的爱抚
她关心我们的身体
要把我们托回摇篮
她甚至对那些滚下山的石头
也有恰当的祷词,让它们重新回到山上
恢复其石头本性,哟石头
我们听到:就放在这里:
这春天里的你和我

1993年

天 鹅

圣诞节前的一个傍晚,小镇附近海面
一群天鹅游弋;它们十几只,足够可以
在一起过冬。波光中,它们的逐渐靠近
使一座房子生辉。那是童年的事了
那时大家不懂得孤独,只知一味地玩
直到潮湿的春天,来了个流浪汉,一身雪
要求住下来,又好像要将自己在屋子里埋葬
而等他终于睡着,大家才感到了某种释放——
今天我驱车回家,车灯扫过那座房子,这又记起它
那一天,房间里多出一个人,像上帝
照亮了孩子们,又顷刻间把他们驱散
而那些天鹅,十几只,没有飞远,没有害怕
也没有羞怯,仍旧一副岁月悠悠的模样
仍旧期待着,期待房间恢复光亮,只是
风吹落了它们羽毛上的黑暗
纷纷扬扬还带着降雪的迹象

         1993年

诗歌写作

我离开桌子,去把
那一堵墙的窗户推开
虫儿唧唧,繁星闪闪
夜幕静静地低垂

在这凹形的山谷
黑暗困顿而委屈
想到这些,我对自己说:
"我也深陷于此!"

我又回到那首诗上
伸手去把烛蕊轻挑

这时一只飞蛾扑来
坠落在稿纸上

身体在起伏中歇息
放亮的目光癫狂
而等它终于适应了光
信心恢复便腾身

燃烧了自己。前几天
另一只更粗更大
身上的虫子条纹
遮着天使般的翅膀

也一样,都是瞬间的事
都为我所亲眼目睹
它们的献身使火焰加剧
而光亮中心也是凹形的

多少年,在不同的光里
我写微不足道的事物
也为了释放自己时
顺便将黑暗沉吟
1995年

冒 犯

我曾经目睹石头的秘密迁徙
它们从高处滚落,轰轰烈烈
一些石头从此离开了世界
但另一些却留下,成了石头遗址
没有什么比石头留下不动更令人尴尬
那高耸的一堆,那长长的影子
白天,我看见它们落满庭院
成为我们出门时司空见惯的事物
而夜里,黑乎乎的吓人一跳

其实也只是一种幻觉：一块压着一块
顷刻之间仿佛就要倒在身上
就像当初某人受到了驱逐
逐出那道门，那门才得以确立
天堂才在那里存在——啊
如果是这样，但愿这累累的一堆
也能孵出我们希望的东西来
要不只怪自己来的不是时候
才看见石头变幻，变幻着闯入视野
我们知道那是土地的变故
那是地球松动，开始了滚动——
是的，也许那时候我们恰巧路过
还不知道如何安置自己
也许那时候我们也像石头
一些人留下，另一些继续向前
那留下的成了心灵的禁忌
那消失的却坚定了生活的信念

1995年

晨 曲

我原没想到，我竟然拥有一所
自己的房子，院前一大堆乱石
有的浑圆漆黑，从沃土孵出
有的残缺不全，像从天而降

四周弥漫着房子落成时的
某种寂静，而它们是多出来的
看了还让人动心：那满满一堆
或许能凑合把一道围墙垒成

但如果你不知道这些，路过时
猜不出它们出自何处——却偏偏
只晓得一句老话：点石成金

那么你怎能将我的心情揣度

啊,原原本本的一堆乱石
我想先挑出一块,不论它
是圆是缺,或是高兴或是孤独
我们真心真意,它就会手舞足蹈

      1995年

两个农民

两个农民把篱墙外的
那片山坡上刮干净
要不是我喊到此为止
他们准会干到那阴森的

林子那边,不知不觉。
"啊不",我让他们回头
用剩下的时间清理溪水
再将那片篱笆逐个地修长

望着他们远去的身影
我心想,过不久这里还会
长满荒草,山上的石头
还会滚入溪里,东倒西歪

这么大的地方我可管不好
多年来邻舍间的一块荒地
如今让我叫人梳理出来
又放下一片片可爱的树篱

占为己有了,才意识到
当初谁也不愿先动它,仿佛
大家喜欢守着它的荒芜
和那原始的静寞一片

现在可好,一整天心绪不宁
没准邻舍还有一片怨言:
我占有了我们之间这片荒地
却把他推向更远的荒芜

    1995年

傍晚降雨

一整天都在炎热中逃避,直到傍晚
传来阵阵雷声,接着起风下雨
让几乎枯竭的溪水充盈,形成了
所谓的山洪;哟,一整天我几乎
意识不到一点儿现实,直到雨
真实地落入山谷,才听见有人
在某处弯道上喊,隐隐约约
才知道在另一处那些曝晒了三天
用来扎扫帚的茅草花穗,要叫人来
把它尽数搬移已经来不及。或者

事实上附近并无一个确实存在的人
只有洪水在白天的黑暗里轰响
只有我坐在厨房里歇息喝着水
看着鸟飞过窗前,一只两只
看着雨陆续地落下,落在一个个盲点里——
哟,我以为这个世界再也不会发生意外
可是当我疯子似的跑进雨幕
脚踩着滚烫的石头,发现自己竟如此
原始和容易受惊,几乎身不由己

    1996年

掘 井

我曾经四处游荡，却最后在
自己的房屋附近找到水源一汪
我望着自己粗糙的手因奋力掏寻
而青筋凸起：那上面龟裂的泥巴

"这是手的雕像，"我对自己说
但我对日子的记忆却是湿乎乎的
我记得那道水源暗藏在杂草丛中
也是黑色的。"像上帝的居所"

但这是夜间俯身写在书本上的话
那阵子适合我的就是整天绕着水转
一勺勺地舀，或不停地用那用旧的
轱辘似的嗓门，喊出我的心事

但是当我像古人又在纸上写下"泉眼"
这两字，再去挖地三尺时
我所感到的禁忌就像我赤身裸体
冒失地跑过这咚咚响的大地

然而这些都没有让我停止挖掘
我写作时也有一道水源远远瞪视我
我学习着分寸，谨慎地将文字
像原地挖出的石头，把大地圈在几米之外

1996年

屋顶与池塘三章

1

昨夜我写池塘，写水里
从前的一所房子，以及在
所有可见的清晰中
一些东西仍然是虚妄的。
我写池塘，然后把它搅浑
为了证明写作就像一只
危险的船，那种下沉的感觉。
我写一个夏天的男孩在一阵阵的
黄金涟漪里企图发现什么
然而没有——只是他的影子在浮现
他的金色眸子在闪烁。
我还写青苔，那厚厚的一片
和那个被援用的男孩站在上面
如何开口呼唤，希望被听见
又傻乎乎地站在一边，仿佛被他自己
天使的声音完全镇住了——
啊，我写作就是如此，为证明
自己看到了什么，在那种
身临其境的感觉里。繁星点点。
我想如果我不能像那池塘
昏暗中依稀道出世界的秘密
至少我希望有回声——那声音
就像一个人同时出现在两个地方。

2

邻居老唐那金字塔似的瓦顶
曾经翻修过一次，那时他
爬上去，脸俯向房子内部。
我们知道那是他自己的恐慌。
毕竟他一直在过着漏雨的生活。
地板上放着青春期的脸盆。

现在好了,瓦匠们纷纷闪出一条路
好让他一个个地瞧那些窟窿。
而那时我们都在溪这边,像上帝
在看着一个小小的远方。
屋顶金光闪闪,而他摇晃
仿佛就要掉下去——他和他
在地面时真是判若两人。
啊!他在摇晃,不知道自己
有多危险。而等他站起来
肯定又要迁怒于某人。总之
他已经好久不说话
可一旦说起来又说得太多。

3

不过,某天我浸泡到水里
被一条蛇惊起,也一样
全身起着鸡皮疙瘩——
蛇?哪里有蛇?
我试图朝它扔出石子
但那里什么也没有。
我对自己说:那只是幻觉。
我童年时曾经希望
一个人能同时出现在两个地方。
或者一旦我踩入水里
保持双膝不湿,我也能像耶稣
站在那里对生活做一番解释。
然而我不能。蛇也不能。
如果它不在了,也仅仅是
它正沉溺于自我的欢乐
而我投出的那块石头
虽说落了个空,化作阵阵虚无
却也能把一天的心情满足。
我转身回家,想象着凶险
而你知道这一切并非弄虚作假。

1996年

继 父

1

当我一次次离开,去一个远方
我就会在电话里听到他——"喂!"

然后把我母亲喊来。
房间很小。在母亲如同丝绸之路上传来的

衰弱的声音背后,我听见
某种异常坚实仿佛鸟儿啄食的声音。

玻璃咣当响。母亲说,那是继父
用他的凿子在门后的那堵墙上

挖一个洞做鞋柜。
"半平方米,已经花了两天时间。"

2

我老在想,对上一辈我能做什么。
这些年来我总是一动不动

可动起来又跑得太远。还有
我在离城二十公里的荒山上

有一座自己的房子
院子里堆砌着顽石。

不过在我的有关家庭的梦里
它倒更像一个石头遗址

仅仅涉及风,以及我自己
那不断增长的听力范围。

3

去年父亲的第十一个祭日
我,弟媳妇和他们的女儿

在摆满碗菜的桌前烧纸钱
(我弟弟长期工作在外地)

母亲在厨房里。过道敞开
表示恭请父亲的亡灵回家吃饭。

门开着,挡住了继父
那个隐隐发光的鞋柜,

但客厅里,那面常年挂着挂历的墙上
一个更大更宽的洞,通向厨房

里面放着陈年食物:花生,鱼干
桂花人参酒,臭豆腐以及

其他一些传统的腌货。

4

我曾经仔细地想象过继父
想象他如何小心翼翼地踮着脚

在房间里,天花板下或一张
不怎么稳定的椅子上面,开拓

开拓父亲生前留下的小小空间
弥补那里的空缺,从而

流下合法的汗。而生活本来
就是低贱的。而我母亲爬上爬下

随时准备用一桶新鲜的油漆
波浪似地刷过再刷过

那一堵堵像被愤怒地啃过的墙。
而大家都站远一步,挺超越的样子——

啊!继父。至今我们还只管他叫叔叔
有时直呼其名——但也仅而已

1998年

秘密和见闻

现在,傍晚的街角弥漫着一股
岁末的土拨鼠的气味——
一个流浪汉躬着身
在拨弄着垃圾桶

"半个身子都进去了"我不由地喊
但声音仅存在心灵里
童年时,每次我俯向井口
听见的也是类似的声音

岁月深奥无穷,并处处留下
可分享的感情的迹象——这让人想起
他那塑料袋似的胃口的寂静
有着我丢下石头时,那井的虚幻

而生活又是怎样奇怪地充满希望
当一阵阵厉风刮过,他
蓬头垢面,仍旧赖着不走
而我也固执地长大成人

成为今天在某家女士商店门前
等待着的中年男子。因此,亲爱的

当你竖着领子,几乎是愤怒地出来时
我已懂得立即微笑地迎上去

甚至还俯向你,耐心地
探究你深处的原因,而后
疯子似的突然咬住你的耳朵
不住地说:"我爱你!"

1999年

漆 树

——献给漆画家唐明修

我的邻舍,住着一个磨漆画家
而我的院落里却长着一棵漆树
当他画着漆画,利用漆的光滑
我想起我写诗,把句子分行

那是另一回事。一天我问他
漆树何以变为颜料,回答是:
"从树脂中提取,仅此而已"
我回家记下这一行。那是另一回事

我开始注视那棵漆树。又问
这次他喝酒话变得多起来:
"漆在空气中变黑,那是漆的死亡"
我看到了一口盛满黑漆的

沉睡的瓷碗。世界发生了变化
我写诗因此而受到诱惑
我写道:院落里一个塞壬
正在它火红色的洞穴里

将时光吟唱。它还是某人的智慧树
我又写了另一句,毫无禁忌

这时，山上下来了另一个人
他路过，浑身被漆咬伤，痒

驱逐着他。但他手舞足蹈
就像两千多年前精彩绝伦的
庄周——只是他那受罪的身体
坐不下来。虽然仍旧是另一回事

就在那通向水潭的台阶上
从他那张幽灵般农夫的脸
我已看出，他若再迈出一步
就要飞了起来

      2000年

偷渡客的一天

1

"她最小的孩子是我生的！"
——神可以这么说，但春枝不能
他已被指定蓄意捏造事实。

国华梦见回家，高兴自己牵着一头牛
可到了村口，发现它竟活生生地牵在
一个陌生人的手里。

此时，灶上在煮玉米。一锅儿热腾腾的黄金。
只是，当患咳嗽的老卓再次咳嗽不止
天好像就要下雨，厨房好像就要下雨

"一度被困在墨西哥边境的玉米地里
整个星期啃着那玩意——"
只是，老卓他有权拒绝玉米。

在隔壁,他那有着酷暑顽固性格的肺
和昔日玉米田地里
悉悉刷刷的月光有权拒绝。

2

晚餐尚未就绪就已吃到一半。
看来一些结论
必须推迟到明天。

关于故乡的那个孩子
神可以说,但春枝不行
因为那个典型的有夫之妇

有着穿墙的听力。
总有一天她会从云端显现
诅咒他的冒失。

没有人愿意理解国华那头
子虚乌有的牛。
更没有人主动提出耕作,山山水水地。

而老卓煎熬的七天
是创造性的七天
鉴于他黑掉的身份,上帝迟早会替他

付掉那欠了半辈子的月光的房租
并允许他继续跑外卖
用他那阎王爷铜锣般的嗓门。

3

杯盘层层叠叠,人横七竖八。
一个吃剩的海。
但是今天是圣诞节。

"别人的节日。"
春枝流着口水。
国华鼾声如雷。

一个部落式的睡眠。
老卓继续滴酒不沾,继续在电话里
跟老婆问长问短。

一个太监式的农民。
冥冥中似乎有人提起
忘了吃桌底下那只母鸡。

那母鸡绑着腿
头歪向一边。它的温存
眼睛里的荫翳令人想起祖国

但那是另一个
另一个
遥远的结论。

4

清晨,一些人已陆续离开
感觉得到房子在恢复轻飘
可当我说;"那是房子的灵魂"

又睡去时,我的梦境就如
埋入墙壁里的鞋柜
散发出费解的光

我留意到客厅新房客回来了
桌面上回荡着报纸的声音
而冰箱龇牙咧嘴——

我猜那就是他,正在冰箱里
寻找空间

企图放进一些食物

或断定那是一只贼船
而他已上了岁数
才如此探头探脑

而且听说
他那两个偷渡的儿子
还在途中——

5

一个共有的房间。
在那里,"过去"再次
修复为一幅常景——

我父亲活着的时候
也曾常常一个人在厨房
慢腾腾地翻阅报纸,不时地发出

牲口棚里的牲口
踢踏干草叶的习涮声——
但是,往往这时候

生活的危险总会趁虚而入。
日子神出鬼没。这次我没有作声。
我仿佛又听见老卓在隔壁

像上帝一样咳嗽着。
好像他的嗓子
需要顽强地休息几天

好像
这是他
其结果就必然如此

2002年

给哑巴漆工的四则小诗

1

昨晚小阁楼的房梁上
垂挂着镜子般的水滴
如果它们不曾滴落
一串串地渗入房间

我就不会一边叹息
一边神经质地跳开
到楼下把你从熟睡中
拖起床。不好意思

说起昨夜的一场雨
我真感到自己老了
老得就像一个看守房子
的老神祇

周围没有一个说话的人
不过我还是说了：
"那水直落地板上
早已化成柔软的一摊——"

2

"那晶卵，如果它
从不曾滴落
而仅在自身重量里
轻如预言

那它的形象在时间里
就好比在别处
叫人一天都睡不好觉
狂自苦恼"

我好像说过类似的
老掉牙的话——
如果有，我想你也是
根本一句也没有听进去

所以莫名其妙
所以你来，其实是叫你来
帮忙挪动一下东西
但愿你不要介意

3

滴水穿石。雨永远
在暗中嘀嗒，可我似乎
更高兴站在亭子里的你
像古人给人以灵感

"啊，要把它们擦得
镜子一般亮是你的命运。"
"啊，风熟悉你手上砂纸的声音
还有你的漆刷"——

我说了吗？我不可能说
就像昨夜将你唤醒
至于那水滴如何长年地困扰我
我一句也没说。

我只是在看着你
在如何仔细地
端详那风吹雨淋
的四根柱子。

4

我很感激你，哑巴漆工
但是什么样的日子才是

修漆的好日子
不会说话的你

自然也不可能跟我说
但你是一个真正的艺术家
只是依稀秋风里，世界
显得有点来历不明

我很感激你不声不响地
漆呀漆，甚至不看周围一眼
仿佛那层层叠叠的山景
根本不存在

啊，都是为了让那亭子
在园子里更显端庄、祥和——
的确，它看起来
分外像亭子。

    2005年

弯曲的树枝

我看见一棵树弯曲着蓄满影子
（其实那只是一个下坠的树枝），
我看见它的一些影子燃烧着，
另一些却酷似波浪下的静水，
都死了似的在等风来掀开，
或人一样思量着如何摆动
才能倾注一生的力量；
我看见它几乎快倒在地上，
只是影子弯曲着试图爬回树上，
或扭曲地隐入空中，似乎那里
透着一道道缝隙，可供它们喘气，
享受这一天均匀的阳光。

如此阴沉沉地向大地低身,
我看见它四周没有一丝风,
只有生活本身的空无;
只有一些影子和影子的影子
(地底下兴许还渗透着影子)。
我坐下叹息,因为这里不是天堂,
却毕竟是先人留下的一份清凉,
多少值得回来一趟;我高兴自己
终于懂得从肩头放下孩子
让他在膝盖上歇一歇——也让他
高兴有这样一棵参天大树,
冥冥中总有什么东西在洒落,
飘飘然地,在更加浓密的另一边。

1986年改于2013年

两块颜色不同的泥土

1

两块颜色不同的泥土要制成陶——
怎么办?一个红色一个黑色
是昨天一个陶艺师傅亲手所赠
我当时有一番感激的话对他细诉:
一块红色一块黑色今后会升天
可当我说我想造一对亚当和夏娃
他说:上帝知道那是什么样的趣向

2

都裂着缝;表面上是互相陌生
的两种颜色,又彼此间存在着默契
我想到男人和女人,深知他们的确切存在
意味着那双弄凹他们的手

可当我说这正是爱的开端
他说：上帝知道那是什么样的趣向

3

我一边揉捏一边自言自语
我说泥土醒来了，却仍旧紧闭双眼
我说我手上跳动着火焰，就像
脉搏一样现实，可是当我说
但愿我能够赋予它们形状和性格
他说：上帝知道那是什么样的趣向

4

我不知道自己还说了什么，但我记得
那时我口无遮挡——事实上我还说
这是一个几乎没有的起点，尽管
仍存在距离，仍带着许多盲目性
为此我们必须展开艰巨而漫长的工作
可当我还要说出什么时，他便吐口水

5

口水溅在泥土上。他说：也许当初上帝
也是这么做的——然后自己跳开
他说：也许一个劳动者企图阐述的一种劳动
不过是让一种粘性一种湿度一种重量
最终还原上帝的一场儿戏
而上帝知道那是什么样的趣向

1987年，改于2017年

鹰

——赠韩东

开窗望去：一只鹰的身影
吊在空中已很长时间，
那静止的一幕恍若隔世，
似乎它喜欢这样把大地丈量
将山山水水看个仔细，而
这般地穷其一生，高兴中间
隔着一道寂寞可是叫人思慕的生活？
或者它符咒般地映在天空，
叫人一天眼帘跳个不停，
回到屋里还感到晕眩，
只好向着窗户苦思冥想；
我曾经不止一次地朝着那
黑点的天幕喊去——不止一声，
直到它拍起翅膀才敢释怀；
甚至家也搬到山上，用乱石堆砌，
似乎这样靠它近些，才好去证明
眩目的天空并非空无一物——
今天它豁然凸现在山顶，
又好似要销声匿迹——消失在
光的缝隙里，而我埋下头
把一首诗写得又长又短，
这是否也算作一种回应？
或者我真该再喊一声，
让这一天不再死一般沉寂，
或用力将石头一块块抛去，
再抬头仰望，直至目光充盈。

2019年

论吕德安

神秘的陌生人
——读吕德安的诗

楼 河

吕德安是第三代诗人中的代表人物。作为朦胧诗之后的诗人群体，第三代诗人卸下了自我身上沉重的象征负担，放弃了崇高性的表达，让诗歌回归到了更加日常生活与文本本身，从而也使诗歌更加注重对生活的想象和语言的建构。吕德安的诗歌也具有这样的特点，日常化的主题、专心营造的语感，同样是其诗歌的重要特征。在第三代诗人里，吕德安的姿态十分特殊，尽管他以诗歌闻名，但诗人身份始终没有成为他在生活中的最主要的角色，更准确地说，我们没有在他的诗歌里看到这样的形象。绘画是他的谋生手段，而乡村生活是他的记忆核心，他与诗坛维持着若即若离的态度：一直存在着，但从不深入中心。这种姿态让他对诗坛拥有一个观望的角度，知道其中发生了什么，但从不被话语权、声望等文本之外的概念所影响、所侵蚀。这种旁观者的身份，或许正是他诗歌风格一贯从容而稳定的原因。

因为一场争论，第三代诗人被分裂成两大具有对抗意味的阵营：知识分子写作与民间写作。吕德安并没有参与到这场争论之中，在民间和知识分子两大阵营里，他的形象是朦胧的，他没有"民间诗人"的那种尖锐的反对者姿态，也没有"知识分子诗人"那种对智性写作的骄傲心理，然而，知识分子写作和民间写作都能在他的诗歌中得到解读。很可能，正是由于吕德安身上这种特殊性，提示我们这场争论更像是一种意气之争。旁观者的身份让他避开了争论，也使他没有因为争论的极化而让诗歌成为任何一种写作观念的工具，他也不在两大阵营之外为了突显自己而故作姿态，依然不疾不徐地写他的诗，画他的画。这是一种低调，更是一种高尚。

高尚这种品质也表现在他的诗歌文本中。尽管他的诗歌也从日常生活中获取想象，但从未被后者的困境所羁绊，他诗歌的轻灵有一种精神上的自由，他对待身边的世界有一种温柔的爱意。"笨拙的诗"曾经是作者对自己诗歌写作的自况，但我更认为是"朴拙"。

吕德安的诗歌并不沉重，但质朴的特征却是很明显的，这一点，诗如其人。朴素是一种性格，也源于对生活环境的认知。虽然吕德安曾好几年时间生活在纽约这样的世界都市，而他目前也往返于福州与北京之间，但应该说，故乡山居生活才是对他影响最深的。乡村不仅让他与自然风物相连，也让他与农民邻居维持了亲切的友谊，可以说，他比同时代的著名诗人拥有了更加可靠的底层视角，他的乡村是活泼生动的，而不是刻板的被怜悯的对象。诗歌的朴拙与此有关：简洁，如朴素的生活，如世界未经雕琢的自然形象；谦恭，如农民对天时地利的信仰。

吕德安诗歌独特而稳定的面貌让他具有源头诗人的特征。他开创了中国当代田园诗的新类型，启发着后来者的写作，但他自己的写作又不局限于此。他寓居纽约时创作的诗歌，其主题、手法和思想都与出国前的诗歌有很大差异。但即使如此，如果仅从文本上分析，我们仍然可以看到一种连续性：所有的诗歌都有很强的画面联想，都有着温柔而特别的音调。

如果说诗的朴拙是一种内在风格，那么画面感和音乐性则构成了吕德安诗歌独特的语言形式。吕德安认为自己是一个视觉诗人，这完全合于他作为一介山民和专业画家的身份，目之所及与身心劳作的都是一个形象化的世界。而音调更来自他作为诗人的天赋，它首先是唇舌默读所产生的愉悦，然后又可以转换为声音，是诗歌语言本身组织出来的韵律。这两个特征是融合在一起的，视觉感受上的准确和微妙，与音调节奏上的多变和清润是对应的。在某些时候，我们可以这么说：视觉是吕德安诗歌的写作对象——他描绘了一种画面，而音调则是调动这些视觉元素的一种编织方法，甚至是一种力量。在他的诗歌里，视觉形象来自生活，但不是反映式的，而是想象式的。诗歌营造出来的画面感来自视觉的启发，而音调的起伏变化使它具有了幽微而难以捕捉的特点，隐秘地显影出一个超出实在经验的世界，因而包括那些抽象的思想，也在诗歌中有一种画面式的感受。所以，在吕德安的诗歌中，如果说视觉是对生活的赋魅，那么音调则是对视觉的赋魅。

赋魅的赋魅，使得吕德安的诗歌具有一种神秘性。这种神秘性也是他的诗歌的内在特征之一，其中一些诗歌的主题甚至是关于超验世界的，颇具宗教色彩，仿佛完全出离了自己的生活。这是一个非常值得讨论的话题。

如果我们承认自己的世界里有一个超验的本质化存在，那么我们就会对自己的生活持一种矜持的态度。反过来说，正是因为我们对生活有一种矜持的姿态，我们才发现了生活背后的本质化的神秘。从这个角度，我发现吕德安在诗歌主题的选择和使用上还有两个特点：

其一是普遍的劳作状态。吕德安的许多诗歌都有一个劳动的画面，譬如挖土、修墙、搬石头、装干草，譬如绘画与写作。劳动仿佛成了诗歌的巨大背景，许多诗歌主题都是在劳动场合形成的。应该说,劳动是一种日常生活的状态,而劳动本身的过程也能带来视觉上的灵感,肢体节奏的体验,使得诗歌的视觉性和音乐感因为这种日常性而变得基础牢靠。但从另一个角度上来说,劳作状态正合于海德格尔"诗意栖居"的思想,是存在向世界敞开的途径,是诗意蕴藉的过程。劳作的状态也是一种自在的状态,使我们在劳作中获得本质化的感受。

其二是诗歌的非社会性。劳作场面的描述让吕德安的诗歌呈现出与生活的亲切互动,但这更是一种美学意义上的呈现。事实上,诗人对于生活抱持着超然的态度,从而与自己周围的世界维持着一种十分简洁的关系。吕德安的诗歌不是社会化的,他没有强烈的介入意图,即使有对现实的讽喻,也显得非常隐晦,托付于充满歧义的象征。除了纽约生活期间的诗歌容纳了相对复杂的社会面貌之外,他的大部分诗歌都饱含着对生活单纯的善意。与他差不多同时代的第三代诗人于坚相比,尽管他们有着近似的对语感的经营,但吕德安的诗歌主题显得谦逊多了,既不历史,也不政治。在我看来,这并不是写作策略的取舍,而是个人的性格特点与写作目标不同使然,他显然不是一个习惯对世界采取批判姿态的人,也不试图通过对历史与政治的追根溯源而获得对社会的解释。

对生活的矜持态度,使他对于诗歌的抒情运用也显得较为克制。虽然作者认为抒情诗是他的创作主脉,但我认为,吕德安并不是纯粹的抒情诗人或田园诗人,这是一种写作取向,但不是写作目的,对本质的探究、与世界的亲近才是。在我看来,吕德安对世界有一种天然的亲切感,一种爱意,田园诗是他的就近取譬——他主要的生活场景在这里(在纽约的时候他写的其实是城市诗),而抒情诗是这种亲切感的隐喻。对本质的探究实际上解释了这种亲切感的终极来源。如果对世界的爱是一种善,那么对本质的探寻则是一种真,它们殊途同归,也相互阐释。

这实在是个抽象话题,要么付诸哲学的假设和推论,要么付诸诗歌的审美,如果是后者,最终必然发现神秘。

诗人选择了以审美的方式去探究,说明相对于推论,审美更是他的偏好,也说明神秘是一种个人气质的存在。所以我们可以看到,在吕德安的诗歌中,这些神秘都是自然而然地流露在诗的画面和音调里,而不是作为一种语言的技巧,变成诗歌陌生化的手段。神秘作为世界本质的隐喻,同时存在于生活背后,成为好奇心的解释。因而我们也会发现,吕德安的诗歌经常会表现出一种矛盾色彩,即生活化与非生活化的并行不悖。现实这个概念,既是诗歌视觉与音调的来源,也是诗歌幻想的材料。他诗歌里的"生活"有一种后退和远离的色彩,因此在表现形式上避免了强烈的戏剧感(这其实就是一种矜持)。所有现实性的冲突都被沉潜、发酵,而成为一种内心化的体验。

神秘是对本质探究的斩断,是寂静的禅定。吕德安的诗并不探究神秘背后的理性解释,而是把神秘作为审美特征呈现出来,使神秘成为日常生活的一种终极存在,区分了诗和哲学的界线。他把生活中的神秘感显影出来，使他的诗仿佛树林中一口洁净的水潭上飘荡着的闪烁光波，是寂静之上的动态表象，既让我们感到优美和亲切，又不是那么一望可知。神秘性弱化了诗歌的现实感，但却带来了更加引人入胜的东西。他不追求答案，因为答案就是疑惑本身。

这种态度让人想到弗罗斯特那首令人浮想联翩的诗歌："我们围成一个圆圈跳舞、猜测，而秘密坐在其中知晓一切。"在不可知论者那里，我们对世界的所有认知最终都是像"一个圆圈"一样循环论证，无法找到真正坚实的基础；而在诗人这里，秘密带来的问题本身就是答案，一种具有形式感的答案。

但是，如果我们从更方便的角度，放弃诗歌中的形而上学，同样会得到一个十分有趣的结论，那就是，诗歌中的神秘实际上是一种修辞，就像赋魅作为一种修辞一样，更新了我们对诗歌所呈现的现实的感受。诗歌视觉的渐次幽深，音调的逐渐低沉，只是形式而不是本质，但它构筑了一个更加宁静而丰富的世界，如此，诗人与"陶弟"这样的邻居才变得更加亲近。

《两块颜色不同的泥土》是作者最近出版的短诗精选集，如果我们认同作者把长诗当作短诗来写的态度，那么不妨认为，这也是一部作者诗艺最具有综合性的文本。书名表明了一种冲突性和异质性，但我们也可以认为这更代表了分裂性和对话性。在这部诗集里，经常有一个陌生人出现，或在石头中间，或在教堂附近，或在池塘四周。陌生人是神秘的，也是多变的，我们不知其来处与去处，但却感觉他近在眼前。当这个陌生人以"你"的形象出现时，实际上也是"我"的一部分，让我们在诗歌中进行了自我对话，也使得"自我"这个概念成为多重身份的复合，徘徊在虚无和真实之间，以不确定性进一步强化了诗的神秘色彩。而当陌生人以"他"的形象出现时，就具有某个抽象观念或阴影的象征含义，是一种本质化的存在，正如他在诗歌中说的："那一天，房间里多出一个人，像上帝。"（《天鹅》）

这部诗集收集了吕德安从早期到近期的代表性短诗，对于研究作者诗歌写作的脉络是十分有效的，我们可以看到作者写作成熟度的不断变化——从相对纯粹的视觉感受与情感体验转向更具复杂性的存在之思，诗歌的音调也从歌谣般的整饰向自由隐秘的韵律感转变。但诗歌的朴拙风格是一以贯之的，他对诗歌的谦恭，与生活世界的亲密联系，同样构成了对未来写作者的重要激励。

1. 本质

对本质的沉思对任何成熟的人来说都是一种巨大的吸引，但诗人的沉思与哲学家的沉思却有着显著的不同，它不是以推论的形式进行，而是以震惊的方式展现。《可爱的星星》这首诗作为诗集的开篇之作,具有很强的象征寓意,也奠定了整部诗集的神秘基调。

> 如果那颗可爱的星星不是星星
> 那又是什么?该如何称呼
> 那么高的一种现实?那么冷漠
> 一生都与我若即若离
> 又让人去幻想和追求
> 有时我常常想,直到如今
> 星星不过是星星,你承认它
> 高高在上,冥冥之中
> 有种力量或神秘寂静的知识——
> 而这些都还是我们自己的事情
> 我们知道它非人间之物
> 或只是天堂里的一种爱
> 但它引导我们不得不穷尽一生
> 去爱一些不能爱的事物
> 去属于它们,然后才属于自己

——《可爱的星星》

星星具有启示性,但在这里,作者使用了单数的"那颗",使它在整片星空中被突显出来。但同时,诗人也没有指明"那颗星星"究竟是哪一颗星星,只是声称是一颗"可爱的星星",使得这颗星既具体又隐蔽,成为一种具有星星特质的隐喻之物。同时,"可爱"这个形容词是亲切的,与星空这种宏远的意象形成反差,也暗示了它与作者的专属关系。但无论如何,这颗星星服从于夜晚和高空,是闪烁在我们头顶的微弱光芒——"那么高的一种现实""冷漠""若即若离",都是这种高远现实所带来的属性。但它的冷漠显然是不彻底的,它的若即若离才更加真实,正是这种拒绝的意味,成了让人幻想和追求的吸引力。

这首诗可以分成三个段落,从第六行开始,诗歌进入第二层转折。第一层是设问,而这一层是思辨式的。"有时我常常想,直到如今",其中的"直到如今"是关键,说明我对它(那颗星星)的认知经历了一段过程,但最终又回到了起始的状态——"星星不过是星星",一种"高高在上"的存在。"高高在上"和第三行"那么高的一种现实"都是现实性的描述,但在前一部分,这种高远带来的是直观的心理感受——冷漠、若即若离;而在此处，高高在上引发的是一种神秘的精神体验——"冥冥之中有种力量或神秘寂静的知识"，这是类似于宗教般的超验感受，究竟是何种力量或知识难以定义。"寂静"这个词既是审美感受，呼应了星星高远的特征，同时也有着终极静止的含义，是某种绝对理念的表象。

第十行开始，是诗歌的第三层转折，从对星星的眺望回到了对自我的认知，这一层是信念式的。这里承接了对星星的所指——"天堂里的一种爱"的思辨。"它引导我们不得不穷尽一生/去爱一些不能爱的事物"，不能爱的事物无疑是高远现实的衍生事物，这很好理解，但这如何成为我们穷尽一生的使命？诗歌的最后一行是对这个疑问的解释——"去属于它们，然后才去属于自己"。注意这两个分句是并列式的，而不是承接式的，也就是说，"属于它们"并不是"属于自己"的条件。这是两个祈使句，去属于它们和去属于自己只有时间上的先后区别，并不具有逻辑上的因果关系。这是对自我的命令，而这两个命令只能来自内心的信念，这种信念是被一种绝对性的神秘体验驱动的。

如果说《可爱的星星》是对世界绝对本质的感应，那么《冒犯》这首诗就是对这一本质的思辨和观察。两首诗构成了一种呼应关系，但后者在节奏上更具特性，它有时局促紧张，有时迟缓松弛，呈现了更大的变化。

　　我曾经目睹石头的秘密迁徙
　　它们从高处滚落，轰轰烈烈
　　一些石头从此离开了世界
　　但另一些却留下，成了石头遗址
　　没有什么比石头留下不动更令人尴尬
　　那高耸的一堆，那长长的影子
　　白天，我看见它们落满庭院
　　成为出门时司空见惯的事物
　　到夜里又是黑乎乎一片
　　顷刻间仿佛就要压到身上
　　就像当初，某人受到驱逐，
　　逐出那道门，那门才得以确立
　　天堂才在那里存在——啊
　　卵蛋似的，但愿这累累的一堆
　　也能孵出我们希望的东西来
　　要不只怪自己来得不是时候
　　让石头变幻，变幻着闯入视野

> 我们知道那是土地的变故
> 那是地球松动——一块压住一块
> 开始了滚动。要不就是我们
> 至今还不知如何安置自己
> 只晓得一些人留下,另一些继续向前
> 那留下的成了心灵的禁忌
> 那消失的却坚定了生活的信念

——《冒犯》

  诗歌的前四行是一幅上帝创世的画面,"石头的秘密迁徙"是上帝命令石头建造世界的运动,而它建造所留下的石头遗址,其实就是无尽的大地,高耸的大山,是我们存在于此的容器。

  "没什么比石头留下不动更令人尴尬",这是一种实写,"尴尬"的是这些山崚给日常生活带来的影响——这隐喻了存在的艰难,而最大的影响是它树立了一道巨大的屏障。但这道屏障却是虚写的,它具有"门"的隐喻,既是一条边界,也是事物转换的介质——"就像当初,某人受到了驱逐/逐出那道门,那门才得以确立/天堂才在那里存在"。

  从视觉感受上来说,诗歌可以分成两节,两种创造画面,从第十四行开始,诗歌里开始了另一种神话,"冒犯"也由此开始了。这便是"我们"对自己生存世界的建造,它与上帝的创世形成了映照。在这里,"我"成了"我们",单数变成复数,这不仅是语言叙述的方便,也申明了新的创世故事是一次集体行动,是人类在建造人类的家园。因而,这种冒犯,实际上是对上帝的冒犯——人以为自己具有了神性,可以代行上帝的工作。和前部分一样,此处的石头同样具有生命特征,"卵蛋似的,但愿这累累的一堆/也能孵出我们希望的东西来",所以我们也可以说,这些石头不仅是建造家园的材料,也是孕育生命的元素。但它却不是自足的,需要我们着手使用或孵化才具有生命。

  与之前石头迁徙的轰轰烈烈相比,此刻石头的变幻是缓慢的,凭借的是"地球松动"——一种更加强大的自然力,而不是我们的搬动。这是上帝创世神迹在大地身上的惯性。诗歌的最后几行比较晦涩,"要不就是我们/至今还不知如何安置自己/只晓得一些人留下,另一些继续向前/那留下的成了心灵的禁忌/那消失的却坚定了生活的信念",此处,"一些人留下,另一些继续向前"与之前"一些石头从此离开了世界,但另一些却留下"形成了对应,从而也在人和石头之间建立相似性,使得我们安置自己的行为,变成了上帝创世运用石头的一个镜像。但不同的是,石头是被上帝运用的,而我们却有着安置自己的自主性,这无疑又是一种冒犯,因而会成为"心灵的禁忌"。但冒犯同样是人类本性中的冲动,具有自我激励的作用,因此需要"坚定生活的信念"。

对于上帝而言,人类的这种创造行为是一种冒犯,但对人类自身而言,这却是一种对自我力量的歌颂。因而在这一首诗里,对本质的靠近已经转变为对存在本身的慰藉。经过这样的赋魅,石头在吕德安的诗歌里成为一种原型化的意象。石头是有灵的。

石头是吕德安诗歌中最常见的意象之一,他在2000年出版的诗集就叫《顽石》,而在最近的这本诗集中,和《冒犯》这首诗一样把石头作为诗歌的关键意象的还有《解冻》和《群山的欢乐》。列维·斯特劳斯曾说,如果鸟是人的隐喻,那么狗就是人的转喻。如果我们认可吕德安的农民形象,那么石头作为存在于他身边的事物,其实也可以成为他自身的转喻。实际上,我认为在《解冻》这首诗里,石头的角色是多重的,而其中之一便是作者自身的喻体,"它那石头的苍老和顽固/就会立刻显现"。

2.劳作

石头在吕德安的诗歌中具有极强的象征性,是多义的,石头既是编织世界的材料,也是诗意栖居的人的劳作对象。《无题》这首诗富有意味,它与石头有关,但更是一首关于劳作的诗。作者通过它把自己与世界的联系、人与人之间更富道德感的相处勾勒出来。

> 唤来三个陌生的石匠
> 其中一个是老伯,老愚公
> 他们知道如何用石头
> 在房墙边另砌一面墙
>
> 天降下石头。我在窗子里
> 但我坐下写作却能通晓
> 里里外外的事情:老人做了
> 下手。无力的缘故以及年龄
>
> 在这里正在受到尊敬——他
> 用来端水以及搬零碎石块
> 把它们填入墙心和墙缝
> 大块小块都落在实处

我想起"正直"这个词
　　我们是同村人，我想
　　虽然从邻村到我的厨房
　　他们得走很长一段路

　　三个自由的合伙人在劳动
　　享用着不尽的石头。我写作
　　键盘的声音伴着垒石升高
　　我说的也正是脱口而出的

　　　　　　——《无题》

　　这是一首关于日常劳作的诗歌，但在看似平常的叙述中，却隐藏着微妙的神秘气息。从外部来看，作为一个故事，它有一个奇异的起因——"在房墙边另砌一面墙"，看似多余的重复行为，以及神奇的情节——"天降下石头""（他们）享用着不尽的石头"，但是深入其中时，又能感觉到故事里的人物形象及其关系变得难以捉摸。

　　诗歌设置了一对矛盾的暗示，第一节，作者声称三个石匠与自己是陌生人，但在第五节，我和他们却是同村人（何以是陌生的？）。可能的解释是，这是身份的迷宫，它暗示了"我"与他们之间的关系具有某种程度上的不确定性：我与他们可能是熟人，也可能不是，而不是的原因或许因为我才是陌生人；我也许已经不是原来的我，而是另一个人。然而，如果我们之间的关系是不确定性的，那么也意味着任何人之间的关系本质上都有一种普遍相似的状态：陌生人里也有亲近，而熟人里也有陌生。我们可以注意到，在吕德安的诗歌里既有人与人、人与世界的亲密，同时也保留着对孤独的需求。这首诗是这种状态的间接投影。

　　诗歌的第一节交代了事情的起因——我需要他们"在房墙边另砌一面墙"。这是一个显得奇怪的需求，但作者没有对这一需求做出解释，这首诗也没有围绕这件事展开，而是把视角转移到对这三个石匠身份的猜想，以及对他们劳动场面的描绘上来。显然，诗歌的重心不是砌墙，而是我与他们、与这件事的联系。

　　第二节，"天降下石头"也很奇特，这为石头赋予了神秘性，而在这种神秘中，连房间里的我也具有了通灵能力——"我坐下写作却能通晓／里里外外的事情"。这实际上是一种自得状态的隐喻，意味着我在这一项工作中感到自由，而这自由来自我对这三个石匠具有充分的信心。为了说明自己信心的根据，接下来，我对三个石匠的身份关系进行了猜想，重点是其中的老伯，这里引入了一个反差：老人当了下手——这是个低微的工作角色，但诗人认为是出于对他年龄的尊敬。看起来，这是一个道德化的工作安排，但随后的叙述表明，这更是一个实用性的职务分配，担当下手的老伯所做的是更加细致而坚实的工作，"用来端水以及搬零碎石块/把它们填入墙心和墙缝/大块小块都落在实处"，这种工作内容使他的角色像一个黏合剂，让三个人的工作最后统一在了一起，更加具有默契。这一细节的陈述似乎也说明，道德其实是实用的抽象。

在第四节，道德概念再次出现，"我想起'正直'这个词"，这显然是指这三个石匠的品格。但正直的品格从何而来呢？接下来的两节诗做出了某种解释。"我们是同村人"，这或许说明他们的正直来自与我的亲近关系，这既是熟人社会淳朴的道德观，同时也是对身份相亲之人的天然感情。这种正直显然是有局限的。诗歌的最后一节指出，这三个石匠是"自由的合伙人"，这合于农村工匠的生存状态，但也说明这自由的三人组合是临时拼凑的搭档，他们能迅速组织在一起，并协调开展工作，显然要有一个基于工作经验之外的更深刻的经验。这更深刻的经验究竟是什么呢？可能是风俗，比如照顾老人，让老伯担任年轻人的下手，做一些更加轻松的零碎工作，但这更属于文化约束，而不是个人的主动意愿。最后一节的第二行，"享用"这个词值得注意——"（他们）享用着不尽的石头"。享用是一种褒奖，这个词说明他们充分投入自己的工作，也说明他们的劳作状态是欢愉的。如果石头是从天而降的——"天降下石头"，那么石头便具有某种神圣性，因而石匠使用石头就是对自身使命的自觉承担。于是，正直在这里就发现了更加广大、坚实的基础——它是基于使命认知的自律行动，而我们作为熟人的那种亲密也被扩展到一般性的人与人的信心。"我想起'正直'这个词"在此处于是有了歌咏的调子，是对普遍化的高贵人性的赞美。

如果说，运用石头是他们的使命，那么写作无疑也是我的使命，并同样给我带来了愉悦——"键盘的声音伴着垒石升高"，这是两种劳作场景共同鸣奏的音乐性画面，是对彼此的礼赞。这种相互映照不断抬升的场景也说明，我和他们三人之间已经各得其所，并且建立了新的、更高的友谊，从而让我们的关系处于更加自然的关系状态——"我说的也正是脱口而出的"。由此，这首诗通过劳作获得了一种与世界的亲密感："我们是同村人"，"（石匠）享用着不尽的石头"，以及一种自在感："我坐下写作却能通晓/里里外外的事情"，"我说的也正是脱口而出的"。这实际上就是"诗意的栖居"。

劳作是人与世界互动的基本方式，实际上也是人对于自我身份的呈现或认领，通过劳作，我们发现了自己的世界，同时也说服自己去接受某种使命。在海德格尔的理论中，劳作是诗意的蕴藉，劳作只有与诗意伴生共存，诗人们才能构建起自己的世界。也就是说，劳作不能仅是为了满足生存需要，劳作需要具有更高的目的才有意义。

和《无题》一样，《漆画家》叙述的也是一次劳作。不同的是，这首诗里劳作的人是一名漆画家，这使得诗中人物的劳作变得更加复杂：既是一次劳作，也是一次仪式，而后者显然更加重要。这种复杂性也出现在劳作者身上：漆画家多了一层巫师的角色，"我"不仅是个画家，而且也是一个通灵者；作为一种精神媒介，"我"的劳作更加紧密地黏合了我身边的世界。

啊，原来是一桶生漆，
但是如果打开它，看见它
起皱，黑洞洞地在空气中突现，
你就看到了它的起源，或

嗅出它的孤独；
啊，美丽而无用！
但你一旦俯下身，全心全意
或用一根粗棍将它

从深处搅和，你就会还原它
死一般的颜色，睡眠的颜色。
但那是一种什么颜色？
或许还是一种黑洞洞的空白。

这是儿时的印象。今天，
我备好了瓦灰、水，牛角
制成的刮刀，以及古代的毛笔
毛刷和金箔银箔一张张。

如果可能还要有咒语——你知道
一切已呼之欲出，只欠东风，
这先人的说法今天也适宜，无论你
身在异乡或守在自己的山上。

——《漆画家》

由于十分仔细的特征描写，这首诗具有了很强的隐喻色彩，生漆的每一次细微的变化都仿佛有所指向，成为一个个象征符号。第一行诗是从天而降式的，"一桶生漆"仿佛不请自来，莫名地出现在我们面前。生漆呼唤了漆画家的出现，就像土地呼唤了农民。在诗歌中，"漆画家"这三个字并没有，出现的是"你"或者"我"。所以，可以认为这首诗实际上就是漆画家的自述，而你和我都是对漆画家的指称，这构成了一种自我对话的形象，同时也带来身份的不确定感——你可能也是我，而漆画家也可能不止于漆画家，而是别的什么人。

对个人身份认知的变化，随之带来了对行动性质的认知变化，因而，这样一次漆画劳作也变得不确定了，单纯的劳动可能是神秘的仪式，成为祝愿或者召唤。通过对巫术的想象，世界被拟人化了，而我们对自己身处世界的认知因此变得更加亲密而生动。

3. 房子

《纽约诗抄》是作者寓居美国时写的诗歌，在这部分作品里，关于劳作的诗歌大量减少了，但关于房子——居所的诗歌却多了起来。

纽约作为异国他乡，无疑会带给人一种强烈的流浪感觉，对于长期栖居在故乡山村的诗人尤其如此。他需要有一个安定的住所，才能展开自己的劳作，结识新的友邻。《十一月的向导》是异乡人寻觅村庄的故事，仿佛有对故乡的遥远想象，但他看到的是荒败和"沉入海底的教堂"，诗歌中不断复沓的"而海在方圆几里外翻卷"颇有一种永久性的荒凉气息。《曼哈顿》写了一个著名的地点，但它并不像作者久居的故乡，成为他容纳肉身与灵魂的坚实土地，而是像风筝或海鸟一样，是闪烁飘荡的所在。《冻门》则是关于房子的回忆和梦境，它有自我说服的坚持，也有无法挽留的懊丧。《看房子归来有感而作》却有一种幽默感，作者把找房子时困窘的选择写成了一场神秘的嬉戏："两座房子，我都喜欢/所以哪一天，你如果恰巧/看见我从一扇门前躬身退出/又在遥远海滩上翻滚/那就一定是我正在痛苦/正在寻找理由去决定/如何体面地辞退其中一个。"这样的幽默其实也是谦卑，使他并没有感性地放任自己的感受，使诗歌弥漫出痛苦。

相对于在故乡的山居生活，《纽约诗抄》记载的诗人寓居异国的状态，有着某种意义上的"贫乏于世"的感觉。异乡人的那种漂泊感使他失去了海德格尔所称的那种自在性。《纽约今夜有雪》记录了这样悲伤的心境："今夜将是一年中最黑暗的一天"，"明天我们不是被雪覆盖/就是被自己的黑暗完全笼罩。"也因此，作者实际上要对自己进行内心教育，去找到异乡与故乡的共同精神。我们可以看到，这一阶段的诗在抵抗漂泊的同时，始终在努力构建自己的新家园——新的亲密关系，当他写作自己新的邻居时，有着与《山居诗抄》里的那种亲密和关切。比如《纽约逸事》这首诗，其中的女音乐家像《山中诗抄》里的陶弟一样，是一个十分亲切的形象。诗人观察着她，其实也是在观察生活本身的可能或者真相："她正在阴暗过道上的厨房跟房东撒谎"，"无论生活如何……我都仿佛看见一阵穿堂风/将她催眠，又不让她倒下"。同时作为一个视角，她也映照出了诗人本身的特征和处境："我这个会写诗的陌生人"，"总是流着汗/像棵灰色的老石榴。"这首诗有着作为同类人的相互怜惜，诗歌最后，作者用"缪斯"来形容这名为拖欠房租而撒谎的女人，既是一种善良的微讽，同时也是对自我的一种激励。实际上，《街头音乐》《勤奋的玻璃工人》《秘密和见闻》《跳现代舞的姑娘》等诗歌，都和《纽约逸事》一样，是一种建构之诗，而"房子"这个意象，也不时闪现在这些诗歌中。

《天鹅》这首诗同样与房子有关，却是十分奇特的，虽然是以第一人称叙述，但显然并不来源于作者本人的亲身经历。但这首诗也可能不是别人的故事，或许只是来自幻想，而这个幻想却与他的寓居生活有关。这首诗的灵感属于另一个文化体系。

> 圣诞节前的一个傍晚，小镇附近海面
> 一群天鹅游弋；它们十几只，足够可以
> 在一起过冬。波光中，它们的逐渐靠近
> 使一座房子生辉。那是童年的事了
> 那时大家不懂得孤独，只知一味地玩
> 直到潮湿的春天，来了一个流浪汉，一身雪
> 要求住下来，又好像要将自己在屋子里埋葬
> 而等他终于睡着，大家才感到了某种释放——
> 今天我驱车回家，车灯扫过那座房子，这又记起它
> 那一天，房间里多出一个人，像上帝
> 照亮了孩子们，又顷刻间把他们驱散
> 而那些天鹅，十几只，没有飞远，没有害怕
> 也没有羞怯，仍旧一副岁月悠悠的模样
> 仍旧期待着，期待房间恢复光亮，只是
> 风吹落了它们羽毛上的黑暗
> 纷纷扬扬还带着降雪的迹象……
>
> ——《天鹅》

这首诗仿佛记录了一次神迹，充满了神秘的呈现和降临。"圣诞节前"的时间设置，"小镇附近"的空间设置，都有着耐人寻味的感觉。圣诞节与春节类似，是合家欢的时间，但不同的是它还有宗教含义，而傍晚这个具体的时点，则是一个落日光辉的时刻，令海面波光生起，映照了上面游弋的天鹅，让天鹅沐浴了最后的光辉，变得更加圣洁。

诗歌的前三行是重要的背景描绘：时间、地点和内容都具有特殊的形象，暗示了日常生活与神性相连的痕迹。第四行，房子出现了，"波光中，它们的逐渐靠近/使一座房子生辉"，这座房子本来是普通的，却因为波光生辉而变得特殊，但它的神性来自天鹅的靠拢，天鹅无疑是充满象征的。

"那是童年的事了"，既说明了故事发生的更大时间概念，也标注了这首诗的幻想色彩。"那时大家不懂得孤独，只知一味地玩"，孤独在这里成了与童年懵懂相对的概念，是思想成熟、精神清澈的别称，而"一味地玩"则指出了我们对光辉的天鹅和房子的无知状态。"直到潮湿的春天"——故事里的时间线向前延伸，其中的天鹅自然也脱离了圣诞节前的黄昏气氛；"来了个流浪汉，一身雪"——故事的戏剧化元素出现了，流浪汉的来历不明本身就让人疑惑，而一身雪的外形不但奇异，更是把他的形象隐蔽起来，放大了他身上的神秘。这是一个"神秘的陌生人"。一身雪充满了强烈的隐喻，它轻盈而混沌，更重要的是它的易逝性——它会融化消失，所以，"（他）要求住下来，又好像要将自己在屋子里埋葬"，实际上是要让这座屋子变成坟墓。他的要求让我们惊讶，但同样让我们无法拒绝。他是令人恐惧的。

"今天我驱车回家，车灯扫过那座房子"，这是一个显影的动作，我的回忆被找回，显然已不是童年时代了，我对世界有了孤独的认知，此时的"我"应该也是孤独的状态。"这又记起它/那一天，房间里多出一个人，像上帝"，这个人是多出来的，表明他和流浪汉不属于同一个人，而他"照亮了孩子们"的这一动作，与十几只天鹅"使一座房子生辉"的行动是对应的，所以不管他是否为上帝，这都是一个带有神性的形象。"又顷刻间把他们驱散"，可以解释为上帝（至少是神性）的超验性，他可以让孩子们感应（照亮），但不能被他们理解。"而那些天鹅，十几只，没有飞远，没有害怕/也没有羞怯，仍旧一副岁月悠悠的模样"，此处的天鹅与小镇附近海面上过冬的天鹅在数量上是一致的，说明它们不仅是同一群天鹅，而且历经时间的变换（由冬到春），仍然保持着过去的所有特征，"仍旧一副岁月悠悠的模样"。这似乎也意味着，永恒是这群天鹅的属性。

最后三行是一个对照的结构，"（天鹅）仍旧期待着，期待着房间恢复光亮"，可以理解为天鹅对善、对神性降临的期待。而"风吹落了它们羽毛上的黑暗/纷纷扬扬还带着降雪的迹象"，这两行诗作为天鹅的状态，意境与天鹅的期待相反。但两者是同时共存的，这带来开放性的解释：我们既可以说天鹅尽管有所期待但仍要面对身上的黑暗，也可以说天鹅即使面临黑暗仍然满怀希望，诗歌因此呈现了一个没有定论的结束。

如果第四行诗中，天鹅使一座房子生辉是一种神性，那么它们现在身上的黑暗就是被外部附加的，是与流浪汉这个象征搏斗后的产物，因而，在这首诗里，天鹅是一种守护的象征，它具有永恒并坚韧的品质——"没有飞远……仍旧一副岁月悠悠的模样"，而这个象征与房子——人所安歇、生长的居所——具有很强的一致性。所以在这首诗里，房子作为天鹅背后的事物，它其实处于更加中心的位置，是诗歌隐藏的主题。

4. 神秘

寓居异国所遭遇的艰难生活显然不是"诗意的栖居"，这个异乡即使被充分建构，也无法像那个与生俱来的故乡一样完善而自得。但就诗歌创作本身而言，异乡的陌生化体验，与故国异质性的文化体系却能激发出新的创作灵感，这个时期的诗歌有点脱离大地，神秘的幻想显著增加了。《天鹅》就是这样一首诗，《鲸鱼》《河马》《解冻》等亦是如此。

《群山的欢乐》也是一首充满神秘感的诗歌，它可以视为是《山中诗抄》中《冒犯》一诗的续写。但与后者的理智冷静相比，《群山的欢乐》稍显激动，呈现着对爱的渴求，这种抒情性对于当时的诗人而言仿佛具有抚慰和激励的价值。

> 这无穷尽的山峦有我们的音乐
> 一棵美丽而静止的树
> 一块有蓝色裂痕的云
> 一个燃烧着下坠的天使
> 它的翅膀将会熔化
> 滴落在乱石堆中
> 为此我们听见群峰在夜里涌动
> 白天时又坐落原处
> 俯首听命。我们还听见
> 山顶上石头繁殖
> 散发出星光，而千百年来
> 压在山地下的那块巨石
> 昏暗中犹如翻倒的坛子
> 有适量的水在上面流淌
> 满足着时间——
> 然而用不了多久
> 这些东西都将化为虚无
> 我们苦苦寻觅的音乐还会消失
> 我们将重新躺在一起
> 接受梦的爱抚

她关心我们的身体

　　要把我们托回摇篮

　　她甚至对那些滚下山的石头

　　也有恰当的祷词，让它们重新回到山上

　　恢复其石头本性，哟石头

　　我们听到：就放在这里——

　　这春天里的你和我

　　　　　——《群山的欢乐》

　　这首诗同样出现了上帝创世的画面，以及同样能够孵育生命的石头，所以和《冒犯》一样，这首诗也探究了世界的本质，但同时隐含了对世界里的一切适得其所的期盼与赞美。

　　诗歌第一句的暗示性就很强烈。"音乐"在这首诗里是一个主题性的概念，"群山的欢乐"本身也具有明显的音乐性，"欢乐"既是一种情感，也是一种节奏，或者说，情感内在于节奏之中。这是一幅有动有静的画面，其中"无穷尽的山峦"本身是寂静的，但"音乐"为它们赋予了运动感。音乐作为一种美，具有"无目的的合目的性"，这也意味着无穷尽的山峦适应于某个隐秘的目的。山峦的色彩与空间性，和音乐的声响与时间性形成对应关系，它们相互成为对方的隐喻，当音乐的节奏为山峦赋予运动时，我们其实也可以说山峦的实在为音乐赋予了永恒。

　　接下来的几行诗是对第一行诗的细化。第二、三行诗是一个完全静止的画面，这个画面深远而且简洁，仿佛世界最初的景象，并有着强烈的抑制感，所以第四行诗"一个燃烧着下坠的天使"就呈现了强烈的视觉冲击——它是完全运动的。天使翅膀融化的意象来源于希腊神话，伊卡洛斯因为蜡制翅膀被太阳融化而坠入海中，与《冒犯》中"某人受到驱逐，/逐出那道门"形象接近，都是闪耀的悲剧，是神性被褫夺的隐喻。第七行诗"为此我们听见群峰在夜里涌动"，这是山峦本身具有音乐性而被熔化的翅膀滴落而引发的结果——仿佛大地热情迎接了被驱逐的神子。群峰的涌动即是山峦音乐的响动，而涌动有生发的含义，这似乎表明，山峦的音乐性其实就是一种生命力的象征。

　　但这种生命力是隐秘的，次一级的，因为夜里涌动的群峰"白天时又坐落原处/俯首听命"，说明存在一个更高级的、显性的力量影响着它的运动。"山顶上石头在繁殖"无疑也是隐秘的生力，"散发出星光"是它在黑暗中的显影。"压在山底下的那块巨石/昏暗中犹如翻倒的坛子"，"坛子"在史蒂文斯的《坛子轶事》里是一个原型意象，是母性的，具有生育能力的存在，因而"有适量的水在上面流淌"就变得易于理解，它和石头繁殖散发出星光是同类型的隐喻，是生力溢出的显现。"时间"这个词在此处与存在是同义的，石头繁殖和坛子溢水都是构建存在的内容。

"然而用不了多久/这些东西都将化为虚无/我们苦苦寻觅的音乐还会消失"，音乐因为山峦的隐喻而具有了永恒性，但在这三句诗里，实在和永恒都被否定了，这些消极力量瓦解了"我们苦苦寻觅"的努力，让音乐这个概念变得更加难以捕捉了。接下来出现的是"梦"，梦作为幻象是无所不能的，"我们将重新躺在一起/接受梦的爱抚/她关心我们的身体/要把我们托回摇篮"，这是一个重回母体的画面，有着回归的隐喻。梦本身也具有了女性的形象，变成了"她"。她使我们苦苦寻觅所造成的精神痛苦停了下来，回到了对人最初渴望的关切，这也是对存在的基础需求的呼应。

梦成为更广大的温柔、更强大的力："她甚至对那些滚下山的石头/也有恰当的祷词，让它们重新回到山上/恢复其石头本性。"如果之前"群峰在夜里涌动"是山峦生命力的自我孕育，那么此处，梦让滚下山的石头重新回到山上便是一种反向的创世行动，梦"恢复其石头本性"正适合海德格尔的解释：石头是无世界的。石头就是石头，它对世界没有反应，却是世界的必要存在，这就是它的本性。梦，实际上就是虚无的进化，它消解了意义，也让复杂的存在回归简单。

最后两句诗仿佛颂歌，是石头（也即群山的提喻）作为人所建构的世界存在合于音乐性的赞美，"就放在这里"便是对一切自然而然却又恰如其分的隐喻；而"春天里的你和我"则是世界构建后的呈现，是敞开的人与世界的亲密关系。

与《群山的欢乐》相比，《鲸鱼》这首诗更加神秘，这几乎是作者最具想象力的一首诗。这是一次对鲸鱼集体自杀事件的描绘，但诗歌把它变成一则民间传说性的神话，我们可以在其中读到《巨人传》的影子。鲸鱼的庞大身躯在诗歌中幻化得更加巨大，"静悄悄地占有了陆地一半"，并且有着无比强烈的意志，"像门前的山，劝也劝不走"。"我们"与鲸鱼的关系，经历了从劝走、观望、恐惧到利用这样一个过程，这也是一个神性被逐渐消解过程，鲸鱼——神一样硕大的身躯——被挖开，脂肪被制成灯油，骨头变成了遗址，鲸鱼的神秘性在村民（人类）的拆解中完全丧失了，这实际上就是对世界的祛魅，但我们所存在的世界却因为祛魅而变得无聊且令人疑惑。

5. 亲密

事实上，探究存在的本质并不是诗人的目标，沉浸并呈现人在世界中的亲密关系才是。但人与世界的亲密关系是一个互动的过程，表达的同时也在建构，因而必然形成一个具有普遍性的对世界做出的解释框架。

这实际上也是诗歌越写越深的结果。如果我们追根溯源的话，就会发现，与《山中诗抄》和《纽约诗抄》相比,《早期诗抄》由于诗歌深入的程度有限,我们在诗歌中看到更多的是一种亲密感,而不是在这种亲密中对自我和世界的探索性解释。《早期诗抄》显然是更加单纯的,复杂性止于对诗之神秘的呈现,而不是对诗之神秘的沉思。

和弗洛斯特一样,喜欢在清澈而平静的描述中混入奥秘色彩,吕德安的早期诗歌同样没有排除神秘,这使得他的诗歌显得既干净又幽深,犹如光影落在林中的深潭。对于诗人来说,这些神秘是一种感应,是灵感的启发,而对于他的读者来说,这些神秘是路标,指向一片山村背后的树林。所以,尽管作者并没有提供对存在本质的解释,但这种神秘性却依然构成了引入探索的巨大吸引。

《种种邀请》是写给弗洛斯特的献诗,这首诗同样是神秘的,有种倾诉的味道,而弗洛斯特在诗歌里是一个可亲的形象,既是像陶弟一样的朋友和邻居,也像是作者自己的一个化身,对自己的慰藉。

> 要不托人告诉你
> 要不写信
> 或用一次闪光
> 或留下一顶帽子
>
> 弗洛斯特
> 这只是暂时分别
> 迟早我还会回来
> 踩响你的树枝
>
> ——《种种邀请》

亲密,同时也若即若离,是这首诗带给我的印象。渴望亲密同时存留孤独,实际上是诗人一直以来在作品中表达的状态。作为人,亲密让他敞开,让他在自己建构的世界里自得,而作为诗人,孤独让他能够观察自己,使自己成为另一个人。

在这首诗里,诗人向弗洛斯特的靠近同样是微妙的,第一节叙述的就是这种靠近的方式。"托人告诉你"是转借他人的语言,而写信则是文字的拜访,这都是间接的交往方式,但后者比前者更进了一层。第三句,"用一次闪光"是通灵式的,是瞬间的非现实的相逢,而第四句"留下一顶帽子"类似于留下一张便条,是拜访而不遇的隐喻,但和留便条不同的是,帽子存留了拜访者的气息,而它的无语沉默则更引人遐想。

第二节,"暂时分别"意味着此次的未能相遇只是无数次相遇或不遇中的偶尔一次,

"我"和弗洛斯特实际上早已相识——至少神交已久，所以此次的不遇其实并不重要，"迟早我还会回来"这句诗便具有这一意思。但值得推究的是，"我还会回来"意味着我此刻是别离状态，别离是一个相对概念，相对于一个固定的中心地带，所以弗洛斯特在这里其实也是这个中心的象征，他是一种类似于船舶的铁锚或者木匠的吊线之存在，构成了作者这首诗歌世界的意义。

　　"踩响你的树枝"和上一节"用一次闪光"形成了声与光的对应，它也是对弗洛斯特诗歌特征的描述，具体来说是对他那首名作《林中路》的致敬——"我"也将沿着他走过的路深入林中，致敬由此也变成了亲密的承诺和热切的决定。我在向弗洛斯特靠近的行动中，也将接近诗歌的中心，这自然是令人激动的。

　　与世界的亲密感是吕德安诗歌中天然的气息，这种亲密感是普遍化的，不专门指向某一物或某一人，这让他为自己所描述的世界编织了一张网络，或者一首音乐，而这个世界里发生的一切其实都合于这张网络的结构，或者这曲音乐的节奏，由此，诗歌的戏剧性减弱了，宿命式的观念使人的感情反应变淡，悲痛或狂喜等强烈的情感也随之变成了平静或忧郁，而这实际上正是吕德安诗歌的显著风格。

　　的确，吕德安的诗歌有一种忧郁的气息，但情感是克制的，即使在面对关于亲人的主题时也是如此。他仿佛有宿命论者的顺应心理，所有悲痛的事最终都朝向了一个梦幻般的解释。因而，我有时会感到，作为诗人的吕德安其实具备了某种代言人的角色，他不是在写自己的生活，而是在写某一类生活；个人是不重要的，个人作为人的体验才是更加重要的。他不是通过个人的特殊性书写人的普遍性，而是在人的普遍性之基础上书写自己。他不是让自我突出，而是让自我融合，这使得他的诗歌始终具有一种谦卑的姿态。这或许也是为什么他的诗歌虽然会写具体的事件，但其中的意象都颇具象征意味的原因。

　　亲密是一种细致的关心，吕德安诗歌的生动和幽微，正是来自这样细致的关心，而在细致所带来的沉浸里，我们可以发现一种普遍化的情感——这犹如克尔凯郭尔所说的用显微镜观看上帝。因此，既有突出的语言特性，又有着十分开放的感受，是吕德安诗艺杰出的另一种表现。尝试阅读《晨曲》这首小诗。

> 是谁在窗前注视我——
> 巨大的幸福使树叶不能安宁
> 它摇摆着身子
> 仿佛还要扶住才能平静
>
> 是什么声音从屋后挣响——
> 是铲土的声音

那个花园已着实破损
　　流水的缺口须要用土堵上

　　　　——《晨曲》

　　这首诗只有八行，分为两节，但却最大程度地运用了感官。第一节来自视觉感受，而第二节则来自听觉，两种感官世界还形成了寂静与响动的反差。

　　第一节，视野里枝叶的摇动被认为是因为"巨大的幸福"而引发的，幸福得不能止息——"仿佛还要扶住才能平静"。但第一句中的陌生人——"谁"的出现是令人疑惑的，使眼前的景象变成了暧昧的影子，神秘的召唤，诗歌也因此有了主体性的存在（"我"在诗歌里是个宾语）。第二节看起来与第一节并没有承接，但这一节的第三行诗"那个花园已着实破损"，却可以将这一切联系起来，如果"我"所看到、所听到的，都是来自花园里的事物，那么整首诗便都可以理解为是对清晨雨后花园的即兴感受。它是一首瞬间的诗，但却在细致的描绘中获得了开放性，最后一行"流水的缺口须要用土堵上"，既可以认为是一个现实目标，也可以理解为一种隐喻，是世界需要被修复的象征。

　　细致的深入写作是沉浸式的，心无旁骛的专注能够突破事物身上的特殊性，从而提炼出普遍性，就像一个在菜地松土的人，也和所有这样劳动着的人一样，当我们聚焦于他的劳作，便会忽略他身上附着的身份。在《晨曲》这首诗里，我们并没有看到诗歌中的"我"与"那个花园"的现实关系，但我们却能看到，作为一个对美有需要的人，他对所有破损花园的必然责任。

6. 音调

　　作为画家，吕德安对视觉形象有着深刻的掌握；而作为诗人，他对语言节奏的控制同样精妙。如前所述，这两者具有合一性，在诗歌中起到互相加强的作用，共同增强了诗歌的表现力，深化了诗歌的意境。他的成名作品《父亲和我》就是经典一例，父子间的恩情是在一个巨大寂静下的瞬间画面展现，既有清澈的视觉形象，又有微妙而丰富的声音元素。

　　父亲和我
　　我们并肩走着
　　秋雨稍歇
　　和前一阵雨
　　好像隔了多年时光

我们走在雨和雨
的间歇里
肩头清晰地靠在一起
却没有一句要说的话

我们刚从屋子里出来
所以没有一句要说的话
这是长久生活在一起
造成的
滴水的声音像折下一枝细枝条

像过冬的梅花
父亲的头发已经全白
但这近似于一种灵魂
会使人不禁肃然起敬

依然是熟悉的街道
熟悉的人要举手致意
父亲和我都怀着难言的恩情
安详地走着

——《父亲和我》

  这首诗的音调极其独特。音调在这里既是语言默读所产生的节奏感，同时还是语言的修辞所引发的联想感受。诗歌的句式和画面都是极简的，而语言的节奏同样极慢，这使得诗歌的形象接近于静止，整首诗仿佛是在追忆一张旧照片。
  诗歌使用了回环的修辞，第一节"我们并肩走着"，到了第二节变得更加具体——"肩头清晰地靠在一起"，而第二节指出的"没有一句要说的话"，到了第三节得到了解释，句子变成了"所以没有一句要说的话"。这样的手法使诗歌画面的联想变得自然，也使得诗歌气息的过渡显得平缓。整首诗几乎没有任何突兀的东西。回环的修辞手法是时间逻辑，但从这首诗的表现效果来看，它更像是一种空间结构的布置，使得诗句在这些坐标点的控制下有了清晰的形式感，并且富有韵律。
  视觉的简略形成了一种疏离，而语感的缓慢则使内心的情感被压抑下去，从而使得这首诗以一种客观化的陌生形式，在平淡中表达了父子深情。其中，最著名的诗句"滴水的声音像折下一枝细枝条"，是视觉与声响结合在一起的典范。滴水的声音本身是一个画面，但作者把它作为一个纯粹的听觉意象，用一个具有画面感的动作来形容它，而这个动作自身也含有一种声音，甚至一种气味。这句诗的瞬间性使它呈现出单纯的意境，而听觉与视觉的新鲜组合让它显得无比生动，仿佛这首诗的世界极其脆弱，像被一根羽毛支起的一座雪山，需要用全然的关心才能避免它坍塌。

《曼哈顿》是首形式极其工整的诗，这种十分显性的形式化写法，只在作者早期歌谣类的诗歌中出现。诗歌四行一节，偶数行比奇数行向右空出一格，使诗歌有一种漂移之感。诗歌虽然是些曼哈顿，但一只隐喻式的"海鸟"才是诗歌的中心意象，并以此为载体，同样构筑了一套回环的修辞。

> 如果在夜晚的曼哈顿
> 　和罗斯福岛之间
> 一只巨大的海鸟
> 　正在缓缓地滑翔，无声
>
> 无息；如果这是一个
> 　又刮风又降雪的夜晚
> 我不知道这只迷茫的海鸟
> 　是不是一时冲动

——《曼哈顿》

诗歌同样营造了一张缓慢的韵律感，但与《父亲和我》不同的是，它工整的形式还使它具有了复沓的节奏，不论是诗的句式，还是诗的音乐性，都有一种波浪重复拍打沙滩的感觉。因而，我们实际上可以把这种形式感的营造视为对曼哈顿海岛形象的呈现。

这首诗有种悲伤的调子，诗歌的视觉内容都属于夜晚的形象，"一只巨大的海鸟"在夜晚的海面上滑翔，有一种随风飘逝的感觉。城市、夜晚、大海与这只海鸟形成了同样巨大的视觉反差，它可能是一架飞机，而"我"就在其中，那么我就是海鸟的喻指，因而也具有了它随风而逝的形象。

诗的音调实际上就是诗的一种形式感，但它是一种整体性的呈现，我们无法拆开每一个句子去寻找它的痕迹。如果形式即内容，那么诗的音调也可以深入诗的隐喻里，成为诗的必然性存在。诗的音调是诗的视觉性和音乐性的统一，诗必然具有这样的内容，因而每个诗人实际上都会形成自己的音调，但只有少数诗人才能让它既新颖独特又恰如其分。它是诗的个性化，也是诗的和谐。吕德安诗歌的音调里，既有一种温柔的具体感，这使得他的诗歌成为生活中亲切的存在；也有一种幻想色彩，从而让诗歌成为思想接近真知的途径。正如他本人所说，音调是他处理诗与现实关系的手段，但这种关系显然是开放的。

所有对诗的阐释其实都是基于某种猜测，我们可能并没有因此获得什么真相，但我们却可以通过误读的这条路抵达另一片森林，感受着陌生世界带来的刺激，也不断完善我们自己的认知。诗歌写作也与此类似，我们不是为了构建什么而去写作，世界的存在促使我们去写，但写作完成后却总是构建了一个超出我们原来理解的世界。

目的和结果未必是一致的，我们也可以用类似的逻辑，推测吕德安的诗歌写作历程：沉思世界的本质并不是他的写作目的，但他却在诗歌中运用了沉思，完善了自己对生活和世界的理解，进而形成了一套充满隐喻的诗歌体系，以及幽微沉潜的语言风格。

也许，与世界天然亲近的感情才是他的写作动机，但诗歌的沉思就像现实中的劳作一样，能让这种亲密关系变得更加坚实。作者在后记中指出，《山中诗抄》《纽约诗抄》《早期诗抄》反映了他不同阶段的写作风格和语境变化，但我们同样可以看出，这三个阶段的诗歌有着一以贯之的气息，那就是对自己生活周围的人和世界所怀抱的善意和亲切。吕德安很少写及自己作为诗人的生活（他的诗人身份显然是最显著的），更多的是在叙述自己作为一介山民和画家的生活，或许，这才是他真正的劳作状态，这种状态让他能够与世界真正建立亲缘关系。这无疑也是谦卑的，但唯有谦卑才能自我敞开，抵达那个生动的、有情的世界。

这种姿态也构成了他的写作选择，自然和人是他主要的写作资源和写作对象，但"我"与他们的关系始终都是单纯的、亲密的。他的诗歌基本不涉及具体的社会性事件，即使在写与自己有关的真实故事，也会融入神话色彩，使这样的真实溶解在朦胧的幻想中，变得富有歧义。这可能是一种暗示，即我们存在的背景比我们对自己的感受更加重要，它们幽微而恒久，仿佛夜空中遥远的星光，虽然，它们在我们眼中呈现着与本质截然不同的形态，但某个时刻，我们同样会感应到，它们的本质一直就在那里。这种特点实际上也解释了，为什么吕德安的诗歌主题与自己的家庭、山村、漂泊密切相关，但他却不是一个感性化的抒情诗人，而是一个平静、亲切的朋友式的诗人。

对世界本质的感应让吕德安的诗歌具有了超越性。从这个意义上来说，吕德安的诗歌更是一种友谊，而不是亲情，他的诗歌里没有盲目的激动、无解的痛苦，所有的情感反应都是适度的。尽管他的诗歌没有表现出常见的智性的敏捷，但他实际上是一个理性主义的诗人。他的理性是深沉的，是诗化的，而非逻辑性的。并且，他的谦卑让他没有对自己的判断斩钉截铁，他总是温和甚至神秘地呈现出自己的观点。这种神秘性也许就是他的诗歌变得杰出的原因之一。

个人天赋和人生经验成就了他诗歌的独特性。他对诗坛的低调姿态，他诗歌中那种生动而微妙的音调，他与自己的生活保持的友谊，使他成为我们这个时代的重要诗歌存在，也对已显浮躁的诗坛产生巨大启发。他的诗歌和为人，是我们抵抗诗的焦虑的一种慰藉。

"写微不足道的事物,顺便将黑暗沉吟"

——读吕德安

纪 梅

1. 寂静的诗学

  我和吕德安见过面吗?对我来说,是的,我见过他,在2015年3月的大理天问诗歌节上。他和诗人陈先发共同分享了这一届的"天问诗歌奖"。不过,对他来说,答案也许是否定的,因为我们虽然一度咫尺为邻,却从未交谈。那是一次转场途中,负载着几十个诗人的大巴车如同一架沸腾的音箱。诗人们忙于寒暄、交谈,或诉说久别之后的重逢,或仅仅用聊天填满十分钟的车程。吕德安就坐在最末一排座位的临窗处,我注意到这一点是因为碰巧和他之间只隔着一个座位。除了可能的眼神问候或微笑致意,我们在相聚五十厘米时没有任何语言交流——我当时只读过他不多的几首诗,从而羞于攀谈。在这段短暂的路途和我模糊的记忆中,我也未发现他和别人说话——我想这正是他选择坐在角落的原因:寻求喧嚣之中的宁静,就像嗣后我读到的他早年写下的一首诗:

  当我厌倦了篱笆外面的喧嚣
  我就会回到自己的坯中

    ——《躶体》

  他用角落和神色为自己搭建了一个坯质隔离带,沸腾的喧嚣来到他跟前便自行遁回。或者如我,不忍干扰他对宁静的享受。由此,在我的印象中,这是一个完全没有声音的诗人,但这并不影响我对他产生莫名的信赖感:因他泥瓦匠似的质朴、自足,和石头样的安然、静默。我们知道，一个人的神态，即"形象"，恰是一种坦诚并具说明性和信服力的语言和表达形式。他的朴实和谦逊，以及不无拘谨的寂静感，在喧闹的诗会上显得殊异而稀缺。当更多阅读了他的诗歌，包括那首《躶体》之后，我发现，他更为可贵的是保持了"诗如其人"的同一性，并能于寂静、沉默的字词间埋伏震撼的力量，这是一个优秀的诗人所擅长的良技。沉默和力量在吕德安的诗中构成了不无悖谬的张力并随处可见，如"父亲的威力"：

> 父亲的威力是寂静。说来奇怪：
> 父亲只稍轻轻一站，你就立即现身
>
> ——《冻门》

"立即现身"是对"父亲的威力"即"寂静"的默契回应。"你"与"父亲""现身"和"寂静"，对位性地共置于两行诗中，让我们领略到吕德安在力量布局和均衡方面的娴熟技艺。

在另一首写父亲的诗中，"父亲"的形象和词语的力量，被更寂静和含蓄地表达出来：

> 父亲和我
> 我们并肩走着
> 秋雨稍歇
> 和前一阵雨
> 像隔了多年时光
>
> 我们走在雨和雨
> 的间歇里
> 肩头清晰地靠在一起
> 却没有一句要说的话
>
> ——《父亲和我》

作为至亲的"父亲"曾多次出现于当代诗歌书写中，并多指向爱、命运、成长、死亡等文化母题。我们熟悉的"父亲"，或象征着祖辈亘古不改的宿命之一环："祖父死在这里，父亲死在这里，我也会死在这里"（海子《亚洲铜》）；或复现一种传统或古旧的生活模式和场景："父亲靠着土墙站着，劳累是个秘密/没人注意到，此刻他对墙的依赖"（朱文《父亲》）；或作为生活重担的主要承受者："父亲是多么有力。肩上驮着弟弟/背上背着我，双手抱着生病的姐姐"（朱朱《1970年的一家》）；或为卑微、悲苦的代言人："他上不了桌面，登不了台，一个老农夫的儿子/在有他之前，悲苦已经先期到来，第一声啼哭/便满嘴尘埃。"（雷平阳《祭父帖》）……大致说来，"父亲"负载着传统、过去、负重、隐忍，或权力、威严、秩序等文化内涵。父与子，因血缘和伦理上的确定性关系，而分属于较明确的位置上：他们是身份和地位上的尊与卑（如于坚《感谢父亲》）或对尊卑的质疑和消解（于坚《致父亲》），是年龄和身体上的衰老和年青，是权威和力量上的强与弱（强弱同样可能遭遇逆转，如多多"把晚年的父亲轻轻抱上膝头"）……吕德安却为我们展现了一种陌生化的父子关系：他们是"肩头清晰地靠在一起"的两个人，是作为主体和主体的"他"和"你"，就如同身份平等的"雨和雨"。"雨和雨的间歇"是寂静，"父亲和我"并肩同行时同样沉默无声。这种寂静和默契，通过"滴水的声音"得到了更充分地反衬：

　　滴水的声音像折下一枝细枝条
　　像过冬的梅花

"水"滴在寂静的虚空，滴在两句诗的空白之间，形成一种贾岛式的声效。同时，在日常化的、我们极为熟悉的"秋雨""时光"和"父亲"之间突然引入"细枝条"和"过冬的梅花"，既奇崛又自然。首先，它们共同服膺于一个更高的艺术法则：静谧的气氛。其次，它们都适用通感的交通规则。从"滴水"到"折下一枝细枝条"，再到"过冬的梅花"和"父亲的白发"，"秋雨"已悄无声息地"过冬"。再退远点，"多年时光"已攸然而逝，裸露出"灵魂"迎接我们张望或"肃然起敬"：

　　父亲的头发已经全白
　　但这近似于一种灵魂
　　会使人不禁肃然起敬

　　隐身于知觉系统的控制台，在"滴水的声音""过冬的梅花"和"父亲的白发"依次显现之后，诗人适时按下了"灵魂"的按钮。意象与意象彼此辉映，如雨和雨合奏出一阙知觉的交响乐。各种知觉和意象的彼此关联、砥砺和均衡，又在总体上对应和强化了"父亲和我"这对主体间的彼此尊重和无声默契。

《父亲和我》向我们展示了一个通感大师的娴熟手艺。谙熟这门技艺的基础是敏锐的视觉、听觉、嗅觉、触觉和知觉。在吕德安诗歌中此类证据俯拾即是:"当他们踩过屋顶,瓦片/发出了同样的碎裂声,/再小心也会让人听见"(《泥瓦匠印象》);"少女踩过冰冻的草坪/细微的脆裂声传入体内//那不是蛇的咝咝声/而是雪缝里仿佛有知觉的草"(《少女踩过冰冻的草坪》)……同时是一位画家的吕德安有着极强的画面意识和视觉能力。他亦善于将微弱、纤细的声响从寂静中打捞出来,从嘈杂的日常中离析出来。在《父亲和我》中,滴水的声音、细枝条折断、过冬的梅花……这些只在寂静时才能听取的声音,只在"安详"时才能看见的画面,强化了寂静和"安详"的在场,也让寂静和"安详"获得了一个个具体的形象而显得神秘动人。

> 依然是熟悉的街道
> 熟悉的人要举手致意
> 父亲和我都怀着难言的恩情
> 安详地走着
>
> ——《父亲和我》

"熟悉"既构成了此刻街道寂静的理由——人们用"举手致意"代替了口头问好,也是对前面父子间因彼此"熟悉"而无声的回应:"我们刚从屋子里出来/所以没有一句要说的话/这是长久生活在一起造成的"。风格和声效的回旋和重温,扩大了"寂静"的范畴:属于"父亲和我"之间的暂时性的寂静,扩展为"我们"从出门到街上的所有时空。到诗歌结尾处我们意识到,"寂静"以及"父亲和我"所怀着的"难言的恩情",还将伴随这场未交代终点的"安详"的行走而继续下去……

> 如果在夜晚的曼哈顿
> 和罗斯福岛之间
> 一只巨大的海鸟
> 正在缓缓地滑翔,无声
>
> 无息;……
>
> ——《曼哈顿》

吕德安用寂静填满"雨和雨/的间歇",也用"无声无息"联结"曼哈顿/和罗斯福岛之间"。物与物之间空白仍然存在,就像诗意和现实之间的罅隙依然裸露,然而空隙又似被某种迫近的感受力所充盈,如同"难言的恩情"弥散于"父亲和我"之间并联结了"我们"。

> 沉默,有时候我找到它的背后
> 在深处拾起它的石头
> 沉默,有时我是发生在其中的
> 一件事——继续拾起它的石头
>
> ——《沉默》

又见"沉默",又见旋律和节奏的回旋。这简单的几句诗还包含了吕德安最喜爱的意象之一:石头(他的一本诗集就名为《顽石》)。石头:自然、原生、拙朴、沉默,常隐身荒草或溪流之间,如沉默的诗人隐身于喧嚣的日常生活和当代诗坛。

波德莱尔曾毫不隐讳地建议艺术家"向广告的精神学习:用新的手段……激发同样多的兴趣,加两倍、三倍、四倍的剂量"。其理由是"市场让大众上台掌权,它希望受到谄媚、诱惑,甚至征服,它在政治和艺术中要求自己的英雄。"1980年代以来,我们在自己的身边和阅读视野中频频见识波德莱尔的受教者们——不论他们是否聆听过波德莱尔的此番教诲。如西川曾感叹的:"凡是太像诗人的肯定不是诗人,至少不是好诗人",当代诗坛涌动着难以按捺的喧嚣和躁动,充斥着英雄主义的自我崇拜、自我神话、自我广告、自我包装等需要用理智和教养加以抑制的本能冲动。与此相比,热衷寂静和沉默的吕德安太不"像个诗人"了。对寂静的青睐,对优雅的崇尚,更重要的是,对知觉的敏锐和对通感的非凡驾驭能力,使吕德安的写作成为某种意义上的"寂静的诗学",也让他与很多诗人拉开了距离。

2. 微物之光

即便在寂静和克制的描述中,吕德安依然试图提炼出某种非日常的光芒:"或许有一天我会不自觉地记起这里的情景/满头的皱纹闪着宁静的光"(《晚景》)。与诗人对寂静的偏好相承,闪现在吕德安诗歌中的,绝非灿烂炫目的"阳光",也非一枝独秀的"月光",而更多是散现于夜空中的"星光",它们遥远、微弱,坚韧而不绝:"在繁星寂寞的夏夜/如果有人用耳朵听出蟋蟀/那就是我睡眠中的名字"(《蟋蟀之王》)"我离开桌子,去把/那一堵墙的窗户推开/虫儿唧唧,繁星闪闪/夜幕静静地低垂"(《诗歌写作》);"多么奇诡的黑暗呵。每一次经过死亡/都会抖动缀满星辰的羽毛"(《死亡组诗》)……对星光的喜爱甚至可以追溯至《沃角的夜和女人》,这也是目前可以看到的诗人的最早作品:

> 沃角,是一个渔村的名字
> 它的地形就像渔夫的脚板
> 扇子似的浸在水里
> 当海上吹来一件缀满星云的黑衣衫
> 沃角,这个小小的夜降落了

在这首写于1980年的诗中,黑夜的降临被喻为"吹来一件缀满星云的黑衣衫",飘逸、流转,充满舒缓有致的动感。止于形色的隐喻,使"黑夜"真正还原为黑夜,而不是其他在此时盛行的象征寓意。这种自觉于词与物的同一,自觉于忠实观看、倾听、感受等知觉经验的写作起点,既弃绝于当时蔚为流行的观念性"所知"写作,这种充斥着象征话语和观念模型的写作以"朦胧诗"为代表,并在几年后被诟病为因对立于意识形态话语从而自身也不可避免沾染了某种意识形态,同时区别于另一种纯诗式的不及物的"所知"写作——这种意象和经验主要来源于阅读、想象等超现实领域的写作形式,此时正被几个嗅觉敏锐的年轻诗人所练习。与之相比,《沃角的夜和女人》代表了另外一种更为重要的写作形式,即倾注于描述"所见"和"所觉"的诗歌:"它的地形就像渔夫的脚板/扇子似的浸在水里"。吕德安以近乎白描的精准感知辅之新鲜的隐喻,呼唤和迎接物的初现,同时娴熟地游走于各种知觉之间:

> 人们早早睡去,让盐在窗外撒播气息
> 从傍晚就在附近海面上的几盏渔火
> 标记着海底有网,已等待了一千年
> 而茫茫的夜,孩子们长久的啼哭
> 使这里显得仿佛没有大人在关照
>
> 人们睡死了,孩子们已不再啼哭
> 沃角这个小小的夜已不再啼哭
> 一切都在幸福中做浪沫的微笑
> 这是最美梦的时刻,沃角

再也没有声音轻轻推动身旁的男人说
"要出海了"

——《沃角的夜和女人》

　　这是一个"去象征化的世界",一个纯粹知觉的时刻:窗外的盐、渔火、浪沫、孩子的啼哭、女人的耳语……仅仅作为它们自身发生于一个"茫茫的夜"并为诗人所见所觉。当然,这又是属于吕德安个人的"沃角",是他让盐、渔火、浪沫、孩子的啼哭、女人的耳语从事物转换为意象,并结构进一个语言关系和诗意氛围中:窗外泛光的盐粒反射着灰明的夜空,孩子此起彼伏的啼哭呼应着远处忽明忽暗的渔火,女人的轻声耳语如同"缀满黑衣衫"的"星云"飘过……诗人令物与物作为意象彼此点亮,进而共同丰盈了一个地名和夜晚。

　　吕德安曾说过:"我觉得我的每首诗都是对现实的竭力求近。……现实不是一面镜子,只有我们在它那里真正找到我们自己时它才是。"诗人明白,语言不可能还原,而只能无限接近现实,或直接创造另一个逻辑现实:一个语言形态中的"沃角"。如同这个地名本身所蕴含的:沃,盈润也;角,尖微也。通过对微小事物的知觉和盈润,吕德安找到了属于自己的声音、风格和形象。他的诗歌,也成为献给微物的颂歌,以及献给知觉和感受力的赞歌。

　　微物之光继续闪烁于吕德安其后的写作:"一颗石榴树到了夏天的年龄/正是收获黄金的时候/每片叶子都厌倦似的/裹住一朵小小的梦幻的火焰/尽管实际上它已年近苍老//……你会看见地面上/坠落的石榴在舞蹈/一朵朵小小的火焰在舞蹈/在躲避一只手/你会看见我的臂膀闪耀/心中充满了神奇和敬意。"(《八月》1987)看上去诗人像在目光和感觉的必经通道预先埋伏了一台火炉,穿过火苗上方跳跃的幻镜望去,"石榴"变成了"黄金"和"梦幻的火焰",滚落的石榴"在舞蹈"……诗人深谙知觉的变幻术,身怀提取微物之光的绝技。经其之手,拙朴无华的事物漾溢出迷人的光晕和神秘的光辉,闪烁出形而上学的魅力。

　　"诗歌是一种即时的形而上学。"巴什拉说,"一首短诗应该同时展现宇宙的视野和灵魂的秘密,展现生命的存在和世间诸物。""让我们回到/简单又简单的/事物中"(《除草——悼念父亲》),通过将目光和知觉收缩于微小而游离的事物,吕德安将它们聚拢在一首诗或一幅画中。当它们彼此照亮、互相叩问之时,诗人对生命、存在的洞察以及灵魂的秘密,亦随之悄然显露。

3. "我坠落如石头"

关注"头顶的星光"的同时，吕德安并未忽略它们的伴生之物：

> 我离开桌子，去把
> 那一堵墙的窗户推开
> 虫儿唧唧，繁星闪闪
> 夜幕静静地低垂
>
> 在这凹形的山谷
> 黑暗困顿而委屈
> 想到这些，我对自己说：
> "我也深陷于此"
>
> ——《诗歌写作》

虽有"窗户"和"繁星"，"墙"和"凹形的山谷"仍旧带来逼仄和限制性的感受。这种经验是视觉的，更是知觉的：黑暗如一头受伤的哑熊"困顿而委屈"。什么样的"诗歌写作"可以安慰这头"黑暗"，以及同样"深陷于此"的"我"？

在与诗人木朵对话时，吕德安曾如此自况："诗歌作为文字游戏，一些来自现实的素材在那里转换为文本整体的一部分。"（《木朵／吕德安访谈：深奥晦涩不是我的风格》）这种诗学观念令我们想到"游戏说"的主要倡导者席勒和其名言——"只有当人游戏的时候，他才是完整的人"。面对将人变成"碎片"和"其劳作的一个印记"的分工社会，这位浪漫主义的先驱者认为，艺术的自由游戏能够将人"从分工的逼仄中得到解放"。德国当代思想史家吕迪格尔·萨弗兰斯基对此补充解释说："在美的享受中，他预先品尝在实际生活和历史世界中尚告阙如的一种丰盈。"

"在一个高要求的意义中"，吕迪格尔·萨弗兰斯基将包括席勒在内的德国浪漫主义作家称为"形而上学的娱乐艺术家"。他们站在旧有信仰被启蒙所削弱、理性化和机械化对自然和世界开启祛魅模式的门槛，感到凛冽刺骨的寒意。"浪漫主义作家需要一位审美的神——不怎么提供帮助和保护，不怎么说明道德之理由，而是将世界重新秘密地遮掩起来。只有这样，面对被祛魅至虚无主义的世界，那个巨大的裂缝才能被避开。"对祛魅和虚无主义的克服"形成了浪漫主义作家的现代性"，对这种"现代性"萨弗兰斯基持一种肯定和理解的态度，"因为他们太清楚地知道：有坠落之危险者必须得到扶持。这也是娱乐在此更确切的意义。"

　　一种奇妙的巧合：有足够的文本证据显示吕德安喜欢自喻为"石头"，并感觉到坠落的危险："我坠落如石头，坠落然后溢出我自己"（《精灵的湖》）；"而他的身体就是在这样的音乐中/像一块逐渐消失了重量的石头"（《古琴》）……即使忠实于视觉和生活经验，诗人的"石头"也伴随着"滚落"的势态和"受伤"的拟态："一块石头被认为待在山上/不会滚下来，这是谎言/……/当它们在山上滚动，我看见它们/一块笔直向下，落入梯田/一块在山路台阶上，一块/擦伤了自己，在深暗的草丛/又在一阵柔软的叹息声中升起/又圆又滑，轻盈的蓝色影子/沾在草尖上犹如鲜血滴滴"（《解冻》）。与德国浪漫主义作家相比，两百年后的诗人面对着更彻底的祛魅和更深重的虚无："房子已变成了坟墓，那些我们以为/是房间的，现在不过是一片虚无"（《冻门》），以及诗意和日常生活之间宽深得如"凹形的山谷"的裂缝。并且，当代诗人还需面对象征图式的式微和部分失效，以及"可感知之物"和"可构想之物"的分离。"而今，在我们的视野中"，就像批评家耿占春所洞悉的，"事物正在被还原为没有观念中介的知觉过程"。可以说，在这个"失去象征的世界"，诗人既是"石头"又是西西弗斯，更加需要某种力量支撑他应对坠落和虚无。

　　面对"坠落的危险"，吕德安或许怀着与两百年前的席勒、霍夫曼、施莱格尔、诺瓦利斯等人相似的欲求和写作动力——呼唤"一位审美的神"将世界"重新秘密地遮掩起来"。这种推断可以从诗人所钟爱的意象、动作和气氛，所擅长的韵律和节奏感，以及相对整饰的诗歌形式中得到检验和确证。根据福楼拜的看法，作家的风格蕴含着其"思考和观察世界的方式"，写下"愿这些房子永恒/愿它们有自己的故事和神话/就像海边岩石上的塔"（《纯粹的歌》）的诗人，毫无疑问地接近或者说属于一名"浪漫主义者"，或说得更准确一些：一个崇尚沉静、纯粹、神秘、优雅和永恒的浪漫主义者。通过语言和修辞的炼金术唤醒事物自身的知觉和能量，这个浪漫主义者不仅改变了事物，改变了观看本身，也改变了作为观看者的诗人和作为阅读者的我们。其诗歌中闪烁的自足的、无功利性的美感和崇高感，以及优美舒缓的节奏和音乐感，使"父亲""石头""石榴树"和"房子"复魅了神秘和神圣，同时使写作者和阅读者暂时栖身艺术和语言之中，作为一个文学化的个体获得了某种完整性。

　　　　那匹马，我存心接近过两次
　　　　啊，天空又是多么容易把它
　　　　从闪闪发光的臀部，转变成
　　　　仅仅用来搬运干草的暗淡的牲口
　　　　　　　　——《象征》

当天空把"马"(及其"象征")从"闪闪发光的臀部,转变成/仅仅用来搬运干草的暗淡的牲口",诗歌的"浪漫化"的确可以作为一种复魅世界的途径和美学自救的策略。不过,我们得同时明白,诗歌通过"浪漫化"而生产的丰盈诗意,往往是建立在反对或避开更深远的历史语境和现实生活中的经济交换原则之上的。换句话说,"一袋土豆"只有在"艺术的短暂时刻和有限领域"才可能变成"一桶金币":

> 农民在幽暗的地窖里摆弄,
> 把一只只圆鼓鼓的麻袋竖起,
> 咕隆咕隆地尽数倒进桶里,
> 啊,沉甸甸的一桶金币——
>
> 这才知道它们是一些土豆。
> 一股卑俗的种子气味,只是
> 被施加了变化的魔术,
> 不是还原而是变得更多。

——《土豆》

土豆,在生物学和经济学意义上,是形象普通、价值卑微的果腹之物,在诗歌中却能因着表象和视觉的相似,以及在此基础上的移情而进入诗意生产系统,成为一桶光灿灿的、价值昂贵的"金币"。诗人的确掌握着"变化的魔术",通过背叛"土豆"的分子结构和"幽暗的地窖"可能产生的象征意义——譬如生活的晦暗和贫乏,"卑俗"的土豆变为了"沉甸甸的"和"黄澄澄的""金币"。这种转喻无疑构成了对"农民"和其日常经验的浪漫化处理。回忆一下诺瓦利斯对"浪漫"的定义——"当我给卑贱物一种崇高的意义,给寻常物一副神秘的模样,给已知物以未知的庄重,给有限物一种无限的表象,我就将它们浪漫化了。"我们将更加确认,在这两节诗中,不论吕德安是否有意如此,他都显现为一个浪漫主义诗人的形象。"不是还原而是变得更多",不是"还原"经验本相和"自然"事态,而是诉诸知觉的敏锐和错位,形象的丰盈和移转,以及反对消费社会的经济交换原则,拒斥理性化和计算主义的逻辑,诗人将"农民""土豆"和"地窖"浪漫化了。

批评家耿占春在札记《秋天的意象》中曾经描写过相似的经验。当时他正在新疆,路边堆积的黄豆、金黄玉米以及刚刚出坑的各式各样的馕,让其不禁想象农民和打馕的人"显得多么富有"——如果"仅以形象论,仅以劳动论,仅以货真价实论,仅以生命的必需品而论"的话，在此前提下甚至将馕比喻成是黄金都是"夸奖了黄金"，批评家说，"金子自身没有这样的香气、热量和融化为身体更大欲望的力量。"不过他随即意识到，一旦这些黄豆、玉米和馕必然性地进入经济交换体系，他们的主人就会"顷刻间变成了世上的穷人"。"这是一个邪恶的魔法"，批评家也使用了"魔法"一词——在消极和沮丧的意义上，"让富裕的劳动者失去了一切，让那些不劳动的人魔法般地拥有了财富与权力，并且在一切场所、在一切财富之上神不知鬼不觉地把真实的劳动遮掩起来。"

这种贫富状态的即刻逆转令我们不得不思索：诗歌的"浪漫化"究竟能够在多大的程度上替西西弗斯抵挡那块极速坠落的石头？或许在某个诗意的瞬间，在一个封闭的语言逻辑空间，在诗人将"石头"幻化为形而上学之时，即"艺术的短暂时刻和有限领域"，石头坠落之势可以得到暂时的悬隔。然而如果迈出这一有限的领域，诗人必须先校准知觉和逻辑的怀表。在此托马斯•曼为我们提供了一个伟大的典范：这个曾经的纯粹的浪漫主义者，在领会了马克斯•韦伯的价值领域区分的理论后幡然醒悟："狄俄尼索斯论者在他踏上政治的土地之前，首先必须清醒过来。"在后来的年月里，曼坚持做到了"不让审美的顽念过分地扩张到其他生命领域"。他甚至把尼采早年关于文化的两院制作为依据："在一个屋子里创造性地和浪漫主义地进行加热，在另一个屋子里维持生命地和理性地进行冷却。"另一位距离我们更近的诗人——亚当•扎加耶夫斯基——在"捍卫热情"时也不忘提醒人们："我们必须防范修辞，有些本来值得称道的人就成了它的猎物。"浪漫化的冲动和修辞的诱惑如同塞壬美妙的歌唱。既不想错过歌声又不想让自己为之吞没的诗人，或许可以学习一下狡猾的奥德赛——让人把自己绑在桅杆上，譬如一根叫作"诚实"的桅杆，就像扎加耶夫斯基说的："向'高度'的远征应在个人诚实的状态下进行。"

在绝大多数时刻，吕德安都没有离开自己的桅杆。在修辞的热情和经验的粗粝之间，他掌握了平衡的技巧，也为自己的诗歌"远征"校准了航线："草场上有人在装草/小小的马车闪耀着金光/四周空空荡荡/唯有他在漫游歌唱//……大清早的风吹拂/西天还晃动几颗星辰/过不久草将全部运走/给过冬的畜生充槽。"（《献诗》）他依然满怀热情地为草场镶上金光，并流连于歌声、星辰和微风——这是诗人的本能和"本职工作"，《献诗》也未忽略"过冬的畜生"的石槽——诗人对待生活的真诚和道德感保障了这一点。它们也保障诗人在《土豆》的结尾返回"农民"的身份和其"本职工作"：

但他仅仅是一个农民
必需再垦出一片新地
为她早已预言在先
也为那些真正的土豆

不是技艺，也不是修辞和浪漫化的冲动，而是黄金般的诚实，让"土豆"最终成为"真正的土豆"。"多少年，在不同的光里/我写微不足道的事物/也为了释放自己时/顺便将黑暗沉吟。"(《诗歌写作》)或许，吕德安对微小之物的热爱，与其说是出于诗意化和浪漫化的写作策略，毋宁说是出于对视觉和知觉有限性的诚实面对和坦然接纳。

（作者单位：郑州航空工业管理学院文法学院）

吕德安谈诗

张 耳

1998年4月的一个周末下午,笔者在华盛顿高地城堡屯寓所与再次来纽约短居的吕德安谈话并录音。1993—1995年间吕德安旅居纽约,一度来往甚密,常常相聚谈诗。后来几年书信来往,频感缺失,故借他来访之便抓住不放。以下辑录根据录音整理,没有经过吕德安审核——他已在完稿前飞返福建老巢。

张耳:《他们》诗刊的诗人似乎有相仿的美学观念,这个团体是怎么聚成的?对你的创作有什么影响?

吕德安:也谈不上美学观点,只不过大家趣味相近。开始由韩东发起,1983—1984年准备《他们》第二期,韩东向我约稿,写信说,我们诗刊现在拥有目前九个第一流的诗人,就差你一个。想必在那之前他读过我的诗。我认为《他们》的诗人在当时诗歌表达上比较清晰,干练,词句不夸张,透过诗,能感到作者自身的生活经验和态度。要知道,那个时候多数人写得很杂,很大,写重大题材,眼花缭乱,后来证明好多人不过模仿国外介绍来的大师,没有发展下去的基础。我想开始也不是有意打出什么美学旗帜,不过后来作者的趣味越来越一致。我没参加编辑,对诗刊的运作不清楚。《他们》十六开本,前几期装帧讲究,在当时的地下刊物中算相当出色,后来大概由于经济问题,有几期用打字机出版,就那样还能一年出3—4期,很不容易。我那时在福建,虽然常常发表作品,和几位编者很少见面,还是去北京出差才见到,平常只书信来往。福建我们有几个朋友经常在一起,大家都搞艺术,1982年办了一个《黑星期五》的杂志,因每星期五在咖啡馆聚会喝咖啡,喝酒,聊天,诗朗诵得名,名字给人错觉,其实不强调西化,只强调不专业写作,星期五嘛。其中有三四位诗人,另外有画家、小说家。杂志虽然只出了三四期,可这批朋友目前还都在写,也坚持了十几年,写得还不错,获奖,发表。我最早的两本诗集《纸蛇》《阳光以北》就是那时由这个杂志社出的,自己油印,做木刻插图。回想起来那种氛围对我的起步很关键。

张：你的诗语言（包括词汇、句法）很丰富，民俗的、国粹的、西方的经典，宗教有时能在一首诗里出现，如你1993年在美国写的长诗《曼凯托》。对你语言风格形成影响比较大的是什么？你的语言追求是什么？

吕：我一直关注民间艺术，比如纸蛇就是一种民间工艺品，那本诗集里有一首诗就叫"纸蛇"。20世纪80年代，我的诗受民歌影响特别厉害，创作上有意模仿民歌的技法，语言上追求质朴。我对西方文化不熟，九十年代才读了《荷马史诗》《圣经》等西方经典著作，也只是片段地读。对宗教的兴趣不过是审美趣味上的，并且一视同仁地认为它们都有很美的故事原型，虽然我的诗里有时出现亚当和上帝的一些场面或故事，其实宗教性很弱，不过是被那种古老的气氛所吸引。得承认那种语言的原创性很有魅力，那种没有负担、朴素归根的感觉，多多少少与我的追求比较接近。这样写作，仿佛在诗里能感到某种隐喻，虽然我也不知道其喻为何。于坚反隐喻的文章我读过，有一次也聊过这个问题。我说，你的诗里就很多隐喻，诗就是隐喻，你怎么能要诗却又反隐喻呢？他笑一笑，什么也没说。我更愿意把他的反隐喻理解为反对一种时尚，反对在诗里拐弯抹角，不直接说话，实际上是要去寻找语言的原创性。向语言回归，寻找语言的质感和粗糙的原创性，我想每个写作的人到一定自觉的程度，就会感到这种要求，就会感到不满，对语言和它所描述的东西的距离不能贴近不满。有人写东西写多了，写成了符号和形式，忘记了语言与经验的直接关系，也就是语言的原创性。比如，有人寻根回归到用《圣经》的语气写诗，难免要失败，难免空洞，成了字面游戏。

张：你对诗的外在形式的关注是什么？

吕：好诗的外在形式和内容不可分开，每一首诗都有自己的形式，很难说清楚。当然我很注意技术，尤其是节奏感，在排列断行时，强调某种情绪、语气或字眼的重要性，根据我对音韵的理解。我想，没有什么统一的标准，我在每个阶段对形式的理解，对诗的感觉都不同，没法明确。

张：你惯常的写作状态、惯用的写作方式是什么？

吕：我用哪种方式，不能够事先定下来。当写作中遇到困难，不能顺利进行，我会想不同办法去克服。比如，某处产生不了韵律性，我却能感到几个大线索，或意象，有时只是一个情节，冥冥中觉得与诗的发展有关，赶紧记下来，凡能记下来的以后都能用。现在我越来越少一气呵成，尤其是长诗。诗的形式往往在写作中形成，很少预先知道，到底断行跳跃，或迂回平缓，不一样，有时靠摸着脉搏确定、有时心中没有分明的节奏，可能写成冗长平稳的段落，但如果能确信自己把握的分寸，也能写成好诗。我相信有人能信手拈来，将任何材料变成诗。但如果说所有作品都这样写成就很可疑……

张：你的诗里似乎总有某个若隐若现的故事或叙述情节贯穿，这是一种创作技巧，还是诗内容的有机组成？

吕：我想是诗的内在需要，趣味的需要。作为写作材料，我比较喜欢事件，它在诗里有一种动作感，有一种形象。阿什伯莱的诗大家现在都学着用，里边就充满事件，充满动作。又比如毕加索对一个茶杯的处理，支离再重现，随机应变，充满偶然，动态与静态合一。这也是我想取得的效果：表面看起来很迟缓，但却又充满动作的张力。事件是能构成这种感觉的材料。最近我正在写一个"挖井"的作品。（住在纽约城里写挖井？这里的孩子大概从来没见过井——笔者忍不住插话）我觉得井本身有隐喻，而且与我向往的生活有关，有固定感。其中写到"四处流浪，最终在自己家附近找到水源一汪"，写到"泉眼"，"在挖地三尺时，有一种禁忌感"，仿佛触犯了什么，"深入土地时，被土地的威力镇住"，也许是某种文化或者迷信的东西，我也说不清。最后写，"把大地圈在井底之外"，从大地里挖出泉眼，却要把大地圈在之外，我觉得是一种有意思的感觉。首先有了这句话，成为动机，所以写了这首诗。事件往往并不是很完整，不过提供一种气息、趣味去呈现。

张：你的事件几乎都与体力劳动、肌肉有关，比如挖井、捕鱼、铺台阶、打房顶、建房、跳水、扫雪，这是一种有意的选择，还是偶然？反映你个人的生活，还是向往原始直接体验的审美趣味？

吕：审美趣味，审美趣味。也许在寻找某种单纯的生活。当我做体力活时，不会去幻想写作，会把写作推迟到不需要出卖体力时进行。我喜欢自己做，铺台阶，建我住的石头房，虽然做得不好，也自己做，觉得完成一件事情……我在工艺美术学校学过装潢，其实我不适合做装潢，那是个细活，我的力量太大了，可以出出主意，做不来。比较喜欢绘画，比较自由，也画了一些画，画得比较一般，如果一定要用名词标示的话，大概接近表现主义。最近几天读唐诗宋诗，感觉特别好。那个时代，诗人与语言融为一体，语言运用、汉字组合到了一个高峰，形式复杂完美。我们在语言的操作和自觉上不如从前，当然我们是跟那时最优秀的东西比。他们有很多教条的东西，也许是那时的趣味。他们有匠气，但我也喜欢有点匠气的东西。相对于过于张狂虚幻的心态，我说，你就给我实实在在地写，像一个匠人老实地完成一件活，不要作势让别人猜你走到哪一步了。你看所有大师的手艺都特好。而我们这一代缺乏训练，另一边却又走得过远，妄谈框架、主题、观念，眼高手低。

张：国内的生存环境对你的写作有什么影响，相对纽约或欧洲你住过的地方？一边挖井，另一边闹哄哄地盖新楼，卡拉OK，环境是一种有益的刺激呢，还是一种噪音？

吕：这个问题我没有想过特别多。我想在我的诗里我的审美趣味是对周围环境，对社会噪音的消解。我写作是我自己的，对自己话语的确定……

张：中国诗人观点这么明确的少，或歌颂，或反讽、揭露，表示愤慨，总之想对环境发生影响，儒家传统文化源远流长，而你似乎从一开始就不一样，纯粹的个人写作。

吕：不光是我，好诗都是对社会公众形式的消解。用自己的语言说一件事，就是对社会的消解。于坚的诗有扩张性，他充满了问题，对，他选择的事件有隐喻，政治性的隐喻；韩东比较纯，他写一个杯子，眼光集中在杯子上，却又写了光线会抑制，等等，"抑制"一词在特定语境下就带上社会投影。我理解的政治意义比较基本：在社会大环境下个人按自己意愿生存的事件就具有政治意义；把一个人从外界拉进来读一首诗，让他与语言，与具体的事物、独特的事件，与自然发生联系，就构成政治意义。我不觉得我出世，这几年我诗歌的主题是关于回家，和人立足于土地上的问题。我想，这也是一个时代的问题。很多人没有家，很多人与自然疏远，所以有"四处流浪，最终在自己家附近找到水源一汪"，总觉得"身后有一个水源在瞪视你"。我没有怀疑我与时代没有关系，所以这几年能安心写作。

（谈话间，吕德安一根接一根地抽烟，现在又剥开糖纸考虑是不是要吃一颗祛痰止咳的薄荷糖）

吕：其实说起个人或出世，我觉得你写的那套山海经的诗（指笔者以山海经里众女神为原始模板的组诗），就是极为个人的做法，从某种意义上讲，是一种回归的努力，对另一个我的发现，或者说重新塑造，其中也有不少关于理想的田园，个人环境的追踪。我想，不管写什么，语言的速度、节奏和形式，就已经是时代的。

张：我那组诗的速度特快，叭叭叭，嘣豆似的，也许是纽约生存的影响，虽然意象造得很远。只是最近才好像能放慢下来。而你的诗节拍舒缓,令人发怀古之幽思……换一个话题,你除了"他们"诗人,还看哪些诗人的诗,中国、外国的?

吕:同代人的诗我看得越来越少,只看几个朋友的,于坚、韩东、西川,看得不多。国外大师的,看布罗斯基、艾略特、叶芝,这几个人的诗经常看,也不是统统都看,比如艾略特,我喜欢他的《四重奏》,反复看,看那首诗你会安静下来。史蒂文斯的诗一度都看了,没事就翻翻,不同时期看到不同的东西。近来看悉瑞的短诗。阿什伯瑞看得不多,而且觉得看一两遍就够了,当然我很佩服他的能量。现在说不清我的写作受谁的影响最大(你的诗已经形成自己的风格,一看就知道是吕德安写的——笔者插话),也还不能这么说吧。黑大春的诗不知你看过没有,我很欣赏。他是我最早的"诗兄",我刚开始写诗,他来福建,那时我还在读书,是他让我知道北京诗人的生活和作品,还有他个人的浪漫气息,诗人的个性,对我影响很大。他用词非常个人化,不知为什么现在几个好诗人都不太喜欢他。

张:我很爱他的长句,很有音乐性。不过我惊讶你喜欢他的诗,他那种十九世纪的浪漫情结,似乎与你的质朴是相反的两极。我读他的诗只看几节,不错,很美,挺有才,可总觉得有点……也许我异化、压抑过度,没法接近他的情操和感觉,立足现在发怀古之幽思是一回事,生活在一两百年以前的语境就让人觉得……王渝电话打断话头,告诉我杨炼五月底来纽约在诗工程朗诵,说到时候大家一起聚聚,又说杨炼想问问老蓝能否届时给他安排在巴尔德学院朗诵。五月底这里大学已经放暑假,我们大概只能在圣马克教堂看他的作为了。我忽然想起两个月前,老蓝向我讨杨炼在伦敦的地址,一定就是为诗工程这码事。吕德安说不定什么时候就要回福建,不知那时还在不在。他站起来,趁窗外春意诱人,赶紧一同出去走走——一不小心聊天聊去了不少美妙时光。

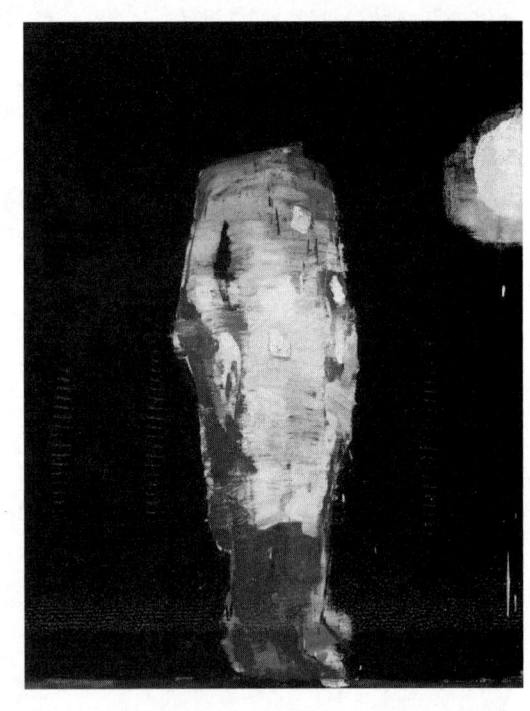

吕德安油画作品《我的心里是世界》

寂静的知识

于 坚

吕德安是安静的画家。

与这个时代的普遍倾向背道而驰。在我看来，这个时代的艺术是腐败的，它的品格是一种经济品格，迷恋观念（商标？）、积极进取，夸张、喧嚣、枯燥、强势且唯利是图，对意识形态的隐喻成为拜金者的遮羞布。吕德安的作品像久违的秋天，灰色的、消极的，退隐、痕迹、"在任意的表面，涂抹、拉扯、覆盖、涂改"，被时间的赤足践踏着。也是召唤。召唤那些先验者前来他的空白中聚合。吕德安深谙西方现代主义，但是他想画出自己本性中的颜色、时间。这个时间从现在延展到八大山人的时代，从纽约的电梯间连接着福建省的海。他的某些浪卷也许来自马尾岛的黄昏，他在那里的小镇跟着父亲渡过了童年。他的经历相当朴素，早年在福州工艺美术学校学习，画画、写诗。后来去了美国，在南方以北虚度岁月，写下了几首不朽之作，我多么喜欢他那些关于石头的诗！终于不得不去谋生，加入曼哈顿窘迫的街头速写行列，我记得他如何拖着绑在脏兮兮的小型行李拖车上的画架，羞愧地走进地铁。灰的厚度就是这么来的。这是一个忧郁者，并非多愁善感，也没有抑郁症，他热爱生活，热爱它的败笔。上帝的材质使然。我曾看见他独自坐在法拉盛一间廉价公寓的公用厨房的窗前，望着对面墙壁上在暮色中逐渐加深的灰。另一次我们从纽约大都会博物馆回来，走进他公寓的老旧电梯，那电梯有个可以窥视楼层的小铁窗，像牢房一样宽大，早已丧失了新技术的派头，门关上后，我望着那些苔藓般的锈和某处斗殴留下的凹痕说，这也是"你看过的"。这并非要标榜某种现代主义的知识，而是，空间的转移令他获得了时间深度，如果眼光无处不在的话。八大山人为何不可以出现在纽约的电梯间里，这部老电梯是善意的，已经在时间中检验过，就像那些大地上的无德之物。吕德安的艺术精神来自他的中国家乡，他只是将水墨换成了油彩。他试图用油彩处理意境，他不仅仅止于形式的抽象，他的灰另有含义，只是我们不能从通常的主题来知解。只有时间会令你看到它。

因此，吕德安的作品在我们时代不入流，呆在冷清的一角，如他山上的石头，因为耐看而必被忽略。我在他的画室看了很久。他也抽着烟，再一次看他的画，他的那些灰肚子的有条纹的猫。这是一种"寂静的知识",而只有穿越喧嚣的寂静才是寂静。是的,还可以再灰一点,但是怎么灰,这不是关乎刷子的厚薄,而关乎虚无的深度或者某种日蚀。

"风转向角落,如一场空空的膜拜。"

"这个诗人其实更想自己是一个画家。"(吕德安)

不,他是一位诗人。

于2014年星期日在昆明紫庐

吕德安油画作品《心狱与祥悟》

第六届东荡子诗歌奖答谢词

吕德安

我把获得东荡子诗歌奖当作我尊敬的诗歌同仁评委所能给予我的最大的荣耀。我相信，一个以当代自由诗诗人名义的诗歌奖，有其深远的学术前瞻性和精神影响力。如同一面清晰照见的镜子，东荡子诗歌奖在种种价值观念嘈杂而困扰的今天，其纯粹的文学道义和立场是不言自明的。因此，面对该奖如此慷慨美好的授词时，我深感荣幸同时难免惭愧。

在隐喻的世界里，诗也是生活的一面镜子，或是大地上一口古老的泉眼，而对于一个自上世纪八十年代写诗至今的我而言，自由诗也无异于一面镜子，它让我们目睹不止一代人在诗歌写作上的变化，以及在更大语境的落差中如何盘活那泉眼，直到开始感到某种释放或禁忌。而且正因如此，我们确信新诗发展至今已催生出一个传统，就好比我们终于拥有了汉语自由诗的合法性。我这样说有点吓人，但证据到处都是。或者不管从哪个真相的角度看，在以往的经验基础上我们可以自圆其说点什么了。

然而就从事诗歌写作的个人而言，我倒愿意再退一步说，关于"自由诗"（这个词如今不怎么有人再去提起），它过去所意味的一切始终还对我起着作用——它仍旧是未尽之事业。这个作用超过任何写作门派和主义，促使你免于写出低于自己水准的东西。我知道我这样说太过象征了，就像老早就有人说，诗就是诗。然而就像在经验和语言之间，一扇门朝着自由双向地敞开着，而倘若一个人以诗歌为目标，终究会从这扇门里发现一个共有的房间。愿诗歌源远流长！

谢谢大家！

2019年10月28日

与"画"有关

吕德安

1. 我自幼喜欢画画在先。一直磕磕绊绊涂涂画画到了青春期从一所美术学校毕业出来。后来我的大部分时间曾用来致力于写诗，但是在我的书架上，画册永远有着重要的地位。

2. 我写诗出于对言词的倾听，但我又似乎更多的心仪于"看"；

3. 童年时候，在大人的棋牌桌下，一本破烂的线装旧书，它里面的图画是白描，字是老宋繁体。那时我对古体字可谓一丁不识，但书中画了很多裸体在地狱里煎熬的情景，对我幼小的心灵造成的震撼，可与后来读但丁《神曲》（包括它的插图）相提并论的。还有一个记忆的画面，是在我年龄稍大一点后，从隔街一个邻居疯子的阁楼上看到的，那人死了，人们要将他从楼梯抬下，我跟上去，看到幽暗的墙上挂着一幅古画印刷品，画面里一个白须飘飘的老者在一棵古松下给一个半裸的人针灸，天高云淡，有白鹤数只——这个针灸图画传递出着一种古老的寂静的知识，也是我对中国画最早的认知。它们都与身体的在场有关。后来在文化大革命，身体消失了，山水变成了风景，寂静为政治所遮蔽，心也退场，而成为一次漫长的心的日蚀。直到西方的印象派或野兽派介绍到中国来，然后是所谓的立体派，抽象主义，表现主义，后现代主义，而我随波逐流，断断续续的在写在画——直到有一天，我读到十八世纪那个写出著名的《夜莺》的英国诗人济慈，他说：写不如想，想不如听，听不如看……看来西方的上帝也一度缺席过，这段顿悟式的感叹也像一个证词；看来这看似压抑已久突如其来的说法，却是心之所向；看来这个游山玩水的外国人，在对着自然的行吟中，也已游心太玄，或者他也读过我们中国唐朝的一位画家的话：外师造化，中得心源，但给我直接的想象是，这个诗人其实更想自己是一个画家吧！

4. 1991年我去了纽约，以画谋生，三年后回来，在自己家乡的山上盖房住下，有人传说我隐居了，事实上我只是换个地方写诗。当我在一首长诗里写到"当风转向角落，如一场空空的膜拜"——我想起了自己从未正而八经地画画，虽然其实我一直在画。只是现在可以"正儿八经"点了。我搬出早年留存的一堆旧画，想卷土重来，但我看了看又卷起来放回阁楼。在山上的那些日子，我似乎更喜欢另外一些体力活，铺铺石头或移几棵树。或浸到池塘里捞出扎脚的，把它们抛到岸上。或者干脆停下手中活，呆望着自己的"园林"。不过后来我还是画了,先是画了一些漆画——那是一种在传统的画法里可以画得很光滑的画,但也可以无比的粗野,它的材料来自植物身上的一个洞,神秘莫测,具有生长的性质,可以用来触摸。甚至对它敏感的人还会造成痒。我想说的是,我所居住的那个典型的南方的山谷,适合这些。

5. 当一个人意识到自己是一个"意识性的存在"的时候,常常会突然发现那并非真实的自己——这之间似乎有个空白,让人无所适从。某种空白似乎永远在等着画画这种"行为"。某种空白意味着我将重新找到一个自然的我。正如我在山中的存在,当我面对它感受到某种隐匿的单一的享乐配合相对单一的动作(那些色块的运用以及线条的书写)在我们已知的因果关系或智力之外接近空虚的真实——这样的空白似乎就足以构成一个事件:我在与世界发生着对话,我说的是我的那些抽象画。

6. "当一个人感到自己并不真正存在,而灵魂才是真正实体"——(葡萄牙诗人佩索如是说)而人类的语言对这种感觉变得难以界定的时候,画画能让身体退远一步,因而也更加接近这样一个"空空"的在场——而某种无我意义上的在场感使得那些好像不是的东西正好成了一个任何可以是的东西的地方。于是主题在彻底的否定性(它不再是一种否定)中醒来(罗兰巴特语);于是任意的表面上的涂抹,拉扯,覆盖,涂改,永远在事物的边缘移动,感受着行动和观念,回避了种种受到压抑的性理,使我仿佛而返回到某种言语关系的源头和具有精神品质的空间里——正是我所竭力求近的,而这样的境界我以为正是中国古代艺术的精髓之所在。

7. 画画也是一种劳动。我希望在劳动中发现自己的天性。我记得西方的雷诺阿曾经说过,艺术要不会让你变成一个天使,要不会让你变成一个娼妓——这两者我在美国的纽约和当代的北京都可以撞见,我也得知在东方的禅修过程中,艺术是一门古老的手艺,为什么用门这个词,因为它某种意义上也是修行,而在禅修里据说动手的能力是必需通过的诸多关口中的一道关口。

8. 画画也是手的属性的一部分,是自然的传承,是手艺。我曾幻想写出一首天下最笨拙的诗,是叫人手把手写出来的那种。看上去像是回到写字本身呵!我还相信和写诗一样,绘画中的手艺首先是对一个人的诚实的考验,不论在哪个时代或什么样的天气里;不论你画什么画,同样都跟心灵里的眼睛有关。所谓的得心应手,应该是画画这门艺术里最抽象的精神罢。

9. 然而,今天我着手为自己编辑这本小小的诗画册,并试图在这里另外说些什么,留下几个文字的时候,我突然觉得这就像要说清一个生存形态一样的困难。因为在我看来,所谓的诗画同源,尤其是当它涉及到某个个体的存在,它就是一个灵魂的问题,需要追溯到梦境中的那块土地。为此我只好作罢。

10. 最好还是让我们重新回到"看",当济慈沉迷于看,另一个伟大的英语诗人弗洛

斯特在一百年后的一首诗《不深也不远》里写着道:

> 他们望得不太深
> 他们望得不太远
> 但有什么遮挡
> 他们凝望的目光

2012年12月5日

辑二／陶诗研究

木朵近影

木朵：当代诗人，大学教师，主持的元知网（http://miniyuan.com/index.php?m=bbs）

陶诗研究

木 朵

1. 谈论一个杰出诗人,实际上在谈论接触世界的一种方式。这个诗人不是突然蹦出来的——我们都这般认为,在他之前,有较次要的诗人提供了精神链条,帮助他摸索(转而成为铺路石)一条可以发扬光大的途径,却在他之后,无数诗人再也不能超脱。导致他成为一个价值符号的最重要的原因是什么?

2. 看上去,有一些诗属于阶段性成果,又有一些诗脱胎换骨,成为最基本的模型,其说自圆,使之难以增删,也就定了神。那么,杰出的诗人在原有的基础上添加的是什么?为何偏偏是这人而非那人获得了硕果?

3. 当读者们想找到他们心目中的"隐逸诗人之宗"时,他们定能如愿以偿。对某种流派、技艺的猛然醒悟,造成了这个时代的禀赋,一般而言,类似的禀赋更早出现在诗中。文学批评的"隐逸"与"宗派"的观念端倪,都赖诗中幽情不断供应。诗,曾在诗人那里,变成了"可以这样写"的一种心智训练,接下来的数年,无非是等待一次命名而已。

4. 给人的感觉是,诗一开始在默默干活,甚至不了解自己的身世与底细,但不久以后,他突然碰见了一个女人——她声称是他的弟媳。可见,覆盖在上的至少有两层薄纱:诗的初衷——当时是怎样认识诗的,以及诗是怎样自我认知的;来自广泛的读者方面的反馈,他们纷纷发表看法,声称找到了诗的胞弟——诗的血脉犹存。

5. 作为一个诗人,当时他已然意识到所写的这些作品,开始有别于其他人吗?也可询问:最初,他感觉到在前人的基础上有所跃进吗?同是一个个体,为何他目前在诗中能达成的事,此前却未遂呢?人的认知需要接触他人的经验,并且这种仰仗形成了彼此依靠的关系,且继续造福后人?这么一来,诗,变成了一种可以进化的对象,它同时受到两股推动力的作用:其一,诗自身的日益丰富的内在需要,诗人对诗的认识在不断拓展;其二,诗赖以生长的土壤也在反复耕耘中显示出单产增长的趋势。

6. 当时,他认为重要的主题,诗所正视的对象、所兑现的诺言,在日后可能不被认为那么重要了。这些认识上的差别与时间链条上的不同色素,有无合适的办法加以识别?我们在进行批评时,是拿当时的条件来衡量其得失,还是用后期的审美铁律来打造一副枷锁。应把他放在一个怎样的环境中来进行判别?

7. 作为一种"田园诗",它得益于他的边缘身份与学识,诗找到了它的承担者,似乎一个滚动的雪球突然出现在他的门窗下。他只是套上了一件外衣,将它包裹在内,而获得了署名权。他可能不了解这个包袱中到底有多少能力,他所用过的一些手段,自然成为"田园诗"的属性,他未涉足的领域则有可能被当成另外一脉,去找附体之身。

8. 发明了一种说法、一个流派或一类招术，若不能对号入座，缺乏具体的诗人来体现它，就会减弱这些发明的效力。他代表着"田园诗"的饱满状态或巅峰模样，很可能还涉及排序的学问。我们总得安排一个人坐在那儿，现在，没有谁比他更合适的了。久而久之，我们会遗忘这一点，而单纯地认为，他因得尽田园的风光与乐趣而名列前茅。简言之，他一方面是收集了前人的相关意见，另一方面则直接向田野学习，好像诗就是田野的蔓延，而继承其衣钵的田园诗人终其一生都生活在他的阴影下，是他的模仿者，是一定规模的田园诗的平方根。

9. 你也可以唱和，不顾场合，生搬硬套。但是，除了显露出一股子敬意与胆识之外，这些诗就不合时宜。它们是对雪球边际效益的衰减。挖墙脚、搽脂抹粉而已。当然，我们也要同情这种做法：后代诗人的次韵行为起到了神化作用，乃至等同于创作之前的一次祈祷仪式。这种做法实际上也表明了对诗的一种基本认识：利用附和的这种机会，可以了解到最初的诗携带着怎样的负荷。

10. 一般的研究工作都乐于取道他的实际生活，来环绕他的诗篇。这种不断复活作者形貌的劳动，在给出一个因果关系的同时，又生产了它的对立面。声称刚好是这样的生活条件下的诗人抓住了历史机遇，将导致诗的可能性受损，以致出现这样的判断：诗只有一次机会解释历史的处境。而研究工作的本意之一在于找到某种规律性，以便提供仿真的方针，甚至制定超脱的策略。

11. 这个诗人写出的我们现在可见的"田园诗"，是不偏不倚地施展了自己的抱负与才能吗？抑或是歪打正着：他本打算写另外的诗，可偏偏击中了这个标靶？"田园诗"是他的主攻方向，还是无心插柳而成的绿荫。

12. 这些诗似乎对当时的社会不产生功德方面的贡献，甚至也不及时参与即时美学的建设，但与生俱来的疏离感成为后代诗人写作的憧憬。百般憧憬的惟一后果就是崇敬。它们所显露的甘于人后的可行性，一直成为诗可以不干预人世的帮腔。后代诗人认为，退而求其次是一种可信性，毕竟曾经实现过一次。这可能是一个误区。

13. 在诗国附近仿佛连年的政局动荡，而诗是政治的紧邻，随时瞄准又秋波不定，它紧盯着政治脱口秀。并通过自身的深邃与精湛，日益显示出差异性：这种属性上的捕捉几乎是诗对政治的免疫力的培养，也可能是惟一值得自夸的胜算。

14. "田园诗"何尝不是一个时间点？之前是"前田园诗"，之后是"反田园诗"。

15. 我们对"田园诗"或"隐逸诗"的嘉许，实际上也设定了相应的底线：亲近田野，但不等于农夫。它就像是一根匆匆亲吻园地的切线，能自圆其说，不一定入赘做了农家婿，才能体会大地的慈悲与宽广。

16. "田园诗"是诗的一个怎样的形态？是一个特殊的阶段，还是一个夺目的分支。诗莫非进化到此，已经栩栩如生、面目可辨，乃至于明眼人一看便知这是怎样的诗？这些问题可以归结为一个具体的疑问：田园诗与田园的范畴孰大孰小？

17. 既然在两个对象之间不宜直接划等号，那么，这个诗人与"田园诗"到底是怎样的关系？他的这套做法（其实只是我们所了解的一部分）用于"山水诗"会出现怎样的变异？

18. 一个长期生活在宫廷的王子能写好"田园诗"吗？莫非他只能成为宫廷诗的宠儿？后来，出现了宫廷斗争，他遭受废黜，流落乡野，这一波折有助于"田园诗"对他的启蒙与开导吗？决定一个诗人成为田园诗人的因素有哪些？

19. 将一首诗当成一个盒子来看，外表如何、内里如何；为何人们喜欢由表及里的观察方式？那些显著的风格缺陷，作为铺垫，只是为了帮助人们实现审美观的转折？先认出这些属性，后推定那些特征，美中不足也好，瑕不掩玉也罢，二分法的运用总令人心安理得。好像都有两个存折，可以在彼此账户之间实现视野与活力的划拨。

20. 王子写好"田园诗"的前提之一：修改有关命名细则与深情款款。

21. 我们愿意做出这样的判断：他的诗是一种奇妙的结合与结果，促成这一感受体系的因由却不一定在别的诗人身上能焕然一新。诗是作用的对象，就像一张纸上的褶皱，导致此现象发生的作用历来是难以辨清的。

22. 他的诗有规矩、可学吗？称之为"妙"或"自在"，似乎减轻的压力受到我们照顾之后，默认了诗的发生学有几个页码的缺失。

23. 如果致力于参照、学习（见招拆招），会造成怎样的结果？王维去学与韦应物去学，各自得到的心法与形体有何不同？有怎样的交集呢？莫非影响的焦虑之下，他们在这一方面的用心，只能获得次要的声色？

24. 当你去揣摩他的诗时，是格外注意他切于事情的爽直（好像不受事物的限制），还是他在格律上的放任自流？你是因写不好一朵菊花，而去找他诗中的配方，还是想尝一尝敞开胸襟的新鲜，给自我换一副肺腑？你希望偶有获益，接着，就一次次如愿以偿，好像他那里是一个取之不竭的宝库。

25. 你是否觉得他的诗经过了深思熟虑，是迎合了情感最丰沛的那个时刻或诗最佳境界所需要的那种情感级别？一种即兴发挥的写作是否表明他的诗更多的来源是天性？他所驱遣的诗中事物出现的频率令人厌烦并产生审美疲劳吗？如何体现他写作中的经验性，比如在词的对待方面屡屡打开生活的大门，或不露声色地给诗安置用于反疲劳的小小窗户？

26. 有没有一种"田园式批评"？它也许是惟一能胜任"田园诗"之铺垫与繁衍工作的播种机。也就是说，要彻底了解他的诗集性质，需发明一种与之对等的语言模型；但我们又立即拿出一个现成的观念积木来敷衍：批评总是小于诗——既有能力的先天不足，又出于礼貌。诗哪怕是流落在最出色的批评文本中，也会丢失一些小装饰、小零件，好像一首诗原先是多种元素的组织。

27. 我们通常不信任批评，其根本的原因是这个采用批评术语的写作者，并不能仿制出一首像样的诗来。他似乎只是打擦边球，在批评层面的操持，始终不能赢得诗曾经开拓的那种局面。这种注定失败的工作也许能促使我们换一个角度看问题：批评犯不着去趋炎附势，密切注意诗的一举一动、一颦一笑。批评可以走自己的路。

28. 这么说来，"去之五百余载，吾犹知其意也"的良好感觉，完全不必拿一首依此而行的诗来佐证。我们能停留在散文这一层面，来小结对诗的诸多认识，可以防止我们奏响哀歌：诗总是遥遥领先，不可攀比。与其在诗与文学批评之间寻求弥补差异的诀窍，不如发展我们在文学批评之间的绿茵覆盖率。"质而实绮、癯而实腴"的审美判断置于批评的余地，而不兑现于下一首诗中，或许才是明智的，也合乎文学批评的本义。

29. 在归纳他的诗风不可追及的理由时，我们能找到不少共识，它们不是一个公式，而是一些散文化的辞藻的盛放。比如"冲淡深粹，出于自然"，在这种措辞的立场上，我们失去了等级观念，而只持有好与坏、真与伪的黑白分明术。而"冲淡""自然"本来也可体现出的级别，那些一个接一个的台阶，被我们所设置的批评术语夷为平地。如此一来，我们不再谈进阶方法，而是谈高不可攀与天壤之别。这种谈论显得很安全，不易出错。

30. 我们接纳了这种价值观："外枯而中膏，似淡而实美"或"初看若散缓，熟看有奇句"。这种观察对象的方式是文学批评的不二法门。它告诫人们如何分阶段、分区间去看一首诗，并且认为一首诗若不能合乎这种耐看性，也即不合乎批评预置的运转程序，就是不美的。有中心有边际，有朴素的外貌对读者的教育，有一而再的认识上的推进，如此等等，诗就得体、合法，诗与文学批评就有类似的食欲，达成互证的效果。

31. 当他的朋友当面告诉他，"你的诗'外枯而中膏，似淡而实美'"，他会有怎样的反应呢？在外人看来的溢美之词，当事人也许觉得有失偏颇。有没有这种可能性？如果他欣然接受，并礼貌地答谢"这就是我想达到的"，是否意味着诗的出游还得文学批评签发一本护照？他不笑纳，是不是他对这种读者反应机制有些反感？他注意到了这个论断的时髦气息，它们貌似周到的服务实际上很傲慢——一旦作者对读者的反应也显示出某种似是而非的两面性，就很可能反证了诗的现实等同于批评的处境。

32. 在一次小型聚会上，几个诗人谈到了他，纷纷认可了其中一人的观感。这时，个人的某种感觉似乎取得了共识——感觉得到了强化之后，就立即变成不言自明的论断，乃至于姗姗来迟的诗人失去了及时的语境，而不得不附和这个观点。于是，入会者共同签署了一份声明似的。这种在言辞上显得周到的判断很可能引诱它们的受众放弃积极的反应，而毫不犹豫地赞同，因为它们表达得够好了。

33. 偏偏有一位嘉宾持有异议，他跟同席讲："何以见得他的诗'外枯而中膏，似淡而实美'？能否举例说明？"这个人顶撞了美学协议似的，大伙讥讽他无非是借助这种反向操作来达到哗众取宠的效果，但接着他又问："可否列举一首与之相反的诗，作为对照，那种诗是'中枯而外膏，实淡而似美'？"

34. 一个陶诗迷站起来，以切身经验来作答："我花了几年工夫，用力学都达不到他的诗里里外外的境界。他的诗确实如此，'外枯而中膏，似淡而实美'只是那种惬意感觉的扼要说明，我的经验表明，他的诗非力之所能及也。"至于此人用的是怎样的力或力学原理，以及他究竟学到了什么、陶诗中还有哪些东西没能掌握，大家都不再质问，友好的气氛下，共识才造成良宵。

35. 一位姓朱的入会者最后总结陈辞："人皆说是平淡，据某看，他自豪放，但豪放来得不觉耳。其露出本相者，是《咏荆轲》一篇，平淡的人，如何说得这样言语出来？"会场顿时哗然。大家纷纷以豪放派诗人为参照，来检索腹中经纶，以便对"豪放"带来的波澜进行省视。平淡的等级还来不及品味，这时美学权威又播放了"豪放"的插曲，真叫人措手不及。既然被专家定性为"豪放"，那么，接下去的研究课题在于为何要豪放得不觉——将这种朦胧转化为这个学科的新觉悟。

36. 一位心思缜密的诗人后来想："我可否做些许改善，略微提高一下他的诗所达到的那个层次？"他的诗整体框架不变，只需在某个方面做点完善，或许会让诗表现得更好？问题是，该从哪个方面首先入手呢？他本人当时难道没有注意到这个问题吗？

37. 我们不断提升诗的水平的愿望是一个怎样的对象？杰作是否在告诫我们：诗到此为止？如果一首诗存在某个缺陷，由此就具备了衍生更多风格化的小诗人的条件？我们也想弄明白：诗的缺陷是什么东西？它始终存在呢，还是随时间的迁移而变化？衡量诗之齐备的标准在哪里？我们中的哪一位可以写出一首完美的诗？

38. 一个农夫随口吟出的"狗吠深巷中，鸡鸣桑树颠"，与将这一吟咏记录下来的行吟诗人复述给我们听的同样一句话，会有什么不一样的感觉吗？这句话凭什么散发出诗意，进而被推举为田园诗的本色？

39. 狗吠与鸡鸣这一组合，跟深巷与桑树这一搭配，在诗中产生联系，是起源于他的笔下吗？也许，你可以查询资料，发现他只是援引了以前的读物，无非是做了小小改动，也许他就是路边拾遗者，刚好捡起农夫的呢喃。当这些组合进入了诗行中，历来的诗出现了轻微的变化吗？我们为何对此拨动了心弦？莫非你觉得这种直言其实的方式很新鲜？

40. 一行诗快速地帮我们描画了一幅田园风光，与我们的部分经验相契合，而我们还来不及如此描绘，于是，我们赶紧把这位走在前面的诗人称为这个走向的代表。放在当今的农村或城镇，"狗吠深巷中，鸡鸣桑树颠"，我们还能强烈地感受到其中的田园趣味吗？如果你在市区恰好找到了这四样东西，再次拼凑它们出来，你的房东会不会觉得你是大惊小怪呢？闹市的非田园性质，是否会使你的诗适得其反，而你要的就是一种怀旧或反讽效果？也就是说，使用它们，只是谋求一种形象化的效果？

41. 写"父亲"能看懂的诗，这一度是诗人们为写作设定的基本要求。确定一个起码的读者,似乎能保证诗走上正道,不至于想入非非。问题是,你了解父亲吗?很多时候,诗并不直接交到老人家手里,而是我们自以为它能在父亲眼前过关——"父亲"这个角色所代表的准则,实际上是我们的一种假定。

42. "父亲"这个词,也容易令我们想到以往的传统:这位先人若能看懂我们的诗,就表明我们已经深陷某种光荣的历史意识中。"看懂"也可以细分出若干个等级,但平时我们并不注意这些。我们注意到的是它的反面:看不懂。为什么有些诗让人看不懂呢?这种写作态度是忤逆祖制吗?

43. 我们所谈论的这位诗人,他会不会把"父亲"当作第一读者?也许,你会说,他的诗反而是写给子孙们看的,如果他们看懂了,那就是家训与佳讯的良好结合,如果他们还看不懂,其中就隐伏着督促与责备的音符。在写一首诗之前,我们已假定谁是重要的读者,它会产生细微的变化吗?诗写给知情人看,与写给陌生人看,二者存在什么差别吗?在手法上会有不同的取舍吗?

44. 于是,他变成了田园诗的"父亲"。在他所耕种的土地上,为了体现出这块古老的土地其广袤与丰腴,我们是以提高单产为主,还是根据现有市场的需要种植其他经济作物。我们写的与田园或隐逸有关的诗,能得到他的青睐吗?在新诗与旧诗之间,到底有几根纽带?

45. 如果他的父亲是一位高官,这些诗是否仅从某个角度得到理解?要是老人家是一位农民,像"白日沦西河,素月出东岭"这样的描写,会不会显得有点装腔作势,好像离父亲的感受还差一座浮桥的距离?

46. 我们对诗的认识,以及随之而来的评判,可以怎样发生?又为何是目前所见的这个样子?比喻的运用,有助于我们更清楚地看问题吗?当你认为他的诗"如绛云在霄,舒卷自如"或"如天地间之有醴泉"时,你是从气象学的角度,还是酿酒师的口吻,来表述自己的感受。打一个比方,我们就比此前看得更清楚了吗?如果我们再次表述一下对这个比喻性认识的看法,我们有何良策?

47. 一个问题的解答往往从另一个类似的情况,或由它衍生的更小问题入手,求助临近的气味和相似性,会使我们离最终的答案更近一些。为了了解诗在它的寓所里都干了些什么,我们可以调查采访它的邻居,哪怕是贴着邻居家浴室的墙板上听一听,也可能找到一些动静——把它周边的环境弄清楚了，它自身位于的那个空间，就迎刃而解：它开始位于一种可理解的趋势中。

48. 比喻，或具体为喻体，或使用比喻的方式，正是诗的一个芳邻，也是我们认识能力的一位直系亲属。

49. 如果你打算采用一个比喻来衬托你对一首诗的看法，当时，你至少有两个选择，可以用一朵云，也可用一泓清泉，但你立即选定了前者。请问：当时的取舍标准是什么？又为什么当时有两种形象几乎同步浮现你的脑海？事后，你审视了这两个选择的差异吗？一朵云被用来对应一首诗给予的观感，是第一次这样运用吗？如果是这样，比如去年你用它形容过一株梅花的遗嘱，现在又要来解释一位诗人的风格，会不会令人觉得你不负责任、感情不专一呢？

50. 比喻的来到，表明我们的认识能力是一个中介，是诗与砝码保持对等感觉的一架天平。比喻就是这些铁青色的砝码，当它们拥有质量、体积、本色时，又缺少天平另一端的气味、层次感、爱与恨的辨识力以及深夜化身一轮皓月的异术。

51. 一个人讲完对一首诗的看法，另一个人还可能问："你的意思是……"接着，这个人继续延伸他的话题，好像滑梯表演远远没有结束。

52. 因果关系也时常在我们的阅读体会中出现，我们倾向于为自己的感觉铺设舒适的轨道，便于下一次重游或更快地抵达，于是，这条笔直的轨道走向了一个强硬的终点站。慢慢地，我们忘却了众多起因自身的来历，而只注重由此而来的某个结论的可行性，并且，这个结论的似是而非或威严肃穆的形象太凸显，人们可以在这个结论所引起的争辩中投掷光阴，却不再注意这辆从外地驶来的火车是如何产生的：关于我们所习见的某个起因，它是谁造成的一个结果，就来不及追究了。

53. "谢所以不及陶者，康乐之诗精工，渊明之诗质而自然耳"便是可爱的因果律在蒙蔽我们的双眼。两位诗人的水平高低的衡量标准一下子就得到了。即便是"精工"逊于"质而自然"，我们也得提防这是不是惟一的有所不及的原因。更何况，"精工"为何在审美登记册上落后于"质而自然"，其渊源也需要仔细勾勒。

54. 读者先认为其高于一切，然后，各种推辞都验证了他就自然高于一切，好像他就是自然。"精工"与"质而自然"的比较只是多种托词之一。我们还听见这般解释："晋宋人物，虽曰尚清高，然个个要官职。这边一面清谈，那边一面招权纳货。陶渊明真个能不要，此所以高于晋宋人物。"这也是读到妙处时书上的折页。

55. 白石道人本是圈内人，他所搭建的因果关系又如何？"天资既高，趣诣又远，故其诗散而庄，澹而腴，断不容作邯郸步也。"我们是否可以考察这句话中出现了两次的因果关系呢？先是替他的风格找到养分，接着又断了靠近这种风格的后路。不由得反问：我们替换充当原因性的"高""远"，用其他的修饰语，再读一遍这个句子，会不会产生明显的惊诧？或者，从我们喜爱的辞海里，另觅两艘快艇，更换结论与起因共体的"散而庄，澹而腴"，又当如何？

56. 如果你觉得自己性情上与他相似（这确实是一种美妙的感觉），并决意写"散而庄，澹而腴"的诗，这时，是否要重走他的全部历程？等时长等距离的重现，看来是不经济的，也几乎办不到，你必须想一个办法，缩短时长与路程，却又不失其中的韵味。你想以他的诗为基础，突破一些界限，延伸出更长的轨迹，或者逆向操作，这能办到吗？这也在考察"散而庄，澹而腴"这条评语的活力：它是惟一的意趣所指吗？——同是这个对象，不同的人能否分出几个等级来，从而使得几位热心模仿者难以在同一层面展开角逐，乃至每个人声称已攫住的衣角都不是"元诗"？

57. 由于历来的评语有一种顽强的生命力，能培育出许多新品种，但庇荫一致，使得后代读者认为他的每一首诗都志在"散而庄，澹而腴"，或受到这个号召的催促。久而久之，读者会形成一个错觉：先有诗的某种气味或风格，然后才有诗这种产物。或者说，诗是诗的前兆的铺展、敷衍。

58. 缩短一个诗人的时长与路程，从而便于掌握他的全部技艺，并在此基础上进行广泛有效的改良，这种设想与一种宏观视野有关，也就是说，我们的审美机制难免有一种野心：从宏观的角度总括一个诗人的成就——"他就这么多"之类，好像他诗中的脂肪，已经全部摸清楚了。

59. "散而庄，澹而腴"就是一种笼统的评价，并不切实地针对具体的一首诗；我们习惯地认为，能做出这种大而化之的判断，算得上是成功的攀登。之后，用于重读或者协助我们自己的写作活动，它都能陆续施放平整的小径，通过我们的踩踏，而相互验证彼此的能量。

60. 如果你在聚会上放冷箭，质问"散而庄，澹而腴"各自体现在哪些诗句中，实际上是冒了不小的风险，比如这种提问已暴露出学养的不足与心机的不合时宜。细读的历史渊源不应在你这里，其他人都不同意你独享某种反面情况所代表的流派荣耀。在这六个字的评语中，早已预置了一种反向思维程序，兼顾了软硬措施，已不容许有投机分子趁虚而入。

61. 了无凿痕，历来是一种褒扬方式，读写双方都承认这种不露痕迹的功夫可谓至境，非寻常人可达也。"鸳鸯绣出从教看，莫把金针度与人"也算是向它投来深情的一吻。无斧凿痕迹，这种观感很容易变成了"天然""自然"的体会，我们甚至来不及辨别这种过渡的历程，就在协议上落了款。

62. 没有凿痕，既可以是指水到渠成的先天性（几乎跟努力与勤奋无关），又提醒我们此人功夫精密（好像经历了奋斗的几个阶段之后，终于抵达了最后的目的地），已经隐蔽得很深，不易发现踪迹。我们通常混合使用，在我们实在没辙时，说一个诗人不留凿痕或略微留下了一丝凿痕，都可以蒙混过关，免得作者老是询问写得到底如何。

63. 什么是"凿痕"？这个词何时变成了审美辞海中的关键？它一开始与木工手艺有关，这说明诗的写作有一种"手工艺"色彩，或可说，在手工艺活动形成自身的审美标准之后，诗的形貌才开始展露。到今天，如果我们还用它来谈论一首诗的印象，我们就不再是涉足手工艺与诗的关联度，而是陷入了一种比喻性认识结构之中。"凿痕"实际上是经验判断与视觉效果的相结合。如果我们认定了他的诗无斧凿痕迹，那么，我们就得到了一个像样的参照物，而不必求助于卯榫方面的专业知识。

64. 我们也很快会发现，以有无凿痕来评价一首诗，这种审美观是带有明显的凿痕的，它不断施加影响给即将创作的诗人，并给出许多实例，告诫他们应注意什么才可能写出一种看上去不经雕琢的作品来。它通过列举法来扩大影响力，但一旦被问起自己的结构，就缄口不言了。看不见凿痕，是因为上了一道平滑的油漆吗？

65. 对于写作中的诗人来说，对"凿痕"的处理就是美学讲台的矗立，出力颇多，无非是让人看不出来。处理"凿痕"日久，我们可能形成一种错觉：诗的本能之一在于抹去痕迹。也许，这时有一位莽汉横空出世，高举达达主义之类的旗帜，以求分庭抗礼。我们的确要小心应付"凿痕"这个死喻的阴魂不散，紧密考察这样一种情况：诗的定义中是否不知不觉多了一份义务——陈言务去？

66. 咏怀诗的比重，在他的诗集中，对其田园诗人的称号起到的是矫饰作用吗？我们不禁还要问："咏怀诗""赠答诗""田园诗"……这些命名的划分标志是什么？一首诗只能排他性地选择惟一的展位吗？

67. 我们对"田园诗"的感觉是来自诗中频繁出现的字、词，还是某种累积的整理效果？一首诗如果说到乡野风光，以及其中的惬意生活，是否可以初步判定为"田园诗"？那些出现在已公认为田园诗代表作中的字、词、句，如果出现在另一位诗人的作品内，是否会为之镶嵌田园诗的灵性？

68. 最初，诗人是最简单地理解"田园"，不做意义的丝毫装饰，也不必捡拾意义的阴影，随后，人们的口味变了。他写完一首诗之后的一百年间，人们对田园的认识不会超出他个人的理解，一千年后，情况就难说了。我们对"田园"的理解发生了变化，进而对"田园诗"也改变了初衷。当时，他只是在写惟一的诗、全部可能的诗，并不设想这些诗可以戴一顶醒目的帽子。我们甚至可以猜测：如果他当时把今日我们归入其他派别的意象，写入诗中，并不会有损我们基本的判断。当然，之所以叫他"田园诗人"，已经包含了数量上的考虑：他的多数诗作给他定了性，虽然，他本可以成为另外一种诗人。

69. 如果我们非得找到先于他的"无斧凿痕迹"的典范，就可以拿出《古诗十九首》。如今看这种典范之作，似乎已看不出丝毫棱角，时光磨平了任何的痕迹。我们的"痕迹学"很可能不能说服先民，在他们看来，"痕迹"是一种热学现象，任何刚刚打造出来的器具，都有或深或浅的痕迹，而对痕迹深浅的判断取决于你是否了解伐木工人的心曲。

70. 从雪地的这端走到那边，他却没有留下任何痕迹，可能是什么原因？也许，他是昨晚下一场雪时，就到了目的地，但我们今朝起得迟，又来了一场鹅毛大雪，自然就看不出他曾经给自然留下了踪迹。也许，他发明了一种抹平褶皱的装置，或者他有一种使自己失重的诀窍。也许，他一直未动，只是我们的方向感出了差错。也许他明明留下了痕迹，但不是我们所了解的那一种。也许，他绕了圈子，而我们只盯住直线距离，或者，我们只是靠边站，还没能深入腹地，看不到那条笔直的道路上的黑脚印。

71. 有人认为他的"倾耳无希声，在目皓已结""只十字而雪之轻虚洁白尽在是矣，后来者莫能加也"，此乃常见的褒扬之辞。这种观念首先承认：好诗的前提之一在于佳句的囊括。所谓的"佳句"，它不光是一首诗这个空间里摆放整齐的家具，而且还能加剧读者对某一对象的认识。放在诗中,可以鼓劲,挑出了作为引文,就好比轻易地得到了"批评公司"的股金。

72. 我们在赞美一个典型时,通常会果断地断绝后路,"后来者莫能加也",好像已经得到过卦象的允诺。显然,这种措辞不给予文学批评所要求的判断性语气,而只是观念的修饰,在思想的边框上雕龙画凤而已。同时,它也描绘了一个逻辑模型:一只不断滚动的雪球,在历经风霜之后的某一天、某一个诗人手里,达到了极致。

73. 暂且不论"倾耳无希声,在目皓已结"还原诗中的效果与地位如何,关于咏雪诗,它到底为那只不断壮大的雪球添加了什么,又是否为关键的叠加——抵达了某个临界点,似乎再轻轻推动或添加一铲,就要雪崩,变成白茫茫的文学遗产了。

74. 雪,成为耳目感知的对象,为众人所熟悉,但是在措辞上的复现,我们想知道历史上诗人们到底都干了些什么、谁又干得最潇洒。摘录出来的十字诗句,往往有一种奇效:凭空扩展了它的历史意味。至少,这是一次提醒,对于记性不好的读者来说,它敦促你去查阅全文。而正在作有关咏雪诗的论文的人,他会拿出其他的篇章摘句,来抵消刚刚示人的十字幽灵造成的独一无二的感觉。

75. 就时间含义上的后来者而言,咏雪的过程远没有结束:这只雪球之所以不再滚动了,也许是原有的核心不符合当前的要求,或者历来的堆积、滚动原理必须更新,于是,被搁置一边,后来者开始新一轮的制造——另一只不断增加体积的雪球开始了运转。这只雪球可以涉猎雪的经济用途、环保价值以及相应的反思、对诗人的其他教育,等等,而不再是耳目形象上的推陈出新。至于在不久的将来,它是否大于早先的那一只,半仙是不敢轻言的。也许,在随后的工作中,我们会发现此消彼长的情况:旧有的一只不断融化,逐步追溯历来的工作性质,而新设的一只因陆续旁观到被遮蔽的原理而羞愧。

76. 如果你是一个血气方刚的人,会不会觉得"连林人不觉,独树众乃奇"之类的诗句"如嚼枯木",过了一些年,绵历世事之后,才又发觉"枯木逢春"。诗还是摆在那里不变,变的是一个读者的心智。

77. 是否存在这种可能性:他血气方刚时写下的诗,令血气方刚的人倍感亲切,好像他是最佳的代言人,而他的晚年之作,又总是叫垂暮之人心旷神怡。也可询问另一种可能性:他的诗中是否屡屡体现出一只时钟的形象;这些诗是血气方刚的,那些诗则是暮年的呢喃。一个血气方刚的读者能否欣然接受他的绝笔？莫非读写双方的交流之所以顺畅有效，是因为二者在年纪与心智上保持了同步？

78. 睿智的判断是否包括你能识别一组作品的写作时序？我们该如何理解"越写越好"总是被作为褒扬来看？他属于技艺日趋成熟的诗人吗？好像在某一刻，他一下子变成了炉火纯青的高手。"进化论"溶解在我们的批评用语中，很快就变成了我们弥补时空裂缝的粘剂。

79. 我们不得不承认：对诗的认识不应达成定论与共识。当我们说诗人血气方刚时写的诗很血气方刚，这是在干什么？赶时髦，还是发明一杆秤来称量性格能导致多少大吃一惊。我们惴惴不安地想好这条推论：这个年龄写对应于这个年龄的诗，才是好诗的标准之一。看起来，我们找准了尺度。然而，要是一位早夭诗人出了意外，又该如何给这个推论涂抹一番？

80. 我们以为诗人的晚年是某个样子，因为他的诗是这个样子。问题是，一个中年读者怎么来看出诗的暮气重重呢？假手他人的自白，无非是证明了我们彼此展开争鸣的基础太漂浮不定。当你觉得他晚年之作并不工于心计，并开始赞美这种对智力的暂免，你是在逆势发明因果关系吗？后来，又瞅见一首颇为讲究的诗，你觉得它是苦吟的结果，此刻，你是否理直气壮地说：他在晚年的智力形式大不同于一般的青年？智力的有无、轻重，都可以当作评判的标准，只要你先认可诗中的晚霞，然后就能弯腰捡起大大小小的夜莺证词。

81. 我们说这个句子是属于他的，"这是他写的"，得出这个判断如果是你熟记了他的诗句，就不会显得困难。然而，如果你还不太熟悉他，你觉得

"解衣开北户，高枕对南楼""气变悟时易，不眠知夕永""倒裳起谢客，梦觉两愧负"这三个句子中，有无他的吟唱？你是怎么得出自己的结论的？会有瞎猜成分吗？

82. 也许，你认为这个游戏有刁难的意思，"摘句毕竟不能代替全文"，你咕哝着，你更愿意在一种整体氛围中进行辨认。但是，怎样才分得清你不是凭借阅读记忆（这个摘句不记得，但还记得这首诗的其他言辞）而是借助诗情画意的甄别工具（一个有规律可循的辨伪方法）？

83. 他的诗有一种"独特性"，你做出这个十拿九稳的判断，这种貌似理性的判断其实在例行公事：要令人信服这个判断带来了理解上的增多，除非你能同时证明：有的诗缺乏"独特性"。包括日后有读者求教一首佚诗是不是他的著作，你也能子丑寅卯地摆道理。空闲时，你还得考察《古诗十九首》至他的诗集之间这段文学之旅，到底是上了台阶，还是下了台阶，譬如"弹筝奋逸响，新声妙入神"与"出郭门直视，但见丘与坟"中哪一句是他的作为。

84. 紧接着，我们要问的是，他的"独特性"体现在哪些方面？这个不稳定的术语是不是一个有容乃大的器皿：我们各种独特的理解均可装入其中？

85. 他的独特性是指诗句中的对仗选材及其效果呢，还是不时显露的隐士胸怀，或是一首诗力图传达的信息恰好跟读者的体会相吻合，好像他能时时改善读者的伙食？一位诗人率先运用了某片视野或某个意象、某种关系，他就获得了一定意义上的独特性，而另一位诗人集合了散落的荒草，并呈现出某一写作趋势，被评定为独特，当然，一位技艺达致巅峰的集大成者，他也令"独特性"有了新报道……"独特性"像是我们抛甩在湖面的一只浮标，它迟早会通告鱼儿上了钩。

86. 如果他的一个邻居读完他的诗集后，跟他说"足以传世""值得人人读"之类的观感，此人是想表达什么看法？这是恭维话吗？这时，他完全可以反问：会是哪几首呢？那人指这指那，但作者心里早已有了次序。有趣的是，这些溢美之辞在丧礼上也适合，即便是有点过分，人群中的清醒者也不会站出来抗议。读完一个东西，就想说点什么——这是文学惯出来的机制，但如果你口袋里有两个评价等级，你会优先使用更高级。通过爱他人，转而擦拭自己的羽毛。

87. 我们在下结论时，很可能是在延续这些褒贬之辞原有的含义。我们看到别人这般用过，现在我们也试着用："效果好极了！"我们沉浸在敢于判断与如此判断的喜悦中，但忘却了反论默默地萌芽。

88. 我们有一种冲动是原始的，读到好作品，巴不得立即见到作者，揣摩着"人如其文"一样漂亮，例如"尚想其德，恨不同时"，"每观其人，想其人德"，都是纸上旅行所生出的感触。也许，见了面，双方却没什么可说的。人品如何，本来他的邻居有发言权，可惜他们变成了流霞。好作品的基础是有好人品吗？你不会立即作答，而是提防着这次提问的蓄谋。你可以说，"我确实希望二者紧密地结合在一起"。这就对了，我们的文学批评几乎都是在谈论一种近似贪婪的"希望"。

89. 要表述他的诗的好处或作用，我们还可以采取排比的方式，譬如，"看了他的诗文后，驰竞之情遣，鄙吝之意祛，贪夫可以廉，懦夫可以立"。这其实在设想诗的一种教化功能，但仔细一琢磨，又觉得这番说辞太狡猾，它回避了诗与诗之间的关系论。这种判断借助排比的敷衍，你还可以延续它，还可以这样可以那样，好像诗比法律还管用。

90. 作为诗人，我们乐于看到这样的定论：诗是最好的学校。诗可以浇花，可以科研，可以不群，可以无怨无悔，可以跟流俗作斗争，可以留宿山林……于是，我们先得出一个结论：通过阅读他的诗集，我们最后都会回到这个问题上来：诗可以干什么？说得神秘一些，就是："诗是什么？"

91. "通读他的诗集后，我们的身体会多出一个大海，或别的什么。"你也许多次这么去评价一个诗人。在某件事之后，这个世界增多了？我们历来认为"多"就是美的一种变形。可奇怪的是，"多出一个大海"又是什么感觉？是你的身体，还是很多人的身体同时发生这种变化？你只是在描述一种反应，然而，如果他的诗集果真能这般奏效，那么，你所看见的帆影早就存在：这个世界不会因一次阅读而变得更多。

92. 请再试着用"减少"来造一个句子，同样去描述一个诗人的造诣。也许，你就会发现我们所用过的诸多评语实际上无关痛痒。

93. 除非你能证明通读他的诗集之后，别的人也有类似的反应，此人也体察到热浪涌动，否则，"大海"只是海市蜃楼。当然，你可以反对这种文学作品反应一致性的意义，因为你的强调不在于"大海"，而只在于"多"这种效果。

94. 通常，你说一个诗人的诗写得"开阔、纯粹、有力"或者"和而不壮""壮而不密"，都讲得通。但问题在于你如何解释清楚"开阔是什么"，并至少回复"不开阔会造成何等的损失"。如果"开阔"可以被"壮观"替换，那么，你还坚信自己的感觉吗？同时，像"纯粹"这种频繁运用的词，如果不打算作为严格的术语使用，请勿轻歌曼舞，拿一些断章来对应这个词。最近，我们的批评方式很喜欢断章取义。"一个诗人的纯粹意图是否存在"，这个问题应优先于"纯粹的例证有哪些"得到解答。而"有力"的评议既对也不对，当你单独挑出这个词来形容一个诗人的风格时，它所富含的成分要比平时多一些才好。我们几乎可以说任何一首诗都是"有力"的，但为何偏偏在这儿恭维一番呢？

95. 一首诗富有洞察力，一首诗有着真诚的反讽，一首诗敢爱敢恨，一首诗抓起一把涟漪赠别……都在出力。"无力"与"无能为力"同样是诗的某种特殊能力。一首努力消除力的影响的诗也不可避免地表现出"努力"与"影响力"。我们对诗中"力"的判别不宜漫无目的，作者的初衷是打算怎么着力，而我们认为他顺利地完成了任务，这时，或许才便于承认他的诗是有力的。

96. 他是一个著名的诗人。"著名"就像是一件万千瞩目的披肩，是后代诗人给予的追谥，是如今可当成"名著"的他的诗集的逆运算。他即他的诗，反之亦然。这样，未来的诗人就不能轻松推翻这个审美结论。我们也无法想像在怎样的条件下，他将被否定，连同历来的评语。

97. "著名"似乎跟一种共识有关，但又无法提供恰当的公式与函数，替我们预测一下谁即将浮出水面。一个诗人首次被人称为"著名"，与日后简介上呼之即来的"著名"标识，感受上有何不同？"著名"不是一蹴而就的，它吹皱一池春水，似乎也是款款细步的——陆续地款待，在那人浮出水面之后。它首先是交际场合上的随机应变和一呼百应的奇妙组合。

98. 在"诗人"这个称谓之前加上一个修饰词，本意是想扩大这种身份的象征意义，就好像将绿树上的一片叶子染红来，争得更多的注意。但实际操作的效果是，它限定了某些主张，并附加上随时备查的怀疑气流。一位足够出色的诗人，他只需修正读者对"诗人"这个惟一称呼的理解，而不必戴一顶帽子来透露自己有一个头颅。

99. 作为一个确有其义但不易表述的术语，"著名"已不再是迟到的荣誉，如今，我们可以用这个头衔来互勉。即使你只写出一两首自以为是的诗，或者你在十年前已经改写散文之类的东西了，主持人在介绍你时，脱口而出，把你包括"著名诗人"之内。在这个有着临时话语权的角色看来，"著名"即是"拥有代表作"，或者姓名比诗的标题更朗朗上口。几乎每一位入会者都可辨认出自己的"代表作"。

100. "著名"强调的是署名权，也即，在诗集的封皮上著上自己的姓名，但考虑到我们的署名权的历史，从佚名到权利分明，写上自己的名字，已经变成一种严肃的象征。你也可以说，"著名诗人"就是在诗的标题下落款的一个人：这种落款的历史意义一直阴魂不散，乃至于每一次被人称呼，都是在强调一种权利的独享。"著名"变得普通之后，它必然呼唤一个更高的等级，例如"更著名""著名的著名"；当然，借助近义词送出的锦衣，你就可以大大方方地换下"著名"这件披肩，而得体穿上"杰出""伟大""最重要"这一类的绫罗绸缎。

101. 两个著名的诗人坐在一起，我们可以想象成他们在对弈：其中有一个是次要的著名。

102. 使之著名的媒介是什么？也许，有一本《士林》杂志，它是那时的权威载体，可惜现在无据可查。他如果频繁在那里登载作品，就能赚得积分，似乎走向著名的道路上铺上了彩霞阵阵；反过来说，他从来都是傲慢于邀请，一次也没有发表，通过这种例外情况，亦可树立威信。最好的办法是，有一位文学宰相，他不断地推荐新人；如果宫廷尚文风气浓烈，你也能觅得一块处女地。大树下、戏台上，如果口头文学供求失衡，你趁机去滋补一番，也有利于妇孺皆知。

103. 诗的"名气"似乎不是诗的成分，而是一种余热现象，一首诗比另一首诗更有名，仅仅靠诗自身的攀比得不出这个通论，还得文学批评摇旗呐喊。"名气"看来跟垂涎三尺有关，也即跟某种漂亮的唾沫有关。

104. 确有一些"名作"，它们出现的时机与技艺的精湛缺乏紧密的关联度。这一情况使得"著名"并不意味着技巧至上，当我们说这是一个著名诗人时，很可能谈论的不是他的诗表现出对诗艺的贪婪。

105. "名作"与"名人"的关系也值得细心勾勒。后者实现了对前者意义的掏空与过渡，并制造了鲜艳的标签，来提醒读者池水的深浅。名作的涟漪后来凝固成冰凌，随之而来的浏览者，容易滑到在它的表面，除非你有足够狡猾的鞋子。

106. 那么，他是不是一个大诗人？你瞪大眼睛，也不一定能得到一把长尺，以把他测算。实际上，我们不得不回答这个问题："大诗人"的条件是什么？静下来，琢磨一阵子，理出五六条细则，然后用它们去对应那些大名鼎鼎的古代诗人，看还有怎样的增删。这样做，遵循的方法论是，拿一个诗人予人的强烈感觉去拼凑他的形象——这些条件为他所生，现在，反过来，用儿女的数目来证明一个父亲的荷尔蒙。

107. 我们可以变通一下，比如说，只要符合这些条件中的三个，就可称之为"大诗人"。如此一来，我们就不妨制定如下条款：其一，他的诗集给人的印象是，寡少阶段性色彩，一下子就准确地落到实处，圆熟、得体、潇洒得好像是一步到位的——少作与成熟之作混杂在一起，不易分辨；其二，有足够多的产量，诗与诗形成相互照顾的整体感觉；其三，影响力之大，而非脸颊与面子之大，人们很轻易地接受"大师"与"大诗人"的互换；其四，一束光照过去，形影之别顿显；其五，对某一根本性命题或母题进行了首场演出、创造性表达；其六，他在五十岁之后，还在写，并且越写越好。

108. 我们还要保持一种克制：对于健在的当代诗人，不进行各种最高规格的加冕。我们可以叫他是较好的诗人，能发明一些办法去削弱"最重要""最好"这类头衔的诱惑。或者，我们在时间上做一个限制：至今一百年内的诗人暂不考虑"最"的安排。

109. 如果"最"仅仅是为了唤醒某种意识，而不是做出严格的评判，那么，我们可以称一位当代诗人为"最聪明""最讲究""最善解人意""最彪悍""最会笑"……"最"的等级感被锁起来了，而是一视同仁地修饰诗人的某个典型特征。

110. 即便激辩之后，他当选了"大诗人"，但他已不是利害关系的当事人，已不能获取丝毫的实惠。这种可能存有的实惠将由评判委员会来独享。在他的墓地周围，撒下一圈石灰，并不会使之复活，而只是增强一种视觉效果或醒目于某些记忆。同时，"大诗人"如果有十个，我们还不得不分门别类，例如"小的大诗人""大的小诗人"之类的标识。

111. 他有怎样的自然观呢？"久在樊笼里，复得返自然"或许透露了些许信息。如今，我们会这样去做出判断：他的"自然"有某种真实性、贴切性，就是第一自然，而摆在我们面前的"自然"是第三自然，中间还有历代被审美化的第二自然；我们去谈论"自然"，已经显得不自然了，多少有点做作，哪怕你长久地居住在山林里，如果要利用诗来解释或结识自然，就多多少少感觉到已失去了最佳时机——你已无法回复到早先的自然状态之中。这时，我们所见到的写得最好的自然诗，无非是恰如其分地表达了这种窘况：离理想的自然还差一段距离。

112. 在他看来，"自然"的对立面是"樊笼"，我们也有各种"自然"的对立面，我们与他的共同点在于理解这种对立状况时多采取比喻的模型。通过这两个句子锯子般拉扯，我们可以察觉到一些细枝末节：其一，"自然"可以往返、有边界，也可谓一种"时机"现象；其二，与"樊笼"紧锁的形象不同，"自然"是开放的；其三，借助这两个句子所在诗篇的其他成分，我们可以发现"自然"的某些对等物：旧林、故渊、榆柳、桃李、狗、鸡、"无杂尘"；其四，"樊笼"是具体的空间形象，可感知、可描绘，而"自然"是因人而异的虚空——如何看自然，已成为区分你是自然主义者还是浪漫派的试金石；其五，"久在"的时间感受可能因"复返"而得到了修整：过继给了某种自然感受——得失的一次转折，并使我们很好奇地发问：因何呆在樊笼里？是不是最初（天生）在自然中，"樊笼"成为了否定之否定的一个不良导体？

113. "樊笼"的反作用：加强了"自然"予人的轻松、舒适感？而他所理解的自然状态就是指一种无拘无束、本真的状态？

114. "尘网"也许是"樊笼"的替代，二者作为某种古老的势力，却没有显露出无所不能的淫威，而是留有余地，或可说，"自然"可以一下子就摆脱出来，自成一体。

115. 后来，他身临其境，位于自然之中，这个阶段是永恒的，还是可逆的：一不小心，又可能误入滚滚红尘之中？自然之诗的流露，除了是在忆苦思甜之外，还可能在强化一种感觉：此时此地是最惬意的。以此来抗衡某种可能性的侵扰。自然界于是拥有了较高的绿色壁垒，只许可它与"樊笼"的贸易顺差，而不打算出现难堪的赤字。这种身心俱悦的状况当然隐含了相应的危机，这就要求诗娴熟地显示出雅量与更多的可能性，以便未尽的岁月还有某种渐进感。这种渐进感体现为持续的干劲，以备自然的内部生成两股声明之需：诗逐步摆脱"樊笼"与"自然"的二元对立，而在自然界寻觅可接受的新颖的对立——诗被要求写得更好，以配合他对自然的理解程度的细小变化。

116. 一个五十多岁的诗人，被评定为"越写越好"；这种判断凭什么得出来，并且显得理直气壮？如果一位诗人笔耕不辍，过了知天命之年，只可能越写越好，至少与早先保持同等水准，他不可能"越写越糟"，这一说法成立的话，"越写越好"就不是一种文学上的判断，而是捡现成的野花送礼，不花你一分血汗钱。

117. 我们假定自己看出了一首诗比另一首诗更怎么样，其实这时惟一能确定的是，两首诗的落款时间之先后；而我们的结论正是依靠着这个次序铺展开来的。

118. 一位死于四十七岁这个年纪的诗人，依然给予读者"青年、中年、晚年"的人生三阶段印象，而且读者有理由相信这三个阶段是渐进式的：水平不断递增。但英年早逝于三十七岁的诗人所写出的一系列佳作，反证了年岁的次要性。二十七岁就离开人世的诗人可以从两个方面找到立足点，瞭望我们如何设法夸赞缩写的历史：一是他有说不清的天赋，二是他从人类整体历史上来看，是更早时期（哪怕是早一个世纪的长寿星）诗人们的晚年光景。

119. 经验老到的诗人位于进程之河的上游吗？诗中气息看上去是壮年，而诗人已近耄耋之年，我们应采取两套标准来判断诗的优劣吗？也许，你觉得年纪大、阅历丰富，提供了一种前提：丰富的人生能满足不时之需。难道一个二十七岁的诗人就不能体现出诗艺繁复的魅力，就不能在经验上取胜吗？如果经验果真能给天平这一侧增辉，那么公平女神会在阅历尚浅的诗人们口袋里塞一些赏钱，以保持随时随地的平衡，不致出现厚此薄彼的现象。

120. 学艺的时间长短也是一个问题。反复捉摸年岁上可能存在的差异，实际上在谈论一种可反复踩踏的学习途径。同样是写一只幼鸟，二十七岁的诗人可以直抒胸臆，当成身边时时发生的一件事，凭借新颖的手法完工，而五十七岁的诗人也许先得回忆早年的某些经历，并排除回声的干扰，然后才一挥而就；二者在具体写作中真的存在较大的差异吗？对于三十七岁或四十七岁的诗人来说，他如何协调这种前后关系？理解可能存在的差异，他会在写作上显得更成熟吗？

121. 我们将他所描绘的自然状态称之为"第一自然"，实际上已做了一次浓缩处理：他之前的任何自然都归于他的名下，而没有考虑到他那个时代"自然"是否存在理解上的分歧。好像他是几千年累积的枯叶，在某一刻实现了自燃。又为何我们要这般简化现实，以一人之力来统括多元的棱角——是我们的认识机制好逸恶劳吗？

122. 他的自然亦可称为"第三自然"。因为他也是时间链条上的一环，在他之前，自然与诗的合奏或凑合就已发生，我们不妨称早于他的自然表述的其他人的遭遇为"第一自然"或"亚自然"。即便同一时期，他的自然观也可能要经历模棱两可的拉锯战。你可以说他诗中体现的是"新自然说"，在他的左右是业已存在的"名教说"与"旧自然说"。后两者孕育了新自然的胚芽。我们对自然的理解与他相似的是：自然是一种进程。

123. 自然经与人的结合，使得它变成了一个实在的空间，一个以单数形貌出现却被感知为复数的黑洞，而且我们的认识上不再有退路，它也没有了退路。

124. 我们所认为的自然之诗，做得漂亮的，无非是减少了人的份量与痕迹。"自然"的供求源源不断，可是人们的需求会因时而异，这种变化不定的胃口，使得"自然"有时可爱，好像是诗的惟一载体与源泉，有时又盛产反感，反自然而行，希冀获得格外的关照。说到底，在自然与人所渴望的诗意这种供求关系上，每一次失衡，昂贵或低廉，都可归咎于人的患得患失。

125. 妥善处理"形、影、神"三者关系之后，他的自然观就形成了。可以说，经过诗的观照之后，他青睐自然的单相思变成了宜人的互相致意。如果要进入他开发的黑洞，摆在我们面前的首要任务，就是《形影神》这三首诗所凝固的乐章。

126. 《形影神》这个组诗似乎宣告了他的登台亮相，带着他清晰可辨的口音：从此，他的诗可以源源不断地从这个特制的铸件中复制出来。不过，令我们好奇的是，这三首诗作于他的哪一个年龄阶段？在诗的连缀与分配之际，他更看重的是这种类别的诗可以怎样写得更好，还是只要保证它们能做到伦理起码的流露？

127. 在他准备从名教说与所谓的"旧自然说"中另觅幽径时，形、影、神这种三元论是最佳的选择吗？也可说，他非得借助这三个隐喻符号来言明为人处世的道理吗？同时代的诗人们又是如何看待形影关系，以及这一关系转变为人生观的可能性？

128. 表面上看，这里是赠答诗的表演。在具体写作中，他如何平衡两股冲突的力量：甲是他的寓意的步步紧逼，乙是这个组诗展开之际，可能生成的内在愿望——尽可能表里如一地谈论形与影的关系？

129. 如果"形"代表着老庄哲学，"影"寓居着周孔说教，它们各自的复杂性为何一下子就在短小精悍的诗中得到了表达？诗具备了笼罩哲学思想轮廓的能力吗？

130. "形"在诗中提出的建议可谓两个方面："取言""得酒"。它的本意似是倡导一种不遗余力的生活，并借助具指的"酒"来建立一个人生舞台：得酒即得救。这首诗是一种劝告，悄然夹杂授人口实的嘲讽。作为当今读者，我们有必要去了解他是如何虚与委蛇这种倡议的：为了体现"形"之主张，他在诗中采取了哪些措施？比如，为何他使用了"草木"，却未派遣"鸟虫"？

131. "形影神"三元论的布展，是他一时兴起，还是对那个时期人们都这么看人生的沾边？有没有更直观或更管用的叙事模具？形影之间的关系有一部分适合这个场合上的讨论，也有一些不宜摊上桌面，需要栽种一排桃李，才能叫人顺路走到。他是如何拿捏分寸的？既借光于形影的隐约联系，又不过多倚重你来我往的礼节，他的使命仅在于为这个被用过多次的模具浇铸热流？

132. 从一个读者的立场看，要把握好一个尺度：不宜时刻用形影的日常联系来琢磨这个组诗中的棱角。换言之，这里所陈列的形影关系力争改善你的人生观。形、影孰先孰后，才符合此时此刻的审美要求？一般而论，形是客观存在的，而影是形的投射与寄托，但问题在于，那柱强光来自何方？俗话说，没有影子的人，是鬼的作怪。昼有艳阳，夜有明珠，方寸之内，形影可观。看来影子处于下风。然而，未见影子，形体的意趣就单调乏味，甚至难以察觉形体的咕嘟。

133. "身没名亦尽"中的"身名关系"似乎不应当等同于形影关系。

134. 神的调酒师加入"化"与"尽"这两块冰之后，就一下子化解了矛盾似的，人生的中途赖以继续逶迤至千山万水。而在加入这两块冰之前，这位调酒师还精通劝告的艺术。

135. 三个人经过同一座酒窖，会各自以不同的态度与口吻来描摹酒的气味。甲提出一个观点，乙反向修饰之，丙则居中调和，世事往往如此。考虑到这三首诗均出自他之手，倘若你打算区分语调与遣词，可能无功而返。这个组诗的目的看来不在于制造樊篱的漂亮，而注重示范，去建造一劳永逸的樊篱。他有很多机会浪费了，譬如他可以涉足梦乡或佛界，然而他所见识的一切都融化在底部相通的三座酒窖中。

136. 看似枉然，但你还是可以通过《九日闲居》来总结他诗中的常规结构。试图复原这种结构，并不是夸耀那里幅员辽阔，也不一定有助于你仿写一首诗。"结构"倘若能发现出来，且又自成方圆，可谓大功告成，遂了批评的一桩心愿。这首诗从"世界"与"人生"的联袂登台开始，继而"日月""露""气"铺垫，又放飞了"燕"与"雁"，最终落实到"酒""菊"的合奏，可谓轻车熟路。如果你认为这里元素的排列还有更加的次序，那只能说明他并不敏感于你所谓的次序与"常规结构"，也不是暗示你诗的美妙在于它敢于越轨。

137. 某月某日赋诗一首，显露了诗的生机和价值观。长此以往，到了某一关键时点，诗就破墙而入、锐不可当。

138. 这首诗实际上是以"世短"为前提，通过揭短于这个世界，从而获取了一截截短小精悍的接力棒。先定下思路，后举出实例，他并非随遇而安、随手拈来。他自从看见了一朵花，就很少半途而废于花的初衷。但也不便说，他的诗一启程就定下了目的地，与杜甫"茂树行相引，连山望忽开"不同的是，他不急于找到落脚点，不缺乏对"归宿"的洞察力，他自有盘算于诗的诱因与开合。

139. 根据你所描摹的那个结构，也可这般去观察这首诗的手法：菊花的亮相有怎样的铺垫，此后，又见怎样的余韵？诗的无尽奥秘之一在于由此及彼，给菊花戴一顶额外的花冠，使之面目全非。

140. 沉溺于酒，实则醉心于自我发明。

141. 从《归田园居》，或能发现他的自然观。要回归田园，某种归宿感赖以扎根的所在，并不轻松，既无前例可供援引，又不是固定的居处。"误落尘网中"是对空间位置的一次辨认，是人生观的一个转折，总之，这个组诗的宗旨是为归途正名。

142. 理想的归宿是一个可形象化的空间，而自由的定义就是依赖某种生存环境而下达的。在那个时候，讨论如此环境，本身就是一种生存的艺术："环境"被利用起来，作为"樊笼"的所在或所无。也许，今世的"自由"有了新的定义：经济上的独立或宽裕。而"环境"是可以借助经济条件去实现的一个目的地。

143. 如果"归宿"的妙处在于"开荒"与"守拙"，那么，我们得到的暗示是：一个纯粹的农夫有别于一个终于弄明白农耕之乐的赋闲诗人。"开荒"本身并无明显的际遇上的改观，尽管这个行为使得"荒野"有所触动，但在诗中，更强调的是，"开荒的行为"对一个特定的人具备何等的意义？

144. 今之诗人也可周末去开荒，也可辞职后专门去开荒，但二者是有差别的。"开荒"作为一种劳动，似乎不存在差别，但为了什么而去开荒，这个目的就显示出不少迥异的立场。在刚刚涉足荒野的头一个月，与因开荒卷入了一系列的经济活动和人际关系（比如土地租赁合约的签订、通水通电手续的办理、种子的价格、化肥的优劣等等）的次月，也存在较大的差别。"开荒"并无恒定的美感。

145. 我们中的一些人依然认为诗中所勾勒的环境是一种不可多得的幻景，是理想中的桃花源。这是隔岸观火的效果：以为那边是火热的恬然生活，却低估了可能存在水深火热的苦难。

146. "户庭无尘杂""虚室绝尘想"承认了所处空间的便利性，呆在这里，可以避开汹涌的人流与热浪，"无"与"绝"断了思想或欲望的后路；但这种清静无扰的现实处境并非自身所具备的，也就是说，"无"与"绝"上演的好戏仅是诗人的心态流露。

147. 在那个时期，反复描绘乡野风光以及明显的好处，反证了以往观念的钳制犹存。他还要不断自我说服，但又禁得住养生之道的诱惑：他当前的人生之路不至于变成了修心养性学说的附庸。

148. "尘"作为一种象征，历来都被用来喻指"那一个世界"。侥幸脱离的诗人会认为"尘"是有边界的、可辨认的。而一些人始终沉浸在尘世之中，不能免除它的烟熏火燎，也就是说，"尘"也可理解为不可决裂的惟一世界，所能采取的措施，无非是"身在曹营心在汉"：身心两处，相互滋补。

149. 我们很好奇的是，"尘"不存在了，会不会有新的势力占据它的位置？换言之，"尘"到哪里去了？一个新世界的缩写符号是什么？"户庭无尘杂，虚室有余闲"这一对仗能提供适量的信息来找到这个称号吗？

150. 并非说，农村的灰尘因城市化不及而更少一些，如果要说尘土的存量，恐怕是城市所不可比拟的。简言之，他并不是想象出了一种今日理解起来较顺当的城乡差别。

151. "野外罕人事"所带领的句群表明了他的价值取向，尽管读者半信半疑于他"嘴上说一套，心里想一套"。在这首诗中，他开始做人生的减法练习，而由此运用的关健字，走向了自然主义的漫漫旅途。"罕""寡""掩""绝""无"清一色地传达了他删繁就简的决心。

152. "相见无杂言,但道桑麻长"所勾勒的是语言的作用空间:它被用来干什么?不是赶时髦,而是限定语言的用途,使之清纯单一,莫非更能发挥语言的内在活力?"无杂言"与"但道"并没有剥夺语言的另一面现实,在那一侧,说不定荒芜得正带劲呢。只是强调暂且放下,忍着不说。如果见个面,谈起篆刻或口技,是否有损朴实的生活,并造成彼此感情的隔膜?

153. "桑麻"作为限定讨论的话题,也不是单调乏味的内容,它仍然囊括诸多的旁门左道。可以这么假设,"桑麻"谈到最精彩之际,就是触类旁通之时,也即不可避免地要谈及其他事物。"桑麻"在此的含义大抵是:其一,它充当了一种"简单之物"的角色,以陪衬他对语言发表的新见解;其二,它为再次现身打下了基础,也就是说,为下一个句子("桑麻日已长,我土日已广")的逻辑关系减少了压力。作为被谈论的对象,"桑麻"立即转换成辽阔的生活与认知的轮廓,已游离此时此刻的对谈,诗人心中的凛然之气已催生。

154. "桑麻",作为剩余的谈资,其唯一性的特征又产生了后顾之忧:"常恐霜霰至"。

155. 不过,诉诸诗,他的焦虑便得到了纾解。这种恐惧因农作物的生长规律而想当然地削弱了。当"恐惧"从一种可描述、可传递的感觉变成具体的文辞时,我们不妨承认:那种原生的可怕感已递减,乃至于一提及"恐惧",就只是为了完成诗起承转合的最后一环。不久,"恐惧"也就变成了诗走到这一步的踏脚石,也为勾勒现实生活的丰腴而默默提供线条。

156. "开荒南野际"也好,"种豆南山下"也罢,都是在修建人生的朝阳路。我们对"种豆"与"荷锄"既有亲昵感(这些

形象历来就是农业对手工业流水线哺育的结果），又时时觉察到陌生感。这种似是而非的对农活的认识变成了生活的秘密。充满好奇心的非农户口的公民尤其关心"非转农"人士在广大的乡野将过着怎样的生活。

157. "草盛豆苗稀"实际上包含两个二元论：其一，草与豆的精彩对决；其二，士人与农户的泥水交融。他不精湛于农活，但凸显了这种劳动给予人生的两份礼物。而豆苗的现况也映射出他初涉田野的情况，崭新的生涯再次降临。

158. "晨兴"与"夕露"在别处也可觅得，但如果是在人造园林，那就是凿痕弥漫的氛围。在诗中，无非是前言搭后语，给予自圆其说的逾越。如今去读，它们不直接跟你我的经验相关，而是克制于一种得体的浮想：画了一个他的形象——早出晚归，全然不同于上班族里混杂的三三两两的诗人。

159. "夕露沾我衣"有意制造了这首诗所需的小插曲，施予必要的转折与递进。

160. "沾我"者，并非污浊之物，尚不构成实质上的伤害与干扰。不值得反戈一击或反唇相讥。无非是讲明天下乌鸦一般黑，僻静之所也会招风惹蝶。幸好"心愿"未受侵扰，明晨还可径直而至荒野，心里没有挂碍。"夕露"的沾染并不破坏他的沾沾自喜，决心未受丝毫的损伤，反倒给予读者一种形象：他与"夕露"沾亲带故。也可说，在这里，他含蓄地认可了只争朝夕的别样年华。

161. 在屡次游山玩水之中，诗的机遇就出现了：在他所刻画的田园范畴内，发现了其中一处"荒墟"。这便是诗意暗自形成的基因之一。当然，他可以因看见一只空悬的鸟窝而喟叹，或为一条干涸的溪流，或为坠入山崖的樵夫，而一一诉诸文字。由此，得出一个小小结论是恰当的：诗是特殊的风景带。

162. 与之一同出游的子侄们并不构成危言耸听或舆论中心，他们是沉默的玩伴。他之所以不另述独自一人披荆斩棘，寻觅风景，也许是出于维护真相的考虑：晚辈们确实绕膝而行，全然不知他的感触，但他们的出现，实际上给予诗某种现实感，或者为诗塑造了一个以备不时之需的风箱，同时他需要诗中存在一个被教育的对象，以完成诗的教谕功能。

163. 在丘陇之间，这个遗迹被当作单一的意谓来解释、接收，好比是他在荒野上为子侄们开设的一门考古学。但大家都默认了他的思路：遗迹说到底是今人时间方面的意识。

164. 适时插入"采薪者",这是为诗谋求一条生路;这种插曲因符合现实的需要,并不会显得冒失。它虽不冒尖,反客为主,但确实提供了一次转机。诗可以由此走入另外的途径。但在这里,他并不打算另辟蹊径,而是用之以确实一件事。"采薪者"扮演着赋予诗某种合法性的见证人,此人的介绍符合他的初衷。但是,此人如果另有说辞,不涉及生死宏旨,诗至此会出现混乱吗?真是这种状况的话,那时,不妨把责任往子侄们身上推,他仍然在诗中保有金刚不坏之体。

165. "人生似幻化,终当归空无"喻示着考古学突然变成了伦理课。应当说,这种形式的感叹并非他独有,但要注意的是,它是这首诗的闭幕辞、压轴戏。我们对他根据遗迹得出这样的结论几乎没有丝毫戒备,似乎找不到其他的根。这就是值得我们警惕的语言晶体。他在这里统领了他本人、子侄们、采薪者的意见。

166. 当他眼前浮现出"怅恨独策还"的长者形象时,就把频繁的出游活动简化为某一次的踽踽独行。与子侄们的携带关系,突然中断了,此刻,景区也陡然生变。在孩子们面前,他是博学的、循循善诱的父辈,诗所要求的前景是历史风云的延续,他并不需要亲手触及朽木遗灶,尚可在茂林中给他们上课。或许,孩子们三心二意,并无十分认真的聆听,就一边撒野而去,也可能是他在"人生似幻化"的总结中转而意识到这种人生观对于子侄们太过颓废,索性脱离这拨青春的热浪,自我陶冶而去。

167. 他描写了一次返程,也即,他需要一个同等的机会来观察与人同步时所忽视的景色。而一旦作为被山林吞没的个人,他的本性就凸显出来,也就有必要与山水有起码的肌肤之亲。也许,涉足山涧之际,他并无扭转"沧浪之水"的念头,也就是说,水之清浅与"濯足"的关系,在这里只是一桩确实发生的小事,而非对另一个早期诗人的屈从与溯源。

168. 但是,返程又过于单纯,他吝啬于表露更多的脸色。由濯足的清水突然迈入漉酒的现场,确实有点迅疾,好像远远就闻见一只熏鸡的芳香。本来是两首诗分别去干的活,现在精简为一天中的两个镜头,为一首诗所包含。从写作的感觉上判断,我们也相信"濯足"与"漉酒"存在某种密切的联系,尤其是当我们把前者当成就餐前的一次洗刷(或更高级的说辞,"洗礼","沐浴更衣")来理解时。

169. 从诗句的布置上看,洗好的脚似乎不再有更好的立足点,索性饮酒作乐吧。或可猜测为,个人的惆怅经过山水的滋养,已经酿成了人生的薄酒。

170. 明暗交加、欢苦相继，依然是这首诗的主题。只要他在聚餐时直腰站起，就不难搜觅到诗所需要的互补关系。或可说，化解怅恨的秘诀不外乎是找到美好事物的替代品，简言之，要真心真意去发现替代物身上的闪光点。

171. 就"游斜川"时对风景的关照而言，至少有两条途径可待开展：其一，变成山水诗，仅限于风光旖旎的肯定，或使之构成自古而然的小组成员；其二，则稍微靠拢咏怀诗的肩膀，鉴别一下怎样的风光适合个人的承担。那时，邻居们都盯视他的作为，鱼和鸥的比划有待复议：借助文辞的翅膀实现质的飞跃。

172. 他仍然有办法从集体活动中脱身，并把此类出游与聚会简化为私人的历程。天气也好，鸟鸣也罢，他都得在附和众议之外，再树立自身的规则：历历在目的此情此景还需在随后的咀嚼中回味。

173. 从一开始，"吾生行归休"就生成了主旨，好像一首飘摇的诗找到了住址。这些摆放在心身之外的风物声称发现了诗人的心房。他的写作于是不得不迁就各种因果关系，任由外界的风吹草动倒映在被抓破的预定目标上。

174. 到了这般年纪，他已有恰当的能力通过风景找到自己，或者说，他可以提醒身外之物惟独服务于他。于是，一次隐秘的对话擦拭掉了所有的痕迹，留在宴席上的那个人，只是灵魂出窍后的肉身。

175. 应当说，限制在"今朝"与"明日"的逻辑关系之后，他一门心思直奔主题，已无心于从风景的回顾中看见别的端倪，也不打算违背确实存在的宴会热浪。哪怕是脱稿后读去，虽言及三个方面的情节，却无一波三折的效果，他也不拟多加补缀，正如"虽微九重秀，顾瞻无匹俦"粗粗设计的人生观，他已顾不上精雕细琢，简言之，这首诗只算作一篇游记，做一个交代。

176. 诗，作为一种礼物，确实是一种奇妙的观念；从礼物的形态上看，它必须予人某种温馨与启迪，尤其是年长者赠送给晚辈时，它还同时是经验的结晶。作为礼物的诗，《示周续之祖企谢景夷三郎》，立即变成了彼此之间的纽带，他看你更有把握，你看他也如近水楼台，而且自我观照，也有足够的方便。

177. 他打算告诉这首诗的关键读者一些怎样的信息呢？一方面要在他们面前树立老

者的威风：这是我的人生。另一方面，他力求诗的容量，希冀在这种方寸之地，他们的现况能被诗的口齿所包容。在他看来，诗及时地总结了自我的处境，又波及他对其他人的评定。于是，这首诗意图打破现有的僵局，给予道义上的一次首肯。

178. 他可以采取其他的措施，去倡导他的价值观，然而，诗，是首要的手段，它首先能在结构上提供一种舒舒服服的便利，通过它，他足以显示出左右逢源的余力。于是，当我们读到"负疴"的自我介绍时，他已找到了丝丝入扣的途径：以某种醒目的自我形象为基础，诗顿时获取了无穷的能源，即便是触及他人的底蕴力不从心，他也可以重提自我形象，从而回到诗的既定轨道上来。

179. 在这种酬赠诗中，他可以区别对待受众的反应：给予三个读者不同的刺激。也可以一碗水端平，仅对他们的共性进行勾勒。如果他愿意拓展这首诗的篇幅，就可以去描摹三个人的特殊性，从而罗织出一件连体衣。但他显然止步于某种单纯的应酬性质，只是用它来传达一个声音：我是怎么想的。也就是说，他十拿九稳地估计了自己在他人心目中的地位。

180. 看上去，他摒除了这首诗步入狂野的可行性。他并不打算在诗中向这些特殊的读者灌输诗的最新定义。他就事论事，对他们的处境给予了必要的关注。如果非得找到这首诗的价值中枢，那就是，它部分地肯定了言说的意义：他们从这里足够获得所需的支持，尽管它离诗学的自圆其说还差骏马的一日千里。这也说明，在诗主动搜寻自己的素材与题材的不请自来之间，还存在主次之分：这首诗，是被动地去消化已知的题材。

181. 他为自我塑造了一个乞食形象，连带为历史塑造了一个典型。好比是拆除了便于攀援的脚手架，令他的无数读者了解到尊严与骨气还可以借衣的肤浅来窥其堂奥。我们已经不容易分辨他给"乞食"行为设计了怎样的一只心理弹簧：是确有其事——确实到了上门乞讨的窘境，还是他对乞食者与赠予者二者关系的一次戏讽——夸大了聚餐时被动的经济地位？乃至于，我们还好奇于这位好心给予的邻居为何没有陷入经济危机，也就是说，他所面临的生计问题可能只是临时的、个人性质的，而非普遍的社会现象。

182. 这是某一次乞食经历，还是多次类似体会的总括？

183. 这首诗顺便交代了生活来源之一。也是对弥漫在人间的以丰补歉的可能性进行了一次摸底测验。一开始所面临的饥肠辘辘，以及不知所从，因鼓起了勇气，敲开了一扇可能的门，而得偿所愿。所以说，这首诗是在谈论人生的庆幸。更由于诗的写作发生在"倾杯"之后，作为作者，他已经掌握了诗的发展脉络，于是，从这个角度看，诗最初的端倪就像断奶的婴孩连连哭喊，但是，随后，那啼叫变成了铺垫，这首诗果断地迈入了融洽的邻里关系。

184. 正是这首诗的存在，读者多了一个机会，为他的种种言谈举止找到因果关联：更便利地认识其处境，对所做出的其他举动，也就有了情有可原的心理准备。

185. 从叩门时的口吃，到觥筹交错之际的口齿伶俐，这首诗毫不声张地完成了意趣的围拢。同时，无以回赠的愧疚变成了诗的合法源泉；至于他自愧不如的那个典故中的人，具备了前后有别的两种身份，其中包裹了希冀，那么，他不认同、不打算饰演这个角色，是否意味着他对未来并不抱以期待？又是否可以凭此推导出这首诗必定为暮年之作？

186. 在《怨诗楚调示庞主簿邓治中》中，他做了一次总结。在这里，他并不打算抓住当下生活的花絮，进行微言大义的吐露，而是尽介绍生涯的义务，历数曾经的风霜。由于诗的视野置于无边无际的范畴，他看起来有充裕的素材，也可说，这首诗恰好提供了一个机会：读者可以观察他如何讲解人生的疆界。写一首阐明幽怨的诗，到底有几条现成的路？

187. 如果你在一旁建议他纳入"蝉鸣"这个意象，你觉得他会接受吗？不接受的理由可能是什么？

188. 幽怨之诗实际上是一种古老的知识，我们以为写成这样子，或者从沉重的包袱里卸除什么东西，诗就自然有了幽怨的成分。他言明这首诗有一个传统之时，也就放弃了为纵身出墙预备气垫的计划。

189. 就像谈到"知音学"，不可避免碰击定形的高山流水，幽怨的来历以及逐步形成的步骤，很少需要一个诗人单独完成，他只要低头捡起一朵阴翳或一片旧貌，就可以应对自如。

190. 这首诗还有一个严肃的主题："身后名"是什么？它的对等物又是什么？他把自身放置在一种"无希望"的状态中，以便反驳早期论者对声名的屡屡申明。而"名"与"浮烟"的关系被搭建起来，后代读者几乎不再感到反常，已无为之敏感的义务，莫非经过浮烟的一阵子敷衍，你我果真识破了"名"的真相？

191. 友谊，作为这首诗的主题，将重复一首描述友情的元诗的呢喃。诗因友谊的照顾而大放异彩，并真正获取诗的功用。在以诗酬答友人的形式中，谈论"友谊"这个对象，而非以之为方方正正的条桌，打一些擦边球，把跟友情有关的信息搁在其上，也考验他裁剪一件怎样的衣裳，能给无边的友谊得体穿上。

192. 当我们谈论"友谊"时，脑海里不禁浮现出几个救生圈。它们共同组成友谊的波澜与图腾。诗，就是对这些场面与图景的博览，只要迁就这几个形象，予以综合、包装，就完成了对"友谊"的讴歌。

193. 于是，这首诗，《答庞参军》，正是一个观察"友谊游弋于诗"的良机。它的水平高下，你只要用友谊的试剂，就能直接观测。

194. 为了树立友谊的榜样，并增强彼此的信心，一开始，他采取了不由分说的箴言形式，预制了一副友谊的盔甲。诗，就像从漏斗中滤出的淡水，一滴不剩地，坠入了事先安放的壶中。

195. 彼此欣赏、谈说有度，再加上分分合合，想必友谊之树不常青才怪。诗很方便就找到了介质，说出它赖以成行的秘密：无非是依照友谊的点点滴滴，重温盛情款待的场合，平铺直叙而至。

196. 在一次通常的唱和中，他的处世态度会尤显坚定，与一首自嘲或自励之作可能存在的犹疑不决有所不同，他被迫在一种次要的声明中把杂多的思想拧成一股绳。更何况，位于晨曦之中，他的状态尤其适合拼凑外界事物的寓意。

197. 在一时难以读到"戴主簿"原作之前，我们也可猜测：那人诗中的某些元素将反其意出现在此。好比是前一个人指着河面说刚刚看见了浪花，后一个人则着迷于泡影。

198. 如今看上去八面玲珑的世界观，彼时只算是酸溜溜的避世主义，估计也没有太多的壮观、太大的规模。也许，拿"虚舟"说事，就违反了当时的风骨，乃至于同时期的读者认定他受到了来历不明的唆使。

199. 在摆明自己的一贯立场时,这首诗提出了新要求:它希望从中能觅得一丝希望。这首诗在结构上不致松松垮垮,在声明个人的态度同时,又看上去是诗的包容。这一次,他能取出什么不曾用过的道具吗?换言之,他诗中建立的寰宇还能带来多大的欢娱?我们注意到这些被精心处理的信息,它们维持着一种言说的秩序:先是触及个人的时间观念,接着是左顾右盼,南闯北进,拿附近的景象入股,继而,涉足人的普遍命运。我们想了解的是,在外界景象的铺陈之余,他有几种途径,可以快捷地进入人生的反论?或者说,他把外界景象同质化的手段有哪些?写作时,他不会受到写作史的干扰吗?他如何让自身的结论从非议中脱离,并使之成为顶天立地的一元论?

200. "曲肱"论如何胜过"曲膝论"呢?在他的心灵深处,排他性选择不会令其生发丝丝悔意吗?"何必"这般——他已服服帖帖于那般。如果一首望岳诗或登高诗自成一体,也有理有据,堪称杰作,是否借此可以获取是非观念判别上的优势?世界观之所以如此这般,恰巧是诗的审美法则鼓足了干劲:他还没有看到其他的法则能在诗的渠道上畅行无阻。

辑三／学院视线

论李龙炳
李龙炳的乡村书写和他的理想主义　　／周东升

李龙炳诗选

论阿西
无界的旅人　　／朱峻青
　　——读阿西近作

阿西诗选

《蜀韵》诗丛主编／朱丹枫 梁平

李龙炳的诗
Poems by Lilong bing

李龙炳 著

四川出版集团 四川文艺出版社

李龙炳诗选

李龙炳,生于1969年,诗人,客家人。现居成都青白江区龙王乡。著有诗集《奇迹》(2005,贵州人民出版社),《李龙炳的诗》(2011,四川文艺出版社)《乌云的乌托邦》(《锋刃》20周年纪念文集之一)。获成都市政府第五届金芙文学奖、第七届四川文学奖、首届四川十大青年诗人奖。

一亩三分地

一亩三分地和几只燕子
讨论春天的形势。它做梦。
在梦中分析世界,作出判断,
下种种定义。它认为自己
可能是二亩三分地
或三亩三分地
它在想,这是尺度有问题
还是命名有问题
它想飞
翅膀大于它自身。有一天
它发现身上压着一块巨大的石头,
至少压着一亩
才知道自己只是在用三分地对世界说不
三分地里又有一块大石头
它可能只是一分地
一分地里还有石头
无限的石头会压着它最小的存在。
它从石头缝里收获粮食,交给天空
大地沉寂。它飞
左边的翅膀是落花,右边的翅膀是流水

粮食以北

粮食越堆越高,撞上了乌云
粮食的头有一些晕,问北在何处
粮食有恐高症,北,如天上的一颗星
粮食越堆越高,北,在饥饿中下降
一群人扶着粮食寻找消失的河流
中间有一滴发烫的雨在眨眼睛
粮食以北,如南,如象,如虚无
粮食在众人的背上晒古代的太阳
粮食的军队如天文数字,从牙缝中
杀出一条阳关大道,通向外省
北如外省的首府,北如彼岸
大海一浪高过一浪,煮着未来的种子
农民以肉身潜入乌云,北如一道光
北如时间的刺客,粮食的血越流越快
粮食以北,如四川,如成都,如龙王乡
粮食的后代围困一个词,在原始的酒的作坊
多少人和粮食和粮食的血和酒互为人质
我最终归于北,北,无中生有的北
如一个野人的梦,在另一个时代憋尿
我把我的头,放在了粮食之上

乌鸦的理想主义

一只乌鸦不会比另一只乌鸦白
一只烧红的乌鸦,会用燃烧的翅膀
飞出我们的视野。一只烧红的乌鸦的体内
也许有一斤棉花,也许有几朵白云
一个铁匠和一只烧红的乌鸦
有必然的宿仇。一个铁匠比乌鸦更黑
一个铁匠一生都在追杀一只烧红的乌鸦

铁匠的体内有一座小小的煤矿
一只烧红的乌鸦是一块理想主义的铁
头一次又一次被按在水中淬火
肉体在冒烟,隔壁还住着一场雪
在铁砧和铁锤之间,烧红的乌鸦是一座会飞的桥
一只烧红的乌鸦从上往下看
谁比谁更黑,谁又比谁更白
现实的王子杀死了白马,连刀都是黑的
连棉花和白云也被装进了铁匠的黑口袋
一只乌鸦不会比另一只乌鸦白
一只乌鸦也不会比另一只乌鸦黑
一只烧红的乌鸦是一块理想主义的铁
留下白色的灰,追随风,远离铁匠的仇恨

后退的火车

总有一些人来到我的房间里,左看右看
看不出什么名堂。我轻松地告诉他们
我的房间里有夹层,他们不信
他们只相信,隔壁有几只耳朵
我的房间的夹层没有什么秘密,只有一列火车
我告诉他们时,他们一下全都老了
我老了的时候就拉着这列火车
向后退,一直退到大海边
我告诉他们,我拉火车的力量来自天上
他们一下又恢复了年轻,跑出门去追赶自己的火车
我会一个人拉着我的火车后退,经过已经荒废的车站
从容抱起了卧轨自杀的恋人
我关上门。一条河流从门缝中涌了进来
淹没了我的房间,淹没了我的房间的夹层,淹没了
夹层里的火车。火车的轮子开始亲吻我
我的嘴唇上的大海风平浪静

论李龙炳

李龙炳的乡村书写和他的理想主义

周东升

"严格意义上讲,在诗人前面加任何的标签都会把一个诗人变小,让纯粹的诗人尴尬。社会的身份和诗人连在一起毫无意义",诗人李龙炳在一次访谈中如是说。把身份和诗人、诗歌联系在一起,不仅是传统批评的做派,在今天依然是常见的批评方法。因此,当代的诗歌批评常有这样的错觉:谈论一本诗集就是在谈论一位现实中的诗人,谈论一位诗人身世就是在谈论他的诗。"文如其人""以文观人",在我们这个史籍浩瀚、以史为宗的国度,是习以为常的话语逻辑。"农民诗人"称号中对"农民"身份的凸显,隐藏的正是这种思维方式,它暗示了身份与文本之间的关联,是诗人的身份而不是文本自身厘定了诗的旨趣和境界,误导了读者对诗歌的美学期待。同时,这个称号自身也是混杂的。农民身份和诗人身份分属于社会的不同领域,在各自的领域里,都有明确的指向,但合在一起,就造成了概念内涵的含混不清。20世纪90年代的"民间写作""知识分子写作"、今天的"打工诗歌"等命名,也都存在类似的问题。倘若进入具体而广阔的文本,便能很轻易地发现这种命名的偏颇。李龙炳可以在诗歌中诗意地宣称"我只是一个反对蝗虫的农民",但读者或批评者的"农民诗人"的命名却是一种冒犯,它模糊了一个诗人及其诗歌的真面貌。

但是,"农民诗人"这个糊涂称号对于读者又是一种启迪。抛开它存在的问题以及时代玩弄词语以哗众取宠的伎俩来看,"农民"身份的凸显也隐现着李龙炳诗歌的特殊价值,它在李龙炳的乡村书写与古典的田园诗、悯农诗、现代的乡土写作之间化出了一道界限。传统诗歌的抒情主体没有农民,只有旁观者。而真正的"农民"作为乡村书写的主体,必然颠覆了旁观者的视角,"农民"的真实乡村体验,必然取代了他者的想象和虚构。作为农民的李龙炳对"一百吨大米""一亩三分地"等乡村题材的思考与表达,也宿命地具有了时代的新颖与创见。在这一点上,"农民诗人"的命名又有着误打误撞的洞见。

古典诗歌的乡村书写主要表现为田园诗和悯农诗两种类型。以陶渊明、王维、孟浩然为代表的田园诗是诗歌传统的重要组成部分。但是，只要我们换个角度对他们的文本加以审视，便能发现诗歌文本中抒情主体的身份错位。陶渊明的"长吟掩柴扉、聊为陇亩民"（《癸卯岁始春怀古田舍》）、孟浩然的"予意在耕凿，因君问土宜"（《东陂遇雨率尔贻谢南池》），王维的"即此羡闲逸，怅然吟式微"（《渭川田家》），都表现出作为隐士的抒情主体对于耕作田园的"农民"生活的向往，不论是陶渊明发自田畎中的赞美，还是王维远距离的误读，都是隐士的情结和意志在起着主导性的作用。相比于王维和孟浩然，陶渊明的田园诗更贴近乡村的真实，他不仅写理想化的归田之乐，也写真切的田园之苦。但不论是《归园田居》，还是《有会而作》《乞食》，我们从中读出的都是隐士的趣味和意志，而不是农民的真实体验。因为发出这苦、乐之音的抒情主体的身份是隐士而不是农民。这种状况，在后来的一千多年田园诗写作中，没有发生实质性的变化。

如果说表现田园之乐的抒情主体的身份带有隐秘性，将制度和自然灾害造成的乡村生活之苦作为书写对象的悯农诗，其抒情主体的身份则是十分清晰的。他们的怜悯多是在官员、隐士或其他旁观者的身份中发出的。杜甫的"人生无家别，何以为烝黎！"（《无家别》）白居易的"念此私自愧，尽日不能忘。"（《观刈麦》）李绅的"四海无闲田，农夫犹饿死。"（《悯农》）这些诗在代言了乡村生活真实状况的同时，也在表现着诗人或官员的良知和情怀，很难说它们没有遮蔽作为乡村生活主体的农民的真实感受。杜甫《新安吏》中的"送行勿泣血，仆射如父兄。"《新婚别》中的"勿为新婚念，努力事戎行！"总会令细心的读者感觉到旁观者的隔膜。王安石在公元1081年写下的两首"元丰行"，更是充满了政治家自我表功的丰富想象（见《元丰行示德逢》《后元丰行》）。

进入现代以后，这两种类型的代言式乡村书写并没有随着时代的转变而转变，田园之乐、风光之美与农家之苦、乡村之敝依然是最显著的表现对象，只是抒情主体的身份由古代的官员或隐士转换为现代的知识分子。然而，尤为悲剧的是现代启蒙知识分子对乡土乡民的启蒙书写，虽仍然"哀其不幸"，但在民族危亡的时代大义中，"怒其不争"的愤懑总是大于"哀"，启蒙话语中的乡土和乡民被笼罩在落后、麻木、愚昧的污名中，不断地在时代的文学舞台上被展示、被观看、被批判、被改造。从古代到今天，整个诗歌史中，乡村作为主体几乎一直处于失语的状态。乡村也因代言主体的不同或代言主体的意图不同，呈现出悖论式的面相。一会儿是乐园，一会儿是地狱，一会儿既是乐园又是地狱。我们不能否认这种视角写出了大量的优秀作品，但也不能否认这种写作遮蔽乡村真实状况的可能性。在真正的农民身份的抒情主体出现之前，它从来不是问题，它是文学想象的必然结果。而在真正的农民身份的抒情主体出现之后，这种观看式的、代言式的写作也必然地显现出它的局限。因此，作为"农民诗人"的李龙炳，他的以"农民"作为抒情主体的乡村书写，既开启了一条新的道路，也终结了一个古老的传统。

杜夫海纳说："协和广场对出租汽车司机说来不是审美对象，田野对农夫也不是审美对象。"(《美学与哲学》),抒情主体的身份转变之后,乡村书写必然地发生变化。如果今天的写作者仍然在欣赏田园美景或感慨乡村没落,那么他一定还是旁观者,即便他身在乡村,他对于农民的身份也没有真正认同。但是,在李龙炳的诗歌中我们既看不到士大夫体恤下民、救民于水火的儒家情怀,也看不到对田园风光精致的审美主义表达。他写下了乡村中所能见到的各种事、物和人,诸如种地、打铁、酿酒、闲谈,以及大米、玉米、红豆、棉花、种子、果树、甘蔗、鸡蛋、谷仓、土地、石头、斧头、公鸡、麻雀、乌鸦、蜜蜂、鱼、毒蛇、蚂蚁、田野、河流、小桥、乌云、月亮、春、夏、秋、冬、风、烟,还有乡长、农民、老人、孩子、铁匠、邻家的女孩等等。但这些乡村的人与物经由不同身份的抒情主体的观照改变了作为诗歌元素的表现功能。"暖暖远人村,依依墟里烟""桃红复含宿雨,柳绿更带朝烟""圆荷浮小叶,细麦落青花""独出门前望野田,月明荞麦花如雪"……这些优美的画面消失了。李龙炳将田园诗的风景要素转化为沉思乡村及人之生存景观的元素,因此,在李龙炳的代表作《一百吨大米》中,既无"鹅湖山下稻粱肥"的丰收场景,也无"也应无计避征徭"的悲戚,更无"万人墙进输官仓"的纳税热情。"一百吨大米"从天而降,奔涌而来。诗歌开篇写道:

>我是农民,我带上我的村庄的一百吨大米,我带上
>我的父老乡亲的一百吨大米,在祖国的大地上前进
>我进攻世界,进攻世界的意义……

对"农民"身份的自我宣示,打开了乡村书写崭新的诗意空间。"一百吨大米"经由审美主义的囹圄,跃身进入建构乡村之存在的广阔天地,田园诗淡泊宁静的优美景致也骤然化作音调铿锵、气势磅礴的生命律动。作为乡村精神的隐喻,"一百吨大米"以昂扬的姿态站立在时代与世界、城市与工业的面前,庄严宣告了真正的乡村的诞生,真正的乡村精神的诞生。因此,"我的身份具有经典性/一百吨大米具有经典性……"农民身份的抒情主体与"大米"意象的相遇,也同样具有经典性。"每一粒米都是圣洁而高贵的。一百吨大米进攻世界/世界是幸运的",世界正是因这真正的乡村精神的诞生而幸运,汉语诗歌也因这真正的乡村书写的诞生而幸运。《一百吨大米》由此变得弥足珍贵,具有了经典性。

在《龙王乡》一诗中,抒情主体再次展现出乡村与村民的精神自足。龙王乡是诗人生活与劳作的地方,位处成都的北郊,隶属青白江区。但诗歌撇开城市的阴影,将其悬置于广阔而悠久的乡村背景上来凸显它的自立与自足。在主流的抑城市而扬乡村、反现代而崇传统的乡土文学中,这种写法显得格外自信与新颖:

> 我出生在龙王乡，那里离你们很远
> 远得几乎不存在。远得只剩下一些日子
> 龙王乡没有高山也没有皇帝。皇帝是另外的日子
> 或者是，另外一道菜

龙王乡的"远"是所有乡村的"远"，但不是"山高皇帝远"的偏远，它不具褒或者贬的情感色彩，只在陈述一种事实：龙王乡距离"你们"的想象很远，远得似乎没有了地理标记、只剩下时间中的抽象存在。但这微不足道的存在，并不依赖于"你们"的想象而自足地在着。龙王乡有龙王乡的"乡长"，有下"乡调研的副市长"，但处在社会权力结构中的龙王乡另有一种隐秘的存在："对岸，站着下乡调研的副市长/我站在桥上/看一江春水向东流"，在奔腾不息的时间河流中，龙王乡的存在永恒而孤傲。

> 龙王乡下辖十二个行政村，我是红树村四组的村民。
> 我有一亩三分地。我的余粮是一百吨大米
> 我卖给国家一百吨大米
> 国家在龙王乡的上空飞来飞去

由皇帝是"另外一道菜"到"国家在龙王乡的上空飞来飞去"，我们再次看到"农民"作为抒情主体的乡村书写的风格变异。前者的诙谐机趣源于精神上的自足，后者的奇特想象肇于主体的自我确立。在另一首诗中，诗人直呈了这种观念："龙王乡是一种存在的方式，同时也是一种存在的立场"（《有关内心幸福的一种理解方式》）。当然，存在的困境并不因此得以消解。因此，在《一亩三分地》中，我们又看到这样的反思：

> 一亩三分地和几只燕子
> 讨论春天的形势。它做梦。
> 在梦中分析世界，作出判断，
> 下种种定义。它认为自己
> 可能是二亩三分地
> 或三亩三分地
> 它在想，这是尺度有问题
> 还是命名有问题
> 它想飞
> 翅膀大于它自身。有一天

>它发现身上压着一块巨大的石头,
>至少压着一亩
>才知道自己只是在用三分地对世界说不
>三分地里又有一块大石头
>它可能只是一分地
>一分地里还有石头
>无限的石头会压着它最小的存在。
>它从石头缝里收获粮食,交给天空
>大地沉寂。它飞
>左边的翅膀是落花,右边的翅膀是流水

乡村的"远"由"龙王乡"再次缩减到"一亩三分地"。但是这寓言化的"一亩三分地"同样是自足的存在,它在反思自己。这种反思俨然不同于启蒙知识分子污名化的指证和高尚化的唤醒。它不免自以为是,但在不断的反思与行动中,它终究认识到真实的境遇,并以超越的姿态,在重重的重负中飞了起来。虽然"大地沉寂",它的翅膀是"落花""流水",不免显得苍凉而感伤,但"一亩三分地"精神自足和它顽强的理想主义,在寓言中是如此动人。

正如"农民诗人"的命名是偏颇的,单从"身份"角度来辨识李龙炳的诗歌也不足以认识其诗歌的精神风貌。"身份"具有先天的偶然性,它所构成的价值,必须基于诗人的创作成就。李龙炳不仅是一位农民诗人,也是一位更广意义上的优秀诗人,一位执着的理想主义者。他不仅思考着乡村精神的价值,也思考着人之存在的意义。他在龙王乡的大地上仰望天空,在具体而真实的乡村生活中求索诗性超越的种种可能,他的理想主义为乡村与人的形象注入了坚韧、强劲的生命活力,也造就了他诗歌的激越又思辨的气质。

有论者曾对李龙炳的理想主义口诛笔伐。文章开头援引切·格瓦拉,结尾再举顾城佐证,经过一番比对,最终判决了李龙炳的理想主义:"暴力与鲜血就是理想主义的祭品。"(参见熊平《理想主义的祭品——李龙炳诗歌〈风暴之子〉批判》)此文敏锐的是,它精准地发掘出李龙炳诗歌的精神内核——理想主义。从第一本诗集《奇迹》,到《李龙炳的诗》《乌云的乌托邦》,李龙炳诗歌的外部标志是乡村,内在精神就是理想主义;前期激烈、锐利,张扬理想主义的姿态,后来的作品趋于内敛、思辨,理想主义在反思中向内部沉潜。但此文对理想主义的暴力指认和界定,又是极为偏颇的。在这种先入之见的引导下,李龙炳的诗自然也就呈现出一副鲜血淋漓的脸谱,失去敦厚、宽容、思辨与爱的内蕴。

诗人安琪说,"诗歌中的理想主义从诗歌开始有的那一天起就伴随在诗歌里面。"

不仅诗歌，任何人的生活都无法远离理想主义，正如人类文化所面临的诸多悖论一样，反理性必然经过理性的方式，反理想主义必然要确立另一种理想主义，人注定要存在于理想主义的漩涡中。也正如保罗·蒂里希所说，"战胜乌托邦的，正是乌托邦的精神。"经历了八十年代以前及以后的"目的论理想主义"和"道德沦理想主义"的烈火之后，在虚无笼罩的九十年代，知识分子群体中又诞生一种"审慎的理想主义"。与之前不同的是，它不再是狂热的、伟光正的、教条化的、群体化的，而是富于怀疑精神的、开放的、注重过程的、个人化的"另一种理想主义"（可参见许纪霖《另一种理想主义价值、意义、信仰》）。

批评家陈超曾在短评《审慎的理想主义》中写过这样一段话："不管我们有限的生命是如何启示的，让我们不要再将自己的思考判然划分为"我不信"或"我坚信"。作为一个自觉的诗人，他永远是以'我不信'的方式而"坚信"着另外的向往，同时又时时反省自身以'我坚信'的方式'不信'。他从这种复杂的悖论结盟中，发现了探询生存的勇气，树立了更可靠的精神的标高。这与那种以恶抗恶的玩世主义诗人，不可同日而语。"陈超将怀疑主义与理想主义结合，倡导审慎的理想主义，以此反对虚无，也反对虚妄。至此，再回头审视前文中的"我坚信"式的表述："暴力与鲜血就是理想主义的祭品。"很容易发现这种表述反倒是一种极端化的理想主义方式。事实上，李龙炳的诗歌中，虽有"刀"与"血"，但更有一种审慎的怀疑与自我怀疑。在受到指责的长诗《追忆水上的名字》中，诗人的理想主义正是在质疑现实之虚无、追忆"一代又一代大师穿越针眼，亲吻永恒之唇"的过程中确立的。虽然诗人露出尖锐的锋芒，但并未导向鲜血与暴力：

  一张白纸在我们面前，生命是启示而非说明
  ……
  我理所当然的角色，如何在他和你的中间区分
  事业的成功和时间的成功完全是两个概念
  ……
  幸福的姐妹应当更幸福，快乐的使者应当更快乐
  我以我个体的卑微祈祷，默不作声
  ……
  被金钱支配的世界，莫非就是现实的天堂
  金色的钱币，一张近乎疏而不漏的网
  ……
  黑暗的主题不是我的胜利，我是乡土的兽
  带着文明与野蛮的双重疑虑。

> ……
> 一切已经太晚，我诞生的时候我的爱人已经死去千年
> 我只能成为牺牲者，去承担远古的神话
> 怀着对精神圣母的谦卑，追忆水上的名字。

同样是摘句，这里看到的是"个体的卑微""疑虑"，是与现实的抗争和对死去千年的"精神圣母"的"谦卑"的追忆。这种忧伤的仰望、思辨的质疑在任何时代都不会导向狂热的偶像崇拜与集体暴力。理想主义是生命的盐，是生命存在的各种可能性。没有它，我们无法从沉重的现实中挣脱出来，无法建构生命的意义。保罗·蒂里希在题为《乌托邦的政治意义》演讲中，对于理想主义的乌托邦既批判又辩护，在分析乌托邦的积极意义时说："如果没有预示未来的乌托邦展示的可能性，我们就会看到一个颓废的现在，就会发现不仅在个人那里而且在整个文化中，人类可能性的自我实现都受到了窒息。没有乌托邦的人总是沉沦于现在之中；没有乌托邦的文化总是被束缚于现在之中，并且会迅速地倒退到过去之中，因为现在只有处于过去和未来的强力之中才会充满活力。"《追忆水上的名字》正是在过去与未来的张力中，实现了对现实的反思与超越。

李龙炳诗歌中的理想主义是基于乡村语境中个体生存意义的思考。如前所述，李龙炳的乡村"是一种存在的方式，同时也是一种存在的立场"，乡村语境在他的诗歌中，是作为人之存在的象征性场景而呈现的，其诗歌的主题也不再局限于乡村或农民自身的命运问题，进而步入了更为广阔的人之存在意义的层面。就这一点而言，所谓的乡村书写已不能成立。事实上，凡是基于诗歌外部特征的命名都不能最终成立，包括朦胧诗、第三代诗歌、民间写作、知识分子写作、工人诗歌等，在真正的诗的层面，赖以命名的外部特征都无足轻重，也不再成为诗的标志。因此，在《粮食以北》《碗之灵》《乌鸦的理想主义》《我的理想主义》《一亩三分地》等集中表现理想主义的优秀短诗中，乡村语境既存在又不存在，我们能够清晰看到的，是理想与现实之间的冲突以及个体建构生命价值的艰难过程。

《粮食以北》一直围绕"粮食"与"北"的关系演绎着理想主义的隐喻："粮食越堆越高，撞上了乌云/粮食的头有一些晕，问北在何处/粮食有恐高症，北，如天上的一颗星/粮食越堆越高，北，在饥饿中下降"。"北"是精神向度的，也是理想化的。它虚无、遥不可及，但它"如一颗星""如彼岸""如一道光"，它是人之为人的必然选择。"我最终归于北"，"我把我的头，放在了粮食之上"，这是诗人对生命态度的隐秘宣言。

在《乌鸦的理想主义》一诗中，诗人以寓言化的手法，展现了理想与现实之间的惨烈搏斗：

不仅诗歌，任何人的生活都无法远离理想主义，正如人类文化所面临的诸多悖论一样，反理性必然经过理性的方式，反理想主义必然要确立另一种理想主义，人注定要存在于理想主义的漩涡中。也正如保罗·蒂里希所说，"战胜乌托邦的，正是乌托邦的精神。"经历了八十年代以前及以后的"目的论理想主义"和"道德沦理想主义"的烈火之后，在虚无笼罩的九十年代，知识分子群体中又诞生一种"审慎的理想主义"。与之前不同的是，它不再是狂热的、伟光正的、教条化的、群体化的，而是富于怀疑精神的、开放的、注重过程的、个人化的"另一种理想主义"（可参见许纪霖《另一种理想主义价值、意义、信仰》）。

批评家陈超曾在短评《审慎的理想主义》中写过这样一段话："不管我们有限的生命是如何启示的，让我们不要再将自己的思考判然划分为"我不信"或"我坚信"。作为一个自觉的诗人，他永远是以'我不信'的方式而"坚信"着另外的向往，同时又时时反省自身以'我坚信'的方式'不信'。他从这种复杂的悖论结盟中，发现了探询生存的勇气，树立了更可靠的精神的标高。这与那种以恶抗恶的玩世主义诗人，不可同日而语。"陈超将怀疑主义与理想主义结合，倡导审慎的理想主义，以此反对虚无，也反对虚妄。至此，再回头审视前文中的"我坚信"式的表述："暴力与鲜血就是理想主义的祭品。"很容易发现这种表述反倒是一种极端化的理想主义方式。事实上，李龙炳的诗歌中，虽有"刀"与"血"，但更有一种审慎的怀疑与自我怀疑。在受到指责的长诗《追忆水上的名字》中，诗人的理想主义正是在质疑现实之虚无、追忆"一代又一代大师穿越针眼，亲吻永恒之唇"的过程中确立的。虽然诗人露出尖锐的锋芒，但并未导向鲜血与暴力：

> 一张白纸在我们面前，生命是启示而非说明
> ……
> 我理所当然的角色，如何在他和你的中间区分
> 事业的成功和时间的成功完全是两个概念
> ……
> 幸福的姐妹应当更幸福，快乐的使者应当更快乐
> 我以我个体的卑微祈祷，默不作声
> ……
> 被金钱支配的世界，莫非就是现实的天堂
> 金色的钱币，一张近乎疏而不漏的网
> ……
> 黑暗的主题不是我的胜利，我是乡土的兽
> 带着文明与野蛮的双重疑虑。

……
一切已经太晚，我诞生的时候我的爱人已经死去千年
我只能成为牺牲者，去承担远古的神话
怀着对精神圣母的谦卑，追忆水上的名字。

同样是摘句，这里看到的是"个体的卑微""疑虑"，是与现实的抗争和对死去千年的"精神圣母"的"谦卑"的追忆。这种忧伤的仰望、思辨的质疑在任何时代都不会导向狂热的偶像崇拜与集体暴力。理想主义是生命的盐，是生命存在的各种可能性。没有它，我们无法从沉重的现实中挣脱出来，无法建构生命的意义。保罗·蒂里希在题为《乌托邦的政治意义》演讲中，对于理想主义的乌托邦既批判又辩护，在分析乌托邦的积极意义时说："如果没有预示未来的乌托邦展示的可能性，我们就会看到一个颓废的现在，就会发现不仅在个人那里而且在整个文化中，人类可能性的自我实现都受到了窒息。没有乌托邦的人总是沉沦于现在之中；没有乌托邦的文化总是被束缚于现在之中，并且会迅速地倒退到过去之中，因为现在只有处于过去和未来的强力之中才会充满活力。"《追忆水上的名字》正是在过去与未来的张力中，实现了对现实的反思与超越。

李龙炳诗歌中的理想主义是基于乡村语境中个体生存意义的思考。如前所述，李龙炳的乡村"是一种存在的方式，同时也是一种存在的立场"，乡村语境在他的诗歌中，是作为人之存在的象征性场景而呈现的，其诗歌的主题也不再局限于乡村或农民自身的命运问题，进而步入了更为广阔的人之存在意义的层面。就这一点而言，所谓的乡村书写已不能成立。事实上，凡是基于诗歌外部特征的命名都不能最终成立，包括朦胧诗、第三代诗歌、民间写作、知识分子写作、工人诗歌等，在真正的诗的层面，赖以命名的外部特征都无足轻重，也不再成为诗的标志。因此，在《粮食以北》《碗之灵》《乌鸦的理想主义》《我的理想主义》《一亩三分地》等集中表现理想主义的优秀短诗中，乡村语境既存在又不存在，我们能够清晰看到的，是理想与现实之间的冲突以及个体建构生命价值的艰难过程。

《粮食以北》一直围绕"粮食"与"北"的关系演绎着理想主义的隐喻："粮食越堆越高，撞上了乌云/粮食的头有一些晕，问北在何处/粮食有恐高症，北，如天上的一颗星/粮食越堆越高，北，在饥饿中下降"。"北"是精神向度的，也是理想化的。它虚无、遥不可及，但它"如一颗星""如彼岸""如一道光"，它是人之为人的必然选择。"我最终归于北"，"我把我的头，放在了粮食之上"，这是诗人对生命态度的隐秘宣言。

在《乌鸦的理想主义》一诗中，诗人以寓言化的手法，展现了理想与现实之间的惨烈搏斗：

> 一个铁匠和一只烧红的乌鸦
> 有必然的宿仇。一个铁匠比乌鸦更黑
> 一个铁匠一生都在追杀一只烧红的乌鸦
> 铁匠的体内有一座小小的煤矿

诗人对理想与现实之间持久而严峻的对峙有着清醒的认知。人之存在意义的建构是一个漫长而艰难的过程,身怀理想的人的一生就是被"追杀"的一生、被锤炼的一生,他最终会以失败而告终,但又会获得真正的胜利,他的胜利不在于结果,而在于他曾"打了一场漂亮仗"。"体内有一座小小的煤矿"的"铁匠"拥有着源源不断的打击力量,但是,"在铁砧和铁锤之间,烧红的乌鸦是一座会飞的桥","是一块理想主义的铁",这种不屈服的意志、以卵击石的抗争正是人之为人的高贵之处。在《我的理想主义》中,诗人从激情、抽象的表达中返身具体的乡村生活场景,"铁匠"的形象化身为各种无形的现实之网,理想主义的"我"遭受种种围困,"群众向梦吐过口水/梦做自己其实很难"。但是梦的力量并未消泯,"梦很容易就在竹林里/活埋了一个村长,代替他/为每一片竹叶盖章,不舍昼夜/梦像幽灵一样经典,四处游荡"。无法以真面目立于天地之间的梦,仍然可以活埋现实主义的"村长"(诗人确实当过"村长"),然而无形的"铁匠"终究是强大的,在不断的挫败中,"我"显得孤独而忧伤:"我已经修不好我体内的宇宙飞船/我只能终老在伤口里的红树村,铁打的龙王乡"。但"我"的感伤只是诗的技艺,并非是诗的虚无。真正的理想主义者并没有明确的目标可以去实现,也不会为这不可实现而沦入颓败的深渊。在人类历史与一切伟大的艺术中,理想主义的英雄都是以悲剧收场的,但他们在朝向理想奔跑的途中就已经胜利了。

作为李龙炳诗歌的精神内核,理想主义在一定程度上决定了他诗歌的个性与气度。诗人哑石在《凸面镜中的龙炳》一文中曾有形象的描述:"他的诗歌,在保持细节潮湿和努力做到技艺有效的同时,从来没有放弃自己独属音调的坚定、明亮——某种深沉的爱激活了他灵魂的光和热……在龙炳诗歌和其现实生命的展开中,始终都有大地和火焰这两种强大力量的存在。"在笔者看来,他的"坚定、明亮"与"强大力量"也同时肇基于他的理想主义。我们无法判断是理想主义触生了"某种深沉的爱",还是"某种深沉的爱"激发了理想主义,但在李龙炳强力地、阳刚地抒情中,二者始终相互伴随。他写"我要独自一人去热爱大地",也写"我来了,我反对";他怜爱一颗被枪声追赶的"子弹",他期待龙王乡的"白马"被重新命名;在"管子"里他探寻着现代空心人的宿命,在"碗"中他看到了现实的残酷与梦的艰难……这些多姿多彩的诗篇,当然不能用理想主义或爱的艺术去脸谱化,但这些优秀的作品背后,我们总能感受到一种坚韧的理想主义和一颗怀着至爱的心。

在李龙炳诗歌中,细心的读者会发现他对海子的不断追忆以及对海子诗歌有意无意的呼应。在《后退的火车》中,诗人写道:"我会一个人拉着我的火车后退,经过已经荒废的车站/从容抱起了卧轨自杀的恋人",在《外衣》中又有:"在遗书上我写下:我的死/和任何人无关"。如果有读者不烦再去作些无趣的诗学比较,也许会惊奇地发现二人之间相近的气质。比如他们都是乡村的恋人,都是野马似的强力诗人,都是火一样的理想主义者。然而,逝者已矣,生者寂寂。世人更喜欢将目光投向历史璀璨的星空,无意于现实大地上木秀于林。最后,还是借用诗人臧棣谈论海子的话来结束这一次难以掩卷的阅读吧:"海子的农耕场景,展现的是他对人的生存本质的思索,以及他对生命真谛的一种吁请。如果把海子概括成哀叹乡村的衰落或留恋乡村的美好,那就有点太小瞧海子的诗歌了。"

文已至此,但愿我们也不要太小瞧李龙炳的诗歌了。

(周东升,博士,现任职于西南交通大学中文系)

阿西诗选

阿西（1962—），原名项春山，黑龙江密山县人。写诗兼及评论，2010年后出版诗集《词车间》《生活指南》和诗论集《词的寂静》等。获首届屈原诗歌奖，浦江国际华语诗歌一等奖等奖项。

东京日记

飞机降落滑行，窗外的海关
敞在纸上，填上无物，扔下姓名
轻轻松松走出去，去会见云中的人
地铁口里，偶遇几个蹩脚的汉字
偏旁都有一种被剑削成残肢的样子
早上在北京时间里，尔至新宿的午后
其时，主人已把钥匙放在了门边
手伸向栅栏，就够到日语中的日常生活
一个二层小楼，楼梯有主妇的气息
墙壁是空的，好像一百年前遗落的时间
还好，榻榻米不仅可以连续翻身
还能容得下整个海峡冲撞不宁的波涛
足够精巧的小厨房，可心的小吧台
让我慢慢回味乏味的一生，品味樱花
好吧，先把自己寄放在这个安静的巷子里
如果走出，百米内是歌舞町，是夜色
是地道的一兰面，和女议员的洪水

北京诗话

于五环外，或地沟油小酒馆
专注火盆里的碳，红与黑酒中融合

勾兑出月光，几个不语的人私沐
今冬风大无雪，衡湖水鸟晚祷中白啼
无端狂歌，写下蓝章但不只是驱霾
还是展望与谵妄，命运的纤根艰难自灿
仅做一只健康的鹰：飞翔或引颈
飞跃人流，以高上的青云清算这浑浊
切割，切割是快乐的，并遣散往日污梦
然后启明星，掸落尘土，遥望西山
当天黑，我于街头无意发表看法
跋涉，跬步即正值，但寸心必大于寸影
诗乃江山遗产，几株小芽破心而出
必有一枚红叶流放数学公理

野有蔓

它们在雨后的空气里回忆
三头牛的气味，回忆两只白蝶
陷入的秋天的寥廓。它们
年复一年的枯黄，衰老，死去
为了保存荒原纯正的种子
它们在尚未开垦成稻田的角落里
充当守望者，守望小镇的空白
它们的豆蔻年华，茵茵如歌
唯大地备份了那质朴而圣洁的爱
当我像个流徒踩着咔嚓咔嚓的冰雪
奔波在西伯利亚寒冷的大街上
为所谓的命运做徒劳的奋争
它们依旧在原地零露于清晨黄昏
带着那些小花朵，掀起绿色的波涛
哦，那裸体的光，那光的絮语
哦，那遥远的青涩，那紫荆的离乱
而时间只能是一个巨大的负数

我在这个负数里驼了背，掉光头发
拥有一个不入流的时代背影
现在是早春，北京的早春很糟糕
天气时冷时热，雾霾过后风沙又来
周围的人都是些冬天里的人
我坐在窗前，望向三千里之外
那片蔓草复苏了吗？它们
曾经青青，它们那么黑

旧曾谙

一株三十年前的仙人掌
在世界的角落里，收藏风和雪
收藏第三宇宙发出的微光
几乎是一些不可见光
它静静地生长着，长出叶和刺
长出神秘的皱纹和秩序
在某个早晨，开出几朵小花
它在干燥的尘埃中怒放
怒放，为纪念那些荒野的日子
那是七月或五月的草地，太阳火辣
大地要长出品相最好的仙人掌
它按照自己的纬度发芽生长
不顾及土壤学，和遍地的牵牛花
它把人间内化成浩瀚的沙漠
天真地爱着沙漠，咬着自己的根茎
哦，这是三十年前的一株仙人掌
已经完成了对于干涸的坚持
而坚持是一个大过程，需经历一切
包括消逝，枯萎和语言的沧桑
甚至是进入黑洞，进入了冰河期
但它活了下来，像劫后的重生
绿色火种在体内已缓慢复燃

安静而曼妙地复燃成
唯一的盆景

白 菊

午后的时光寂寥而邈远
小区里的几株无名无姓野草
已于前日被几个黄衣园丁彻底铲掉
去年栽下的那些廉价的小风景树
顶部也被他们砍断，枝桠下垂
几块晦暗的石头，最后的尊严在风化
花花草草虽仍是花花草草
在呼吸，在生长，在挣扎与抗拒
却像是一种死亡，璀璨交织着衰败
以及莫名消失的人，被黑手拉黑的人
哦，生活的墓志铭远比生活更荒芜
我要记下它们，并以白菊的名义

赤壁遇雪

不是旧情人送来的礼物
不是对记忆一次久违而深切的唤醒
像伤害，美好的部分从雪中分离
……不是。很白很白的赤壁
陌生的寒气，如从古战的车辙袭来
裹挟着曹操阴暗的身影
裹挟着孙权，和吴国的天气
寒气里，有人正向历史借一场东风
但这是初雪，是圣诞老人未收走的雪
人们急匆匆走在这新鲜的雪地上
走在通往各自崎岖与不崎岖的山路上
或忙于拍照，在雪地上玩三国演义

只是当雪铺满了黑夜，枯枝变成了玉树
是否会有人以其中的一片雪花
完成对黑暗的一次僭越

梦　镜

昨晚一直在梦一面镜子
它先是被我平放在一个工地某处
地基水泥横梁附近，周围没有施工者
我转过身去，它就碎了
不知为何，我又重新换上一面镜子
安上牢固的镜框，原色松木框
把它放在原处，稳稳地放在原处
我刚转过身去它又碎了
我再次换一面镜子，重新安装镜框
放在工地平台上，这次绝不该自动破碎
我转过身去和几个人谈话，听一个人
用英语朗诵一段文字，没有意义的文字
他刚一开口，就听见镜子的裂纹声
我无力的走过去，走向我的镜子
它在底边十公分处齐刷刷地碎成一条直线
留下细细的玻璃粉末。这时我醒了
从五十七岁的一个早晨里醒来
我推开门，院子里铺满落叶
不远处地面结了一层薄冰
我踩在上面走过去
走向第一天

论阿西

无界的旅人
——读阿西近作

朱峻青

"每一次出发都意味着还有下一次,因为所有的抵达都不是理想的抵达"(《大地启示录》)。阅读阿西,脑中网住了许多词语,哪一个是属于阿西的?他的诗记录印象,反思现实,充满关怀,有冥思般的喃喃自语,有沧桑的生命喟叹,也有微妙的细腻情绪。它们有些生发于相对安定的生活日常,但更多来自不同的地点,有鲜明的时空坐标作为现实凭依,他接受某地带来的情感与哲思的撞击与更新,有许多即景式的抒情与哲思,情思开阔无界,在大地上流动。他使用多样的语言风格,有的质朴平易,有的古典优美,也有的奇拗艰涩。如果每一个词都难以抵达阿西的本质,那也许说明他的无限。但如果必须抓住些什么,我想用"无界"与"旅人"来形容我读到的阿西。

"无界"是指没有对立的界限,世界上固然存在许多规定,事物和现象被划分界限,而最难以越过的界限是人给自己设的界限,即对自己的规定。"规定"本身就是一种限制,"限制"本身也是限制。有抑制的力,就有反抗的力;有界限,就有受限。叔本华说,主体是唯一不可被认识的。如果承认主体的流动性、多面性,有不受限制的能力,这句话就能证实主体的无限。

组诗《东京日记》的第七首中,诗人站在涩谷著名的全向式十字路口,看着人们在四面八方走。空间中似乎有一堵堵看不见的墙壁限制了道路,这正是以"受限"为主题的插图。这首诗从左右政党的争端起始,逐渐超越了政治,叙述一个诗人和诗歌在精神上应具有的无限:

> 其实,不能左右自己的根本就不是诗人
> 诗也没意义。诗人不是反对左右
> 是如何热爱左右,他一生都以一种爱

承认另一种爱，这与左右没什么关系
与左右拥抱没什么关系，与性别没关系
诗人拒绝左右说辞，在拒绝中左右
在拒绝中与某个左右侧身而过

有左就有右，不管选择哪一边，都是选择一种桎梏，如果没有左右之分，取消对立，取消规定，就既不在左，也不在右，而既在左，也在右。当一种爱承认另一种爱，爱就不是有局限、有对立面的爱，它是取消自我中心，不执着于左与右、此与彼、不执着于绝对与相对的大爱，它根植于一颗通达、智慧的心灵。诗人拥有超越绝对与相对的自由灵魂，没有执着而包罗万千、来去自由，只有超越绝对与相对的最终的绝对。

阿西的无限表现在那些旅途中的诗作，它们或是对印象的记录、或是即景的抒情或哲思，它们表现了一颗开阔的心，诉说着诗人的尚未完成。《东京日记》是日记式的诗歌写作。试看其中第一首：

飞机降落滑行，窗外的海关
敞在纸上，填上无物，扔下姓名
轻轻松松走出去，去会见云中的人。
地铁口里，偶遇几个蹩脚的汉字
偏旁都有一种被剑削成残肢的样子。
早上在北京时间里，尔至新宿的午后
其时，主人已把钥匙放在了门边
手伸向栅栏，就够到日语中的日常生活
一个二层小楼，楼梯有主妇的气息
墙壁是空的，好像一百年前遗落的时间
还好，榻榻米不仅可以连续翻身
还能容得下整个海峡冲撞不宁的波涛
足够精巧的小厨房，可心的小吧台
让我慢慢回忆乏味的一生，品味樱花
好吧，先把自己寄放在这个安静的巷子里
如果走出，百米内是歌舞町，是夜色
是地道的一兰面，和女议员的洪水。

如何将片段的印象结构为一首诗？阿西顺着时间的脉络，将此一片段与另一片段通过脚步的转换来连缀。从早上、午后到夜晚，从机场、地铁、房间到房间外，诗人看到的、听到的、感受到的日本文化元素点缀其间：剑、假名、榻榻米、波涛、樱花、歌舞町、一兰面。而将整首诗凝聚起来的内在绳索是东京氛围，是诗人打开一扇门，门内的陌生氛围带来的情绪记忆，这记忆在语词中呈现出铅灰的质地，缺少色泽，情绪隐含在词汇中。走出飞机的是一个"轻轻松松的人"，在这之前，在纸上"填上无物，扔下姓名"，姓名是历史，是偶然，扔掉姓名表现了身份的脱落，习惯的日常暂时被退远，因此是一个轻松的自己了。诗中含蓄地展现了时间的节奏，同时也是情绪的节奏。在房间里，他的时间变慢，充满"空荡"的感受，于是仿佛感到一百年前遗落的时间，过往的一生和眼前的樱花于是纷纷进入意识，让人有暇去"品味"和"回味"。

  日记式的诗歌存在"散漫"的危险，这首诗也不例外，描写事物和抒情占比均衡，带有一些记录的刻板倾向。另一首则表现了对生活的沉思：

  昨夜在打芭蕉的雨中睡去
  子夜地震摇了摇小楼，如摇床
  仍睡，直至在乌鸦的口语中醒来
  街上的湿气贴近生活又很逻辑
  没有惊恐，没有人发表议论
  福岛5.9级地震没有震出一丝乡愁
  定价金枪鱼才是岛国紧要的风情
  绝不可留下血污，冲洗又冲刷
  渔人对待残骸的态度如同艺术家
  看上去祖辈的祖辈曾频开杀戒
  于是供奉水神，本愿寺迎来访客
  当天空开始放晴，大海早已被切割分赃
  在各个寿司店进入食客的胃囊
  得到满足的人们，小声私语
  离去时皆大欢喜互致深度问候
  如果漫步银座街头，就分层阶级
  资本优雅有度，土豪之乎者也
  当夜幕再度降临，东京华美的灯火
  雕塑海的梦，而秩序决定基础
  建筑完善情感，猫教育了美

这首诗交织着东京生活三重奏：自然、饮食、阶级，由时间、空间、事件的转换连接起来：夜晚——白昼——夜晚，地震——杀鱼——吃鱼——阶级， 叙述看起来散漫，但诗末"秩序决定基础"使散珠似的叙述有了向心力。"秩序"这一孤零零的名词，抽象而有总结意味地出现，可指自然秩序、社会秩序、精神秩序。地震揭示了东京生活建立的自然前提，社会秩序与消费文化相互交织，而精神秩序是生活的血脉。诗中通过地震的事件刻画了这种精神秩序：把古典意境建立在动荡的板块上，雨打芭蕉的寂寞寥落在不协调的时地展现了日本人的生活态度：接受灾难、习惯灾难、领略生活。

这首诗的叙述几乎是无倾向的， "杀戒"和"水神"都是倾向性强烈的词，可互为正负极。然而在渔人的行为中，倾向性与倾向性互相抵消。"大欢喜"以大饰小，用一个撇清食色大欲、安坐在澄澈空境的词语来描述食客的满足感，出尘与红尘相互抵消，在戏谑中彰显了小大之间非绝不相容，非绝对一致的复杂关系。在轻描淡写中安置下词汇的重量，在重量的抵消中织就了生活矛盾重重而和谐相融的底纹。

《格雷梅山上观落日》则记录了一次冥思，在那场落日中，精神抵达了神境：

> 黄昏是一曲思乡曲，宇宙最大最温情的怀抱，抱着你抱着我，抱着你们和我们。
> 今夜，所有人踏上还乡的路。

站在高处，仿佛听见神的福音。从未见过这样完美的落日——黄昏中似乎有冥冥乐音，召唤我们走向共同的归宿，那是宇宙最大最温情的怀抱，是流浪的精神最后的休憩之所，是上帝所在之地。"夜幕下的格雷梅，是一座黑暗教堂"，天宇充满肃穆和纯净的气氛，置身其中，仿佛与上帝同时在场，所有罪恶、污垢自动脱落，受到蜂蜜和甘露恩赐的人们是最洁净最幸福的。在黄昏中，他经历了一场洗涤，他是他自己，也是全人类，他感受到所有灵魂共同经历着洗涤：

> 夜幕下的格雷梅，是一座黑暗教堂。上帝与你同在，赐给你无尽的蜂蜜和甘露。你的原罪将一笔勾销，你从未忏悔的心，也受到豁免不必再受罪责。你是一个新人类。

施与洁净，并且施与爱"你错过的爱将一一重现，它们与你重返快乐的青春时光"，重返青春，就是重拾曾充盈于心并自然流露的爱，有了这个， "你在今夜复活"。

领略着福音的"我"，不单是那个尘土上的"我"，在他之中，诞生了另一个声音，是介于"我"与上帝之间，传播福音的人，这个声音对"我"说，也对"你"说，对"你们"说。从"你"到"你们"，是视野扩大的过程，是自我缩小的过程。他祈祷人们必经的苦难和无需经历的苦难都平息:"你走不动的路将有骏马代你走完,你看不见的深渊将变成清澈的小溪",有的只是宁静、和平。他爱人类,宽容他们世俗的愿望,祈求给他们所梦想的财富、权力,在天宇下感到的满足让他愿意所有人都得到满足:

> 你在地上写下一组长长的数字,今夜的梦里就会兑换成用不完的黄金。你在地上写出爵位,明天你将成为圣神的王。

夜幕降临,我"什么也看不见了"而"看着你和你们",这时所有人对他来说同样重要,他爱人们的相同,也爱人们的差异,爱人们的良善,也爱人们的黑暗。涌动着的强烈的爱,让他"写下"宽宥,这唯一的举动蕴含了最广博的爱,宽宥人们的恶与黑暗、宽宥苦难、宽宥已流出和未流出的泪水,让一切平息下来,只有福音在天地间回荡。从黄昏到黑暗,他经历了一场精神的净化之旅,人生可以有相当稀释的密度,也可以在片刻间抵达神界,让"我对我空虚的一生心满意足"。

"大地"是一个古老、博大、具有起源意义的意象,从大地获得的启示也具有这样的性质,因此在《大地启示录》中采用一种抹去修饰、质朴古老的表达方式,如:

> 当我和一个乌克兰人,两个哥伦比亚人,一个美国人,一个突尼斯人,一家印度人,几个越南人相聚在土耳其,大地是我们共同使用的语言,不用翻译。

大地的语言是一种内在于生命中的编码系统,始终能让我们在最根本上互相理解。大地与人拥有最古老、最坚固、最本质的联系,这种编码同传递的是共同的起源、古老的血缘联系以及共同的精神归宿。

阿西的诗深刻如一个旅人对天空与大地无尽的追问,也质朴沧桑如一个中年人的皱纹,他在生命的旅途上风尘满面。《格物与饰物》组诗没有鲜明的地点的标记,藏着深沉的叹息,隐含诗人与环境的紧张关系。《野有蔓》是一声晦涩的生命喟叹,薄薄的蔓草承载了诗人的沧桑,整首诗如一片汪洋,从不知何处起始,将近末尾露出了海中的岛屿,是诗思生发的现实凭依——北京的早春,前后诗行如海水蔓延出去,在遥远的西伯利亚对接,形成一个圆环:

> 它们在雨后的空气里回忆
> 三头牛的气味,回忆两只白蝶
> 陷入的秋天的寥廓。它们
> 年复一年的枯黄,衰老,死去

为了保存荒原纯正的种子
它们在尚未开垦成稻田的角落里
充当守望者，守望小镇的空白
它们的豆蔻年华，茵茵如歌
唯大地备份了那质朴而圣洁的爱
当我像个流徒踩着咔嚓咔嚓的冰雪
奔波在西伯利亚寒冷的大街上
为所谓的命运做徒劳的奋争
它们依旧在原地零露于清晨黄昏
带着那些小花朵，掀起绿色的波涛
哦，那裸体的光，那光的絮语
哦，那遥远的青涩，那紫荆的离乱
而时间只能是一个巨大的负数
我在这个负数里驼了背，掉光头发
拥有一个不入流的时代背影
现在是早春，北京的早春很糟糕
天气时冷时热，雾霾过后风沙又来
周围的人都是些冬天里的人
我坐在窗前，望向三千里之外
那片蔓草复苏了吗？它们
曾经青青，它们那么黑

"命运"在阿西的诗中指向模糊而深刻的体验与思考，这首诗里，抒情主体如一个奔波的流徒徒劳地反抗"所谓的命运"，这命运是自己加给自己的限制，还是猛然惊觉到的来路和去路那一种不可逆转的方向？我们只听见一声短短的轻嘲："所谓的命运"。比"命运"更小清晰的是两种姿态，一种是蔓草的姿态：自我完成；一种是"我"的姿态：流亡、反抗。蔓草被安置在秋天萧索寂静的氛围中，等待完成生命周而复始的轮回。荒寒之地逼迫人面对死亡，更容易涤清精神的杂质，使其发出神性的光。喃喃自语者如圣徒心折于不可见的光焰，唱起颂歌："哦，那裸体的光，那光的絮语"。在赞颂里，他认可了蔓草的姿态。蔓草随时迁化，显露出安定的喜悦："带着那些小花朵，掀起绿色的波涛"，这是它的自我完成。它同时是一个博爱者，奉献者，以豆蔻年华献身于荒原的生机，这是自我完成者的施与。"我"奔波、抗争，而时间流逝仿佛带有被规定的重力，不仅拖垮年轻，仿佛也带有命运不可抗拒的力。"我"与人群、所在地之间有一道寒冷的壁障,但在相隔三千里的蔓草那里找到了精神认同与归宿。末句"它们那么黑"在犹豫的表象下,传达出对蔓草将生的确信。

《旧曾谙》是一首娓娓道来的纪念:

> 一株三十年前的仙人掌
> 在世界的角落里,收藏风和雪
> 收藏第三宇宙发出的微光
> 几乎是一些不可见光
> 它静静地生长着,长出叶和刺
> 长出神秘的皱纹和秩序
> 在某个早晨,开出几朵小花
> 它在干燥的尘埃中怒放
> 怒放,为纪念那些荒野的日子
> 那是七月或五月的草地,太阳火辣
> 大地要长出品相最好的仙人掌
> 它按照自己的纬度发芽生长
> 不顾及土壤学,和遍地的牵牛花
> 它把人间内化成浩瀚的沙漠
> 天真地爱着沙漠,咬着自己的根茎
> 哦,这是三十年前的一株仙人掌
> 已经完成了对于干涸的坚持
> 而坚持是一个大过程,需经历一切
> 包括消逝,枯萎和语言的沧桑
> 甚至是进入黑洞,进入了冰河期
> 但它活了下来,像劫后的重生
> 绿色火种在体内已缓慢复燃
> 安静而曼妙地复燃成
> 唯一的盆景

诗人寄言于仙人掌,这在干涸中坚守、消亡复又重生的植物是诗人精神的外化,对它生命历程的描述反映了诗人与现实对峙、与语言对峙的艰涩心路。我们首先看到一盆仙人掌,占据世界一个微小的位置,静默难以觉察,但与宇宙存在精微而古老的联结:神秘的皱纹和秩序隐藏在它的皮肤纹理中。仙人掌之于世界,正如诗人之于世界。它的开花,与在荒野中的坚持出现在同一种平缓的语气里:"某一天清晨,开出几朵小花/它在干燥的尘埃中怒放/怒放,为纪念那些荒野的日子"要随它经历了荒野,回过头来,才细细体味到开花的喜悦。

在三十年前的荒野,"它按照自己的维度发芽,生长/不顾及土壤学/和遍地的牵牛花"。仙人掌遵循光和热的指引生长,这种指引是它的内在养分,让它不受土壤的桎梏,不受牵牛花的干扰。"土壤学"象征客观环境的制约,隐喻诗人与外在环境之间紧张的关系,以及与语言之间的对峙。"牵牛花"象征另一种生命形态,是大多数人的生命形态,也是语言最普遍、最松弛的状态。

"它把人间内化成浩瀚的沙漠/天真地爱着沙漠,咬着自己的根茎"。沙漠环境恶劣,难以提供生命所需的养分,这是客观的条件;经由内化而呈现的沙漠,是诗人所认知的真实性,这样的认知里没有抱怨和对绿洲的期望,有的是宽容和怜悯。仙人掌和诗人的"天真"不是缺乏经验的懵懂,而是一种坚韧的宽容,出自对真实性的认知和执着。"坚持"的过程,是保持对真实的探索,坚持精神独立的过程,也是寻找语言的过程。"而坚持是一个大过程",他用平淡而温情的语气叙述,叙述衰老和绝对的孤独境地。最后仙人掌完成了它的坚持,成为一盆安静而曼妙的盆景,透露出诗人在纪念中的笃定、安宁和喜悦。

《白菊》是一首悼词,献给被否定、被屠戮的卑微生命。黄衣园丁彻底铲掉的野草是"无名无姓"的,被砍断顶部的小风景树是"无名无姓"的,这些词汇透露了支持黄衣园丁行为的价值判断,黄色隐喻绝对的话语权,这种不容置辩的价值判断带来冷漠又残暴的戕害,于是"花花草草虽仍是花花草草/在呼吸,在生长,在挣扎与抗拒/却像是一种死亡,璀璨交织着衰败",从生机到死亡发生了陡然的转变,花草的生命形态、生的本能和生命过程都没有改变,然而生命尊严被否定使其鲜活的生命骤然褪色。平等的生命尊严难以匹敌绝对的价值判断,是以璀璨笼罩着衰败的阴影。白菊用来悼念亡者,诗人以白菊的名义记下他们,是重拾生命自由、平等的尊严。

《赤壁遇雪》体现了诗人对现实的反思。现代人在雪天的赤壁感受到了什么?不是缠绵的情思——"旧情人的来信",不是发生在不可见的灵魂中的阵痛——"不是对记忆一次久违而深切的唤醒/像伤害,美好的部分从雪中剥离"。雪是"圣诞老人未收走的雪",揭示了人们的情感更倾向于西方文化,"拍照""玩三国演义"是现代传媒与大众文化的产物,在消费与娱乐支配下,人们的精神深陷麻木的黑暗,如置身未寻到火种的蛮荒。历史的厚重气息与感动等细微的感情隔绝在他们的呼吸之外。人们需要一次洗涤、一场僭越,逃离出捆敷住精神的罗网。诗人寄望于一棵玉树:"只是当雪铺满了黑夜,枯枝变成了玉树/是否会有人以其中的一片雪花/完成对黑暗的一次僭越",传达了对灵魂回归美、回归感动、回归真实的期盼。

大地上有壮丽的落日、风尘仆仆的古城，天地间弥漫着真理和智慧；大地上也有宁静优美的静物，有安定平和的日常生活。阿西的另一些诗歌表现了他温柔细腻的情怀。

在《东京日记》组诗中，有一首坐标为浅草的诗：

> 秋天的时候我去了浅草
> 江户遗风吹年糕红豆汤
> 但鲫人匆匆，难以立锥
> 不品尝，但看祈愿上香
>
> 秋天的时候我去了浅草
> 穿和服的女子坐进庙堂
> 韶华易逝，天荒地未老
> 我要为这异国新娘祝福
>
> 秋天的时候我去了浅草
> 看到寺前菊花还在开放
> 我将离去，愿他们长久
> 我采几株浅草放在心上

这是一首充满日本韵味的诗歌，语言疏简平易而凸显物的韵致。复沓与押韵形成歌谣般亲切、随和的节奏，年糕红豆汤、江户遗风、和服、新娘、寺前菊花几个名词从历史、习俗、自然景物角度烘托出日本独特的文化氛围，与音韵、整饬的诗行一同构造了优美、和谐的古典意境。而最具日本诗歌神韵的是诗人透露在诗行中闲适安定、温柔澄澈的心境。

《窗外》中的阿西不是与大地和天空交谈的旅人，而是一个与槐树对望的人："我常常与之隔窗相望，雨天别有滋味"，一个数着树上柿子的人："房后的一棵柿子树上挂着三十七个柿子/如三十七个落日，挂在厨房窗上/修辞着三餐，那个走过去的人是赞美者"。这是一帧橘红的电影画面，人融入画面中，是欣赏者，也是画面的一部分。"挂"字圆润而轻盈，传递出日常生活中的和谐优美。在秋日，他安宁地观看一事一物，体会宁静中涌动的生机，万事万物和谐的秩序：

> 许多未成熟的植物，争抢最后的光
> 没有完成交配的蝴蝶在疯狂相互追逐
> 草非黄非绿，于最后的温暖中低吟浅唱

> 万物呼吸自由,大地的神经并不痉挛

　　　　　——(《寒木青云(四)》)

在这些体现日常诗意的诗歌中,常有一种散漫的絮语式的抒情,如《寒木青云》组诗的第二首,"栽树的人来自河南,昨天他栽了枫树/今天又栽了几棵,明年秋天就能看到红叶"。

阿西的语言不矫饰,不作华丽的游戏。如对花朵的修辞:"春天开出白色小花后就被浓阴遮蔽"(《窗外》),"某一天清晨,开出几朵白色小花"(《旧曾谙》),"带着那些小花朵,掀起绿色的波涛"(《野有蔓》);又如"一棵不太高的山楂树",这些语词不修饰,不渲染,事物以其日常面貌出现在诗歌中,反映了诗人的特点:对力量的感知胜过对形式的感知,比起语词的精致更注重诗思质朴而直接的传达。因此一些诗歌具有鲜明的纪实性,事物只是事物,纪实与抒情层次分明,形成不均的密度,《梦镜》的前半部分是这样的:

> 昨晚一直在梦一面镜子
> 它先是被我平放在一个工地某处
> 地基水泥横梁附近,周围没有施工者
> 我转过身去,它就碎了
> 不知为何,我又重新换上一面镜子
> 安上牢固的镜框,原色松木框
> 把它放在原处,稳稳地放在原处
> 我刚转过身去它又碎了
> 我再次换一面镜子,重新安装镜框
> 放在工地平台上,这次绝不该自动破碎
> 我转过身去和几个人谈话,听一个人
> 用英语朗诵一段文字,没有意义的文字
> 他刚一开口,就听见镜子的裂纹声
> 我无力的走过去,走向我的镜子
> 它在底边十公分处齐刷刷地碎成一条直线

反复铺陈一面镜子的破碎,场景如对真实梦镜的记录,"工地""原色松木框""英文朗诵"是梦中缺乏逻辑的碎片,它们只是镜子碎裂的背景。密度集中在末几行,它们仍使人感动:

从五十七岁的一个早晨里醒来
　　我推开门，院子里铺满落叶
　　不远处地面结了一层薄冰
　　我踩在上面走过去
　　走向第一天

　　诗行中隐约的痛感扣人心弦，五十七岁，一个时间点，在时间线的点状图上，与其他点相同。"五十七岁"，他说出这个时间，这个时间点就被灌注了重力，而在这让人难以释怀的年纪，这个早晨，与其他已流逝、将流逝的早晨同样轻，轻飘飘地流逝过去。如脚踩在冰上，只有陡然碎裂的声音。这种失重感的传达依靠前面略显冗长的铺叙：梦中一面镜子的破碎。冰于是与镜子的脆弱、碎裂产生关联。这种失重感体现了时间的虚幻，人生的虚无感沉淀在"梦镜"二字之中，生命如一场梦，我们在其中度过的时间、留下的痕迹如沿路放置的镜子，依次碎裂。"夫天地者，万物之逆旅也；光阴者，百代之过客也。而浮生若梦，为欢几何？"这是古今大地上的旅人共同的叹息。

　　在《北京诗话》组诗中，诗人显然使用了另一种语言风格，不同于口语的连贯自然，而有意奇拗，缺乏连贯性，使用了不少自造的词。如：

　　今冬风大无雪，衡湖水鸟晚祷中白啼
　　无端狂歌，写下蓝章但不只是驱霾
　　还是展望与谵妄，命运的纤根艰难自灿
　　仅做一只健康的鹰：飞翔或引颈
　　飞跃人流，以高上的青云清算这浑浊
　　切割，切割是快乐的，并遣散往日污梦
　　然后启明星，掸落尘土，遥望西山
　　当天黑，我于街头无意发表看法
　　跋涉，跬步即正值，但寸心必大于寸影
　　诗乃江山遗产，几株小芽破心而出
　　必有一枚红叶流放数学公理

　　　　　　　——（《北京诗话Ⅱ》）

　　前三句使用的两字词组有：蓝章、驱霾、展望、谵妄、纤根、自灿，它们构成了紧缩的节奏，形成突兀的效果，削弱了和谐感。"跬步即正值，但寸心必大于寸影"，表达即使一次只能走一小步的实际距离，但思维所到之处是不可及的。依然使用两字词组的连缀，但有意抹掉逻辑的联系，造成意义的崎岖。"切割"与"跋涉"突兀地出现，"然后启明星"的转折也显得突兀。这种写法减少了感性的内力，解读如猜艰涩的谜。

阿西诗歌的结构常常是一个完整的圆，如《东京诗话》组诗，第一首是进入东京，从飞机上"轻轻松松走出去"；在东京绕了一圈，最后一首是离开东京，"我就要回到我的通州/回到非都城非乡村的嘈杂地带/回到无序的人群浑浊的天空和霾中"，整组诗形成生活状态的一个圆；又如其中的第五首，以时间的圆为结构：夜晚——白昼——夜晚，虽然时间的流逝给人线性的感受，但重复降临的夜色又仿佛打乱了线性，而形成圆。《野有蔓》也采取时间的圆形结构：现在——回忆过去——现在。"过去"给了"现在"沧桑而厚重的质感，因为有了过去的荒野，"现在"带来的喜悦更加深刻。《以弗所的猫》的圆形结构是情思的流动，猫身上承载了现在与过去，通过揣想猫的记忆，诗人展开了对历史漫无边际的遐思，然后回到猫的现在，体会当下的"爱与福音"。

圆是一个古老而优美的图形，封闭而开放，有线形而无界限，蕴含着起源与归宿。阿西的诗歌在灰蒙蒙的质感中内蕴着和谐与优美，连接古典与现代，此地与彼地，外在世界与内心世界。是如大地般无界而沧桑的旅人。

（朱峻青：首都师范大学文学院）

辑四／学院

李建春小辑
是兴，不是见证
——答《飞地》十问

随笔
拇指书

李建春诗选

　　李建春,诗人,艺术评论家。1970年生。1992年本科毕业于武汉大学汉语言文学系。著有诗集《出发遇雨》(花城,2012)、《等待合金》(武汉大学,2018)等。诗歌曾获第三届刘丽安诗歌奖(1997)、首届宇龙诗歌奖(2006)、第六届湖北文学奖、长江文艺优秀诗歌奖(2014)、湖南栗山诗会2018年度诗人、第十七届华语文学传媒年度诗人提名。

李建春诗选

为时已晚

深秋,在众叶摇动的穹顶下,天堂也要下来
站在地上
她们仍然站不稳,要化作泥和气,沿着小径
匍匐,像游击队员,狙击幸运的人
她们在我脚跟缠绕,用变化万千的爱的意象
告诉我不要往深冬里去,要守住含情的叶脉
她们黄金的身子骨和脸面,那么薄,转眼会受到践踏
令我担心

深秋,在万分爱惜中,在满园的悬铃木和古樟树下
耽搁了许久
我走过天光云影的湖畔,看见一生的大部分光阴已消逝
湖面何其清澈,没有留下一点纪念
我捡起一片落叶,握在掌中,试图温暖她
却被绝望渗入手臂;我放下她,继续前行
在天堂姊妹的哀泣中,我爱上了人世的浮华
为时已晚

丙申十月初二

深冬,葬礼归来

冬天含藏了一些人,另有一些人
在深冬里早起,坐在窗前等待
比如小弟,我同学的亲弟,我第二次见到他
竟是他的遗照,立在嚎哭的妇女中间

第一次见他是什么时候？我读高中时
暑假到同学家玩，帮忙双抢
他，胖黑的脸，糊满汗水和泥迹
扭着腰，在灶台边，旁观我们高谈
现在他四十刚出头，精力充沛
眼皮有些浮肿，一个男人，骨灰撒在棺材里
一团与我擦肩而过的火熄灭了

你哥还在骂你不听话，对着你的灵柩
拒绝受安慰。你遗下三个孩子
头胎是孪生女，第二胎是男孩
另有一名义子，这让我很惊奇
义子和亲子头戴孝布，在我上香时跪伏
我依礼扶他们起来。在这场葬礼中
唯一特殊的是你，死者
死于醉酒，事故，你从小区的花坛边
滑倒，躺在地上，一辆货车碾过你身体
当年你怯于照面，敬畏地
对你哥的朋友，躲闪；现在你大咧咧地
长卧。我陪你哥送你到墓地
察看你的深圹。就这么简单：
你的家，你的亲人，义，和长眠之所
我听到的只是为你哭，几乎没有生平事迹
你死于深冬，成为一粒种子
或种子的养料，那么具体地说
我们都盼望你保佑你的妻儿
你越不过你的坎，就在你亲人的连续性中
成为铺路石
如此深冬，你几乎没感到痛，就死了
你酒醒时摇晃着脑袋，悬在空中揉眼睛
注视一周来与你有关的动态
你的想法只有风日知道了
透过光和风，你参与后事

你在人世走过了，脚印或深或浅
而我在你几乎踏雪无痕的外延
把你哀悼。或许仅仅因为我在等待
而等待是喜悦的，喜悦又是可悼的
像波峰怀念波谷，小弟
天已大亮，感谢你昨夜与我共鸣
我从未把你从掏鸟窝的男孩中区别
我欲待区别，与你聊些生意上的事情时
你已回到泥土。那么我的寒暄
也只好对着泥土说。我能感到一股气流
透过没关紧的窗，与我握手
我握不住，就下楼晨练，投入冷冽

丙申冬月十六

清明节祭拜诗圣

我不能简单地提及的杜拾遗
今天我做了你的食客

（这曾是你的处境
你告诉我怎样把应酬诗
写得伟大；一个做过短暂的言官的人
终身怀念，把它当真，围绕紫宸
构筑仁心的大厦，然后长年
在江湖上，叹老嗟卑，用期待的音韵
在各级过往官员和行伍中间
劝勉，赞叹，观看，感兴，你用
风雅颂的正体，写一个漂泊的衰体
在帝国的广阔山川；你从未想到不可能
因此你最不现实；大唐，你是怎样为她
开疆拓土，用一支巨笔，饱蘸着
你并不得志的盛世，流落在乱离的

人民的生活中）

拾遗公的慷慨，开在
据说是他出生院落的桃花上
一千多年后，他设宴款待；无数个
安史之乱后，我们考订、装饰了他的童年
为了重建一个大国；曲江水边丽人行
他教我们察看隐藏的危机
他教我们重新体验忠谏无力
却从不放弃，自高，即使秋风破我茅屋
仍然不忘大庇天下寒士
今天他真的庇护了我们，当他接受
几个级别比他高的后辈祭拜时
更多从帝都来的北漂，从外省来的
抱着干谒蠢动的布衣，披上
象征皇族的余晖、最尊贵的
土的颜色、可以格天感地的黄围巾

丁酉三月十六

我自己的佩剑

寂静浮出七十年代　骑牛猎鸟的经历
寂静无因　穿越一个牧童漫长的求学
对此刻的动机进行干扰　出现
无语　呆立　出门下楼又回家等症状
我是否该解释我十岁左右打鸟成癖是野蛮的
与除四害有关　是否该解释我放过的四头牛
与村　组的纠葛　以及跟随父亲
积肥的时代背景　这要查很多资料
而我唯独记得一些感官的片断　牛粪的气味
成了资本主义尾巴之晨的喜悦

几种鸟的下腹　又回到弹弓开叉的正中
我瞄准它们　但不会再射出石子
我超度它们　用我身上莫名的痒痛
和愿力　我回向　那些杀戮的时刻
故乡的山林　在我握弹弓的疾走中
在我作为猎手的专注中　重新开展
我弓身游走　隐匿到苦楮叶下
闪过葛藤　蜘蛛网上的水珠　为了那只大鸟
它已感到杀气　就嘎声飞起
在它身下密叶的潮水中　寻找落脚点
它自以为在晃动的树杪是安全的
就高声警告同类　却暴露了　在它的慌乱中
小猎手背靠树干　目测石头与它相撞的点
然而弹弓是不精准的　不如意志
在肉石相击的残酷声音中它跌下
但没跌到地面　又扑腾飞起　显然翅膀受了伤
窜入　我不能穿越的荆棘丛
为此我遗憾过好久　但现在更愿它没事
我站起身　好像是刚刚放松屏息站起身
越过国土　平庸和水泥化的四十年
在我写作的长啸中有弹弓橡皮晃荡
而这已成为我自己的佩剑　有时是屈原
有时是李白或辛弃疾　豪放之气
向霎然凝结的城市空间　放出一颗飞石
寂静　瞄准　有质量有速度的仁慈　那化身的鸟
在地铁　小区　打卡或候机的时刻
蓦然中断飞行　在徐徐下沉中聆听
词语到生活的弹道　我攻城越野
骑着返乡潮的战马或一两个节日
我是说　我得以站在三点一线的一个点上
让懵懵懂懂　恍恍惚惚的爱击中我

丁酉端午

新屋旧基

在你的街道和身体的真
有着那不可恢复的
铃铛声,叫卖声,恐惧。斜巷的光
敲开九十年代的糯米糖
你是跟我一样的,我们互相放弃
而生了一个儿子,白发丝丝,细米菜
豆芽顶开
陶盖,说过的话有几吨、几千米
直抵月上荒凉照耀暂别
你相信我,因为我爱尽了
我保持室内整洁,按时吃饭
像出行之前祈祷
进入书桌的未知
郊区和市内共享一个味道
那少年成长的抵抗,落入东湖的雨点
忽然荡开一个银河
我对你说我值得在你生日的这个节点上
家乡的两个老母
要放假了麻烦你开车去问候
满满的空手,徒步走过
大队机耕路、我们共同的小学
到我家和到你家分一个先后这真是
父亲、岳父、姐姐
他们不能再笑我们了在黄土下
秋高气爽北斗明亮斗柄
滴下米汤到舅家儿口中,我们让开
站在结霜的两侧,或
一前一后却同时到达
那叫得迟的才是亲生的——伊
四十年中新屋从旧基的位置

向前挪了几米

丁酉八月初五

我知道我必须回到大海

塞壬的声音,回荡在南方
幕阜山脉,我是失踪的水手
淹死在岩石的波浪上
阳光照我家乡,白白照我家乡
奥德修斯与妻子欢聚
把远征的口信遗落在沙滩

去南方打工的人,在一滴海水上
重复操作,给大海制造
手机芯片,他没有掌握核心技术
芯片窃取了他的毛细血管
他干涸,在无回音的车间
大海涨潮落潮他就失业

乌桕树、朴树在他家后山上
摇动经验之歌,牧童的时间
是粗加工的原料,出口创汇
他回到山区新盖的三层楼
对着电视机和荒芜的田地
住了一月又重回海边小城

去非洲修路挖矿的人
情况又有不同。途经印度洋
登上酋长们的领地,他们的坚韧
无欲,让黑皮肤的女孩惊异
他们带一个梦去,又在梦里回来
在南方以南,指南针摇晃又摇晃

我呆在老家遗失了自己的灵魂
在祖坟山周围转动,小学、中学
都搬到镇上,我两头跑
在有意义的租屋和无意义的新屋之间
因为远方大海的声音
把一条路塞入枕头底下

大海在白墙上起伏动荡
海滨度假的魅影和军舰
一种广阔在幕阜山过了中秋节
就回到看不见的计划中
我们必须在原地渡越红海
等待计划裂开海水的墙

但是塞壬的声音使我迷失
南方盛夏的欲望使我迷失
我听到山区的一声秋啸
就知道我必须回到大海
我在乡村小路上跳跃,沟沟坎坎
直到把自己跳成大海的无

    戊戌2018年10月10日

面对霞光忏悔

在你的霞光里有我未到的地方
皆因为昨日我自己梗阻,遇见白石
自己吞下去,仅仅因为它白的缘故
而与黑石相分别

若你的霞光有对我未尽的地方
请不要因为昨夜我疲倦睡着,遇见黑石

就靠上去，仅仅因为它大到让我安宁
而忽视它身上地狱的铭文

朝霞，若你对我有所教诲
请不要在无色无情感的正午沉晦
教我总是开始；在黑夜中流泪睡着
而不被兴奋吞噬，彻夜难眠
皆因为我自己的软弱，将你的色相
看作黄金，将你微妙的末稍
与地点、与影像交换，我虚伪地
将一种沉沦称为发现
而忙碌了整整一个夏天

若你对我有未照彻的地方，照彻
我不再计较看得见的长短和腹腔内
乌云的权利，你就照到里面去
让它消散。这高秋唯独准备
鸿雁的翅膀作为信誉的标记
这高秋唯独以落叶作为忠诚
如果我有所恐惧、不舍请从我头顶升起
如果我把时间视为一把尺子请用我
做尺子，如此
我就知道权量之公正，公正
亦不外于我
我不必为日益缩小的阴影哀泣

      己亥八月廿七，晨

随笔

拇指书

优秀是一种个人的品质，真正伟大的东西是与每一个人息息相关的。

我这人容易受挫，气沮，但命运只要朝我眨一下眼睛，我马上又活了起来，重新充满了幻想，热情；在九分打击和一分鼓励之间，我可以取得平衡。

我爱命运，即使命运不爱我；我如此爱命运，命运怎么会不爱我呢？

那些风平浪静地过了一辈子的大师，像米开朗基罗、贝尔尼尼、托尔斯泰、陀思妥耶夫斯基和巴赫，都是坏脾气和强烈的爱让他们理解了一切。

记忆始于感恩的时刻。

百灵鸟的躲藏。狼。豹子。扭扭歪歪地回到基础。一只鹧鸪受难。在布谷的声音中名实分离。空气中巧克力一样的石头。

在这鬼域，要坚持做清醒的个人，不受任何力量绑架——不管是以什么名义：天国，幸福，成功，无非就是这些吧。要有自己的定义，不听别人描述。

说吧，不管谁在听——

是直接、纯粹地说出想说的一切的时候了；无论什么美学，都要为这个目标让道。

与其描摹或将自己先验地置于一个境界，不如面对这个已没有退路或其他可能性的事实。

诗既不表情，也不达意。伟大的诗是意志的跃动。

有多少埋藏的伤口，现在已发芽。要注意这些芽，仔细辨别不同的火焰。

尤其要留意伟大的迹象，留意天国和救恩的异动。不必徒作哀怨。哪里有死亡，哪里就有鹰聚集。

在这时代，什么样的人才是勇敢的人？从这个课题追问下去。他们是怎样顺服了人性中的美好，在现实中却是畸人，失败的人，甚至有罪的人。
要特别留意世界的光。在黑暗，混乱，末日的氛围中，全神贯注地观察欣赏这光。

全民族性的不耐烦和失去信任，多么可怕啊。一个庞然大物是在起哄中垮台的吗？
有很多东西是已经明确起来了，愚民和宣传的一套，已完全没有市场。他们已只有遮掩和暗中捣鬼。但和平的需要是每一个人的，他们目前就靠这个理由。要珍惜甚至这个理由也崩溃之前的时光。

请帮助我开辟一条语言新路。这是我生活之路的一部分，是投影也是命名。

人都是要奉献出去的，不是奉献在这里，就是奉献在那里，最终的目标——是那无名的。让我无怨无尤地勉力——循着既与的道，不计较哪里得了，哪里失了，或长了短了。流年如光景，该抓紧机会！
没法隐藏的，无论如何你都是收获——那就不要隐藏，不要私有！

我知道有一个能力停在那里，始终矜持地停在那里，对于她，我至今只有极有限的认识。是命运以重重障碍小心地遮护了她。但是她总要现身，总要开口。这面目不清的女神，住在生死混淆的地域，与至高者的意志紧密相连。她是一种"区隔"，单单为我，一种比例，一种风格的原型——因此她需要"冶炼"。我不必怕她，因为她就是我的天使；反而要单单爱她，因为她，是只为我开启的世界，她就是世界。

没有必要再用力添加什么，我是指在观念上和经验上。要随遇而安，做一个朴素的作家，有审美和表达激情的作家，潜心专注于生命。

或许我可以做一个马一浮那样的人。
四十多岁才明白过来，晚乎哉？尤未晚也。
我是谁？
前半生生活张力中。理想的张力，十字架的张力。以后，后半生当求"轻安"，这是我在佛经中看到的一个很美的词。

土地公与基督

  一条细沙路铺在我当年赤脚踩过的黄泥坂上。红大理石村牌,模仿牌坊的样式,在这个满是打工妹的村子。村中有凉亭,但未完成,已做好的水泥桌面翻倒在地。我为此而喜悦。池塘砌以围栏,像城中湖,当然了,不会再有黄牯、水牯够头喝水,也不会有光屁股男孩冒然跳入。他们如今只在镇上读书,包括上幼儿园,每天接送,或随父母在各个城市的边缘地带。乡村小学、中学都废了。我蓦然看见他们,依然有我熟悉的表情,即使那是掺杂了玩过游戏、手机的。我不是说他们该永远像我曾经的那样,那么土,那么野,而是,我诧异他们这么快地被输入到那种复杂的经验中。乡村不再是力量,不再是人格。乡人——人力资源,一个已彻底客观化、物化的对象。他们是物,却又够不上客观的物,用不着科学地对待他们。乡人是一根永远被试探着的底线。这是中国的底线,也是中国艺术的样式。我应该在一双耐克鞋的针脚中寻找他们,在每一部手机、每一台电脑拆开的电路板上寻找他们。在每一个重复的劳动中。乡人是禅。

  我遗憾我被扯得这么深。我站在山冈上,山冈有放过"茅光"的痕迹。我欣赏这个坏习惯。但是真的不能再烧了,茅草太密了,危险。我曾怀抱一团火,站在同样的高度,闷在嗓子里喊:"愿他们全体属于基督!"他们何止属于基督,在这么深的地方!我奇怪他们总是在十字架的影子后面,躲闪。这一片热火朝天的公社农田,不知是哪一个贪官的主意,全被栽过意大利杨,现在意杨还没成材,又被全体拔出,某公司的机器彻底翻弄了一遍,不知要干什么。在一丛灌木中间,我注意到一个小小的土地庙,且有不久前烧过香的痕迹。土地公啊土地公,你怎么这么被动,这么袖手旁观。基督只是驱鬼,他不会下到畜牲和饿鬼中间。因此此地不仅属于基督,她还属于地藏王。

  何必受摆到眼前的景、事的影响。不理睬,就用欲望收敛起来么。这是真正的逃避。或者用空掉一切的个人,出离?幻影。也好不到哪去。

  过于具体,没有普遍性,或者说太有普遍性,我失去了描述的兴趣。

  用什么姿态,什么语调,什么角度呢?

  "现实"玲珑地转着,这混杂物,这真正的人的生活,以偶然的一闪,多得吓人的内容。也并非真的无法承担,而是:过时得让人讨厌,又时髦得让人倒胃,实际。

  或许只须往前走一步,或转一下身,咳嗽一声,调整一下心情,拉拉衣领,换一个话题,就这么简单。简单吗?它已经烦了我一个早上。

  只有大悲。大悲。以大悲而为上首。

  心中洒然无事,就不能写诗了么。歌诗果然是戚戚之言,而与至道相违?吾未得可止焉，实在道之气分，则吾仍可以作诗以助道也。

诗言志，志生情，我的情，当是空性的流露，道心的流露。行菩萨道、仁道，菩萨实与儒道耶贯通。仁而爱人、见人，于焉可也。

是完美，是理想。所谓日常生活，非在一毫端见万象不可。两不沾滞，如此，逍遥。

但也有一种准确、贴近的描述，如此投入，近于弃舍。专注是一种空。洒然无事，怎样专注得起来呢？就目前来说，我不算放逸，或许因为在中途，休息的状态。不必性急，自然会有。我真的不能再道戚戚之情，要开阔、洒脱，充满事物和细节。

好诗禀有形而上的品质，它提供一个巨大的问号或叹号，（叹号本质上也是问号）一个诗人成长的标志，是他独特的问号在写作中越来越大，而不是相反。

啊，带着一个信！信！信！的烙印，一切都以唯一一个圣人的生平衡量，由于衡量的实际困难、尺度的不对位而自责且称之为罪，我不再接受这种思维！佛家讲平等慧、自性空，儒家讲体仁集义、所存者神，道家讲齐物、讲逍遥，哪一个不是更开阔、更自由！用这个狭小的尺度衡量中国文化，真是一种暴力！里面的内容再好再甜，我也到了放下的时候了。

我不能再忍受这种痛苦，一定要挣脱。得救。得救。为何患得患失？有何得失可言？要坐忘。要归无所得。

这显而易见的忧郁，只有以写诗解决一途了。改宗的后果还在陆续显现。我将它比作破冰，却只看见河口冰破的欢喜，不知脚下地面也会稀软，几乎无处可立。

冰破了，雪化了，大地现出本色。这早春的荒芜，寒冷，举步维艰。还要下种。我藏了什么过冬的东西？唯有忍耐，与家人在一起。

我知道，我已看见了报春花。别的花也会来。仿佛是在梦中。实际上已进了暮春，为何我心中还有冰，还有对万物的覆盖？

这来来去去的人，在大地上忙碌。大地，我只看见你安忍平和，只看见你的梦。

梦绿了，又褪去了。褪了又绿了。或这边空那边有，这边有那边空，不断地收缩边界，又延伸。

大地，我看你无限伤情，我们像雨前雨后的蚂蚁。

最需要的，最动人的，总是悄悄的。是什么促使我们像流沙。这一刻也不停的、容纳了众生的一点点，绵性的一点点，一根丝、一口气串起我们。

先人，请收纳我的怀念！

这从你们到我的，又到我儿子。是意志，悄悄的，自强而又顺从；大地，你多美，变幻如梦；即使如梦，也不停止。

一只革命的鹰飞过中部丘原。它回来，是因为农民外出打工，缓解了生态紧张。这里呈现的荒凉，像休耕期的荒凉。宁可作为建设用地，也不种粮食。我暂时认可这种状态，与最坏的人达成的共同点：钱。

我们不用庄稼肥了，因为自己就够腐败。我们的镰刀锈了，已不会用，因为握镰刀的人已被收割。犁，和平的象征，靠在天井边，却没有牛，只有牛肉。为了与最坏的人达成的共识，他长期将我引诱，不就是为了更舒服点？我们给他舒服，满足他的变态，他却从国内逃到国外。我们用沉默的天文数字将他拌了一跤。那些手握不能吃的卡片的人真是可怜！因为忘记了密码。

要接上中国传统的血脉，其实一样好，（至少是一样好）一样能给当下写作、看待现实以启发。前几天读李白，读到《猛虎行》，看他谈论当朝得失的那种源自战国的口气，可不同于杜甫的老成，与当代的氛围气息简直是一样的。援引老外，总给人感觉像是捏着半边嘴说话。

太激烈，直接，就不好转圜了。诗总要关己。古之学者为己，今之学者为人。所以写为己之诗。

或许转捩点从这里开始。从广阔的现实回到自身的话，我不再重复忏悔的、忧郁的方式，也不再以欲望而相关之——怎样写得有意思，有意义？

如果只是一个点就好了。它是一个面，平台，甚至一团雾，是否踩到了点？

这是斤斗云，从一种文化到另一种文化。我踩在云头上，翻过去，就是夺胎换骨，翻过去就脱离现代了。对，要夺，要换，这是文化之战，不同精神的代理人之战。一种伟大守在我头顶，无量无边。我这样笨，如何当得起？当屏息以待，五心朝上。既无智慧亦无方便，我皈依。

积德之外，我的力行是写。非写之写，写一点点。现实倒是触及了，"广阔"过没有？

读圣经让人崇高而孤独，决定了我三十岁至四十岁之间的处世，虽云多艰，但衷心可表，已具于诗文。读佛经却像在清泉中浴过，一身清凉轻逸，了无滞碍，真是太奇妙了。没想到四十之后而能进入此境，用佛教的话说，是前世福德深厚！

迎合时代的话，你就什么都知道，但毫无价值；相反，一不小心又会固陋。我想象一种风格，一种类似于楚狂的风格，狂狷近道，但开阔高明。

真正重要的还是精神。

好像还是没有严肃地对待写作。在宗教中——这是一个太个人的问题，应该关注一个时代基本的文明处境。

真正的悟，好像就是看不开！各就各位，让事物保持原来的状态，不给它添加什么，这就是纯真。

生命的价值在于"结构"。结构好，就是钻石；结构不好，就是碳。所谓生活体验，见多识广，在商业化和开放的今天，是再普通不过的事情：就算是一吨碳，也比不上一克拉钻石！

智慧的深度，决定了"结构"的样式。

简单地说，就是要明心见性。

惟精惟一。

所谓趣味里面包含着好些东西，如雅，拙，朴，涩，重厚，清朗，通达，中庸，有别择等，反是者都是没趣味。（周作人《笠翁与随园》）

崇高的语调里面包含有一种期待：通过写作成为大人物。

抒情的语调也是。要处处表现出你是一个担当得起一切的人。一个大人物，肩负身、家、国，在大地上游走。一个大人物，肩负死亡和无意义而在一切中感伤。

这是多么造作啊。

我的诗是同时涌来，立体辐射的。观念，现实，信念，情感，被我烩于一炉，在时间的艰苦熬炼中，结晶为一种存在，因此它又是当下的，即兴的，即使那些具有结构意识的长诗，也得益于驯服偶然。我并不追求复杂，复杂不期而至；相反，我追求口语式的单纯，但单纯有太多的立面。应该说我的诗观是骑墙的，游移。高远、忧郁的关怀，跌到地面上，却是一堆被称为语言的分行物。何谓诗哉，诗是一个人的悲剧，如此而已。

这只土蜂终于停下来了。

土蜂也就是野蜜蜂，一种愚蠢的昆虫，全无蜜蜂的灵性。一旦它飞进屋里，就永远找不到回家的路，在土窗台上飞飞爬爬。又不敢帮它。我小时候看着它，总能消磨一两个时辰。

钱铺，我家新屋所在地，（其实也不新了，90年代末做的）是李子刚生产队（自然村）的中心，堂屋大门上残留有"人民战争胜利万岁"。门口塘正对李军民家。统一的石栏杆是近年的产物。过塘塍右走，是通往我妻子家的机耕路。要经过一座桥，胡铁桥，旧名花桥，我当年洗澡，跳水的地方。花桥港即虬川河，一条小小的季节河，发源于幕阜山，前些年，劲酒公司在上游建厂，污染了水源。

胡铁小学，我的小学，早废了。

医疗点尚在。赤脚医生"细胖子"李善良，按辈份我叫他太。善士盛朝相，我的族名应为朝春，我儿子沛然的族名是他爹取的：相全，多好。下半句：名儒尚国华，是相全的事了，我的后裔，还可以序下去。（按：本地称祖父叫爹，父亲叫爷，母亲叫伊、娘，与北方不同）

牟宗三，熊十力——如此圣贤之间，我心悠然。

仲春微信为庞培诸友作

故人开雅集，婺源古屋间；临帖失邀我，情落菜花残。遂忆游穗日，赁屋城中村，键君方茹素，兄抱吉他弹；可怜我杨子，中年作娱记；文摘大时代，老林济世时。未几高歌去，廿年不通息。末后虽会兄，过江携一美，弟却武昌府，谋食畏嗟来。怅望烟波淼，国在山河碎，撞墙人渐老，诗好亦堪悲！

人不可能这样了解另一个人：预知他下一刻的创造。即使是你兄弟，哪怕是孪生兄弟，也不能预知，因为这是存在的秘密。（大般若经：无性即自性）

近日读陈忠实的中短篇，边读边作笔记，抄下熟悉但已不会写的方言，并惊叹本地方言与北方方言竟如此接近。这三十多年，汉语被翻译体覆盖，退化到了什么地步！
抢救我们的语言和文化已是一种责任，我觉得。就从自己的写作做起吧。
唉，得救，这是一个多么自私冷漠的用词！好像一个人临阵逃脱。

我的诗，现在看来，普遍有一种悲抑，这是不必要的，限制了。

我家乡的转基因玉米田，已难得听到青蛙的声音。过去的方式农药化肥过度也是事实。用农家肥的农业竟已绝迹。只有无所谓下代的人才大力推广转基因，这是显然的。这时代搞得种田的人都没有了,真的没有了。

刚跟诗友说过,要做一棵好树,别乱跑。树叶受风一鼓,就嚷嚷着我要走,其实他哪里也去不了,也不必去。

最强悍的写作是黑暗的写作,因而也就是光明的写作。

一个贞洁的人做不贞洁的梦,一个禁欲的人写放浪的诗。其余基本上是道德楷模。我不出门,但极敏感,一旦与人交友立即染上他(她)的气息。

儿童的思维,透彻的领悟。

近年逐渐体认,写作当与天地、与中华圣贤同气。过去是读译文太多,生硬地把这方土的经验套过去,这是最大的误会。
现在是在崩溃中,谁都清楚。各种各样的艺术都到了自己的状态。有点像元,或明末。尚气,任性。我们也可以在与时代对话中,在善恶区分中找到自己的形状,或许相对典重的风格吧。

诗与禅,皆有方便法门,有赖口口相传。

我本是熊十力引到佛里来的,夫子若有知,当自嘲,当欣慰。
他对佛学研究得深,不是一般的深。但他有自己的问题,他的世间情怀,才不顾祖师的禁忌。
他那一代人,面对西方的挑战,才第一次把中国文化看成一个整体。十力是真正把它们做成了整体,他造了一个论,一套形而上学,将佛的知见和易经智慧合并成儒教创世说。

这世间,可以传家的学问只有两种:一、孔夫子的学问;二、山水花鸟画。
其他的东西,要么自了,要么损德。几乎所有的现代艺术都无助于养德。

你看得重要的,我也该看得重要,并双手捧在怀里;因你所弃的,我也已抛弃,你就难得找到我。
光华如流水。如雾。如回音。隔年,隔世,隔——今生怕是做不到了。

我想象我悟道的身体，如蜻蜓，落在一枝花上，给生的热渴送上——不。

做一个完美的人是多么痛苦！

如果说小说还有个读者，诗，已只能彻底无望地写。只有无望才是真诗，在无希无求中打碎最后一丝自怜。
如今，诗既无人读，又不希道，诗友之间，徒增戏昵。

我是一潭清水，可以看到底，但看不到源头。我从庸常有限的交往中发出穿越性的声音。

记录。或许事实就已足够。今天到哪里寻找事实呢。
印象之舞。它们干硬的身躯，已回到野蛮时代。

诗要横写、铺开写，不要纵写、单向写；要华丽、丰富，不要干涩、深刻。
诗是此岸、肉身、四大、妄，以及妄中隐现的如来藏；是徒劳无益的狂喜，在其沉默之处透出领悟的回音。
诗是清音，因其抒写合道的人格而言。
诗是浊音，因其激于道之反和永在道的途中而言。

没法悟道。或许已悟了？我悟出一个问号。我在尝试不同的视角。最适宜的可能还是儒、道，对于本土生活是最及物的。但左派也是"地气"的一种，必须始终正视他们。当然，并不是说我只做外在的功夫。
由于我是从现代主义绕弯进入到对中华文化复归的感情中，我的诗精密、不透亮。传统的中国文学并不是这样。这些年的诗，我关心了太多东西，不够集中，这是在道上彷徨的结果。有朋友说我是"匠人"，实在是误解。因我从来是从道入手。每一首诗，不论长短，就其主题而言恰到好处。应该说这是一种文化诗学。但标记又不够通达。
做一个汉语作家真是挑战。近于超人的功夫。从天上地下，落到极微的字词上。那么虚。亦不可局于其微。须从气象入手，要善于"养其天"。

境界越高似乎越需要一种苦痛。在一切得到"解决"的感觉中是不适合写诗的。
我个人是喜欢有情或有问题的写作。其他的比如知性写作，我也能理解，但不爱。昨晚在乡下望星空，想了好多。那么一个人是不是一定要在痛苦中写作？这问题已离我们不远。《大智度论》云，菩萨道修于悲心，"未得道时，作如是观，是名为悲。若得道已，即名大悲。"我一直搞不懂明明可以证罗汉果的人为什么不证？忽然悟了：就是为了不舍大悲！

学佛是为了什么？对于我们，就是要发出大悲之声。

中国传统，是在江湖与庙堂二者之间展开的，从来如此。
因我身在江湖，才不得不关心庙堂。所谓观念，就是庙堂。

别后短信

你才华横溢，为什么怕寂寞，怕别人冷落呢？其实有多少人都欣赏你而又怕你不管不顾的热情才对你敬而远之啊。你需要的是沉默，沉静下来，而不是怕别人的疏远遗忘。

这是才华的副作用啊！亲爱的，从来如此。我并不放任。你要急于彻底消毒，得到的是一个没用的人。

胡说。别给自己找借口。克服了副作用，才能成就真正的大人。这就是才子和中国大师的一步之遥。

那也不是你用强迫能成的。我无所谓大师，就受不了你的情绪。你从来不反省自己。就算崇高的结果达到了，成佛的是我，不是你，你会因嗔怒而下堕。

你说得对。是我愚蠢。

你是我的耶输陀罗，会一直跟我到我成佛的最后一世。这是我今天最奇妙的悟。

我想诗并没有固定的方式或形式，那有所表达有所诉说的文字，就是诗。我在探索的就是这种诗，而不是分行的形式。
诗之所以有魅力，就在于，没有人可以占有她，一劳永逸地。一个孩子随时蹿到你前面了。这是最没有保证的艺术。
诗是你活着的标志。你怕痛，你从一个柔弱的地方说话，这让你一直是一个人。尽管我也幻想一下子超越了，像武林高手。比如躲到文件或官腔后，或存折的很多零后。
写诗的状态是一种微妙的紧张和直觉，不应该是直接的情绪。

文章《有何个人可言》解释了我为何放弃天主教。海德格尔是为了哲学生活的严肃性，我是为了对中国文化的感情。人不仅有自然的生命，而且有历史文化的生命。不是简单一个得救了得。

应该说我是同时归依了儒道佛。中国士大夫以出入三教为尚，我出入四教。

我一向主张，每一阶段都要像地层一样沉积下来，而不是猴子掰玉米，这也是我对基督教的态度。在转向儒道之际开始吃素，是为了给这两年的学佛保留一点成果——拜自性佛。

你明白我在做什么了吗？我寻求一条可以世代持续的道路。我以现代诗的方式，重温古老的诗教，为此必须让诗可教——可以立德。

我的工作是在复卦中——克服现代性的虚无和西方文化"法病"。

学院派？不，我不是。这是对我流传最广的误会。

有些诗，相当于骨髓烤干过程中的蒸汽。也不全是焦虑。应该说是生命被打开后不可知的气息。

既然面对这种状态，就应该有一种残酷诗学，用孤绝的方式升华。

力量太露就伤气了，不养人。首先是要养自己，孟子：我善养吾浩然之气。

诗归根到底，对现实或别人作用是有限的。是一种表达，是一种征兆或迹象，是火头尖端的指向。

树也说吗？树说了什么呢。随风起舞，凌凌有声，根底却不移易。应机而动，动而有言，非时则止，这才是空性的流露，实诚的操守。有而能恒，君子也。虚而善应，虚灵也。

自由主义只是程序的问题，看问题深入不了。儒家的视力，至巨至微，一以贯之，能切实地深入题材，又有块和面整合的联想。

真正内在、伟大的才能，来自于德。因此而发生的心灵的苦乐，是真生命。要尽力克制消极的情绪，克制下来了，你就有一种高贵、坦荡的语调。

吾姐于今日凌晨两点四十分辞世，虽然已有精神准备，还是不胜悲恸！带着儿子去殡仪馆告别，接受死亡和丧仪的教育，这是成长必需的，（儒者从此开端）呜呼哀哉！

言语太多。按照一种风格化观点，是不行。但一旦把言语从解释、防卫性的，过渡成坦白、进取性的，就全然吞没了风格。

进取性的，也就是说，让思考本身不得不是艺术。

读者是一个雌性的东西，可以诱惑。刚健的精神如如不动。

我们这一代人的目标除了自由，还有中华文明的复兴。

要勇敢地接受和信赖自己思维的断裂。在精力充沛状态下仍然难免的空白——这灵气充溢的无，是年龄和境界的礼物，如果用修辞去填补，实在太可惜。

直接抓浪尖。浪不知其由地兴起。

泉眼在沉默和混沌中。语言是无中生有，凭空而立。

不用寻找不用依傍。要感谢自己健忘，健忘和写作过程中的断链是空性的流露。

断链到足够宽，我是说，在生机勃勃状态下断链到足够宽，其实就是禅语。

本土生活的特殊性，这很重要。我就是依靠这些所谓非诗意的成分，与现代主义远离。纯意象的诗也不是没有，但是要求感兴的特质。

为什么就不能贴近现场写作？我喜欢词与物混沌初分时刻充满活力的状态。

现代主义对诗意的规定和独断意在消除地方文化的特殊性，把性格的流露、风俗的关注和起兴过程，视为次要的修辞的累赘，可以用简洁、直接等标准忽略的东西，导致诗的信息容量越来越小。修辞的洁癖导致一种焦虑，间接认同了期待拯救的罪性认知，这是以风格之名实现的文化颠覆。

归根到底，所谓纯化和直抵诗意不过是一个效率的概念。

什么叫诗性的建设、文化复兴？就是把诗意起兴的、带有本土特色的特殊过程，视为诗意本身，而不是修辞的直接的"命中"效果。关注诗性而非诗意，诗性是活的，自然的，诗意往往是陈腐的。

拒绝诗意的功利主义，回到根子上来，细心地分辨汉语的面貌，一点一点地，通过细节和历史性皈依她，恢复她的真容。

主情的东西在诗格上提振不起来，要情怀，不要情。

你只有为诗骨髓熬干了，才算是真正的诗人。真诗人是语言自身已回报他。表达一点情调：爱恋、愁烦等，只是享受诗歌而已。

不要做语言消费者，要做创造者。创造，是从黑暗中，无诗意的地方凭空建立。有时被误解为狠、坏，这是他拒绝和创造意志的表面现象。

重意兴，而不是个人化的，欲望的表达。这是我在探索的汉语传统。诗教即建基于此。新质就是回归风雅颂。波德莱尔，艾略特和金斯堡已不重要，现代性的焦虑已成过去。自然诗歌的词语发生机制，不在张力上，而在意兴上，即心境的自然趋向和律动上。内在的韵律，来自意兴的停留、舒展，通过句首或某些句式、字眼的重复。

奇崛——这是现代性被克服后需要留下的东西。可以是黄庭坚，不可以是陆游。
用"公认"的视角和语言其实是一种大气，（我已体会到）但是要参以匠心、异志。
阅世甚深，可有一种浑朴、磊落的气象，非寻常书生可比。

感兴已成为潮流。这是汉风的回归，我有幸在其中。只可怜那些还在一行内雕琢的诗人们。

口语诗的光彩是人生的光彩，其精髓在于诚。我的人生光彩有限，因我社会面不够。但我可以有情怀，追求一种精神的光彩。精神的光彩在于风——文质彬彬，这才是风格的本义。

风格诗与口语诗是并列的概念。口语诗属于北方传统，尚质。风格诗属于南方传统，尚文。唯风雅，可以言志、抒情。

风格有抽象的，虚的一面。即无的嵌入。是妙有，是自然，有道家的因素。这已回到自然诗歌。

风格是知的气象。口语即质朴，是行的气象。

昙华林书房联：

> 乾乾惕若
> 不患不己知患德之不修学之不讲
> 大问大安立问邦之大道国之大维

乐者，音之所由生也；其本在人心之感于物也。是故其哀心感者，其声焦以杀；其乐心感者，其声啴以缓；其喜心感者，其声发以散；其怒心感者，其声粗以厉；其敬心感者，其声直以廉；其爱心感者，其声和以柔。六者非性也，感于物而后动。是故先王慎所以感之者,故礼以道其志,乐以和其声,政以一其行,刑以防其奸。礼乐刑政,其极一也,所以同民心而出治道也。

凡奸声感人,而逆气应之,逆气成象,而淫乐兴焉。正声感人,而顺气应之,顺气成象,而和乐兴焉。……故乐行而伦清,耳目聪明,血气和平,移风易俗,天下皆宁。《礼记·乐记》

古之为政,爱人为大。所以治爱人,礼为大。所以治礼,敬为大。敬之至矣,大婚为大。大婚至矣,爱与政其政之本与?《礼记》

乾道成男,坤道成女,乾知大始,坤作成物,乾以易知,坤以简能。《易经·系辞》

蒋庆:天道人道不一亦不二,生命世界独立而贯通。

气象要高旷,而不可疏狂;心思要缜密,而不可琐屑;趣味要冲淡,而不可偏枯;操守要严明,而不可激烈。《菜根谭》

意识到我是一个无我的人,这成为我受苦的大部分原因。今天我为我的发现而自豪。其实我早就发现了,并一直努力获得自我,保守自我。应该放弃了,我为我的本性而喜悦。我无我——这是多么尴尬的命题,那么从今以后,是否得保守无我?不,也无我,也有我,方是真的无我。

我为此而喜悦!我得继续受苦,受苦也是喜悦!

无我!

我关心一种入世的写作,就是出过世之后的入世写作。直接写灵性,写存在,那是上一代人的兴趣。再好,我也不动心了。甚至不再哀挽历史的损失,不唱哀歌。

剥极而复,我是复。

灵性充溢,要充溢到,就是这世界。

一个有创造力的人,决不屑于做冷淡世故的食腐动物。

事事培元气其人必寿,念念存本心其后必昌。
——《格言联璧》(弘一法师联)

长诗是雄辩的,成为长诗就是证据。

造型,意象,是介入或设计一个观念场域的自然结果,而不是单凭想象力坐地强扭得到的。这是想象力在当代艺术和诗中运作的方式。

单纯的,所谓从日常生活中静观的想象力已没有意义。
实际上想象也从来是在观念激荡中存在。

宁做求道人,不做自以为有道的人。
那说一处好的人,像发现了一座金矿,而且每一个进入此境的人都觉得是这样。那觉得处处都好,自己家中的土灶才是最好的人,才是真正的孤独。他很难有狂喜,倒是需要做一番擦洗的功夫。

他活成了一个圣徒,而不是政治人物,这是我没想到的。而且夫妻俩都圣徒。

我总是克制、唯美一段时间,就忽然写出一首充沛、多嘴的诗。

在圣爱的奉献中是非常美妙的经验,当然我现在是另一种,东方的方式。如果确有不可磨灭的共同之处,必须肯定神明的本质是无名的,圣名只是一种方便,一种权宜,这种随人意的显化,也是神明慈悲的一种表现。

新屋和老屋的对联:

> 江山代有
> 高堂在上儿孙绕膝福禄寿
> 庭训不忘君子日新政商知

> 福智双全
> 相由心生心由道生
> 学自书来书自识来

要多少拥有一些东西,你才厚重。是以君子终日行,不离辎重,虽有荣观,燕处超然。不要做里尔克那样的人。你只有一个声音——那是什么意思啊,不就是一个幽灵吗?

让古书无人读，让祖先神明断了祭祀。我反对批判中国文化。

这块土地并不是只属于当代人的，她同时属于祖先，神灵，动物。这是当代人最大的狂妄。

《卧游录》始于丁酉十月廿三。第一部：经验；第二部：玄学；第三部：素王。

写长诗是自虐，也是深沉的迷醉。里面的一切都是自成系统的。反复浮上水面又沉下去。需要肺活量，是身体和精神的极致。

颓废和萧瑟的心境才是对神圣之物的洞察。有何神圣可言。如果说有希望，无所期待才是真希望。真如总是在的，但未必是一个理。真如在你放下一切（包括真理，希望，爱）的时候会显现。也就是说，你必须活得像个木偶。

不是按照一种理念、原则生活，应按照礼仪和卦象生活。

要与人发生有意义的关系，要被人谈论，一个人要明明白白地在不同的方面被折射。我们每一个人都是摇摇晃晃地在自己的合适处，安乐处。

我的语言是半土半书面的，这样的表达，你不要问我有不有理，我追求的是一种混杂、真实的错落，这是我的当代诗观念。

有一种生活，我生活过了但是什么也说不出来的——学习生活，该怎样写，怎样表现。在学习里面，领受全然的恩典，或全然的错误。它不实，但是又充实，一种悬空的、与世事无关的状态。没有爱，没有恨或遗憾，我是——书呆子。只有时间的流逝是真实的，书呆子的生活是时间本身，他没有卷入关系，或者说他的关系微不足道。我过着抽象的时间，没有事件的时间。由于我在学习中足够优秀，这反过来成为问题。

普通人的生活必须用中庸之道贯注，这是圣人的领地，最难。

写到不可写处再坚持新风格就会出现。

长诗是一个不自然的东西，把当下的一刻变成过去，变成别的。长诗、长篇小说，只能在失败中寻求意义——要推进到不得不失败的地方。因为它不是由情节构成的，是由瞬间和观念构成的。

现在照行，传统修行。就是：在日用层面，该怎样怎样；传统儒道佛的经典，用于修行。并行不误。不求会通，自然而然。中体西用，先把体、心修复。

疏、枯、硬，是读多了《金刚经》会有的一种空性的感觉。这枯疏，其实是脱落了世间相的丰腴。

观念的来源很多，我也没法统一，能给我提供语言的驱动力就行，用完即弃。——这是诗人的空性，但哲学不能这样，哲学中的概念相当于绘画中的皴法，是风格的标志性符号。我不把哲学视为真理的言说。

我觉得在"文革"中活过是一个很重要的文化资本，那时代的一切只要写下来就是诗。但记忆只能是点状的，想起一点就引发一大堆观念。

我不再用心于小处的张力而倾向于气息的贯通绵长。

至于写得大不大，才是我呕心沥血的，那么一个微不足道的东西，要写出气格、境界。但我真的没有别的东西，就这一点真实。

无尽的诉说要依靠真实经验的颗粒。

以物观物，性也；以我观物，情也。性公而明，情偏而暗。任我则情，情则蔽，蔽则昏矣。因物则性，性则神，神则明矣。

——邵雍

写作就是重新做一遍人，重新在语言社会中活一遍。在现实社会中不能僭越的关系语言社会中也不能僭越，语言社会比现实社会更精纯，更能体现现实中被遮蔽的仁义礼智信及因果。语言不是哭泣的工具，而是涵养浩然的秘径，语言是天地和身体的息。

要接受公共性，要走大道，把经过时间和无数人选择的东西撇开而寻找自我，是多大的浪费。所谓个人的经验，应该成为印悟道的细节，道因此可道，活起来，而不是作为另起炉灶的脆弱基础。所谓的个性是不存在的，一滴海水只有回到大海中才可以永生。

要学习、涵养大人君子之象。

与自然和时间相对待的淡漠的感觉是一种禅意。禅意不必是瞬间的感悟，也包括无所悟而在。一种安然，不起波澜，而一任自然在我眼前经过，两不相扰。但是不无亲切。它是它，我是我；它不是它，我不是我。一种泯合的状态。这正是人在自然中的本然状态，和意义。

没有真正实际的人，这世界根本就没实际过。那些看上去实际、成功的人，在自己关键的、生命的问题上，恰恰是最不实际的。

水落石出，就是空。我已是秋天了。因此我写这些真实的东西，石头。空其实就是真实，或者反过来说。

"有感而发"肯定写不好。现代诗不是有感而发，是逆感而行的。是孤独的个人的语言搏斗。

要紧致，要有一种词的暴力，直截了当。不要铺垫，直接上。不要绕着说理解性的，似乎有一点学问的那种理解。直接的经验，直接的领悟。不要在诗中"劝说"。每一句话，都要有一点真实的经验，观念要有一种情景性。

研究抽象艺术的经验——就是作品的质量取决于你投入的精神能量，而这个能量不会消失。那些看不见的地方，语气，方式，角度，思考，处处含有能量，这不是字面上的力量。我敢说《幼年文献》《大红勾》都是极简主义的。所有的难题，我都面对了。每涉及一个关系，都要预期在相应的亲友中的反应。估计不会读到的我就胆子大些，难堪的我就改一个名字。因此诗卷入了巨大的伦理能量。

托王敏给诗人孟浪追悼会送花篮及挽联：

> 海内痛失自由火炬
> 案前常有见证诗篇

用囚禁、招供和幻象写第三部《返生书》。

> 己亥元吉
> 德如梧桐雏凤清于老凤声
> 孝是根本孙辈更扬儿辈名

诗歌是精神的显相。诗歌是沉默的艺术。

应该将文以载道理解为文道混一、互摄，文是随着道性而迸发。但文不载道是普遍现象，强调道性有针对性。体用不二。用以全体与明体达用是二种功夫。亦可以参照文质彬彬之说。但无道的文不是胜质，而是根本就没有质。

从形而下做起，没有形而下就没有形而上。人之最可贵者，唯身。达道从不离身，邪道脱离身。

作为一个精英接受常人的伦理，从学、从道上讲，极远。因此需要一种慷慨，一种豪情——无非是把自己放下，放慢或跟上一步而已。真正伟大的跨越，是从两极到中庸的跨越。而不是如克尔凯戈尔，他为何需要跨越深渊？既然得跨越深渊，这样的选择又能好到哪里去。

看得见的父母，看得见的儿女。此情悠悠。天地之大经，曰孝曰慈，然后才有爱。所谓回到原点，就是回到这里。所谓退藏于密，就是藏在这里。这是实学、实践。

在这块大地上生活久了，会遇上自己祖先的灵魂的。当你漂泊，你的祖先也就无依。你们互相寻找。
更换过多少世界观，但你只有一个世界。

李建春小辑

是兴,不是见证
——答《飞地》十问

李建春

1. 你的诗歌写作开始于哪年?为何会认为那个节点算得上是"开始"?

开始于1990年。有两个原因决定了我的诗歌开始于这年。一是我本来是第一志愿考入武大哲学系的,1988级,我的学号尾数是01,但入读后发现大多数同学是被迫进的哲学系,当时学哲学的氛围实在差,当然真正的原因是我本人对哲学认识得不够,于是我想逃,觉得我的志趣在于文学,于是下学期开始,我即申请转到中文系,直到1989年之后才得到批准。也就是说,我是在1989年下的一生从事文学的决心。后来我对转系是有些悔意,其实武大哲学有良好的传统,当我意识到真正重要的学问还是哲学、纯理论时,已迟了。或许现在做一点评论也算是一种补偿吧。二是大一下学期沉闷压抑,除了写诗、恋爱也没有什么事好做了。我本来在中学阶段喜爱的是罗曼·罗兰、雨果、普希金等作家,在这种氛围下,我一下子找到了卡夫卡和新小说派等。所以1990年不仅是我认真写诗的开始,也是进入现代性之始。最近我又在农村老家发现一批写于1990年及以后的诗稿,但我已懒得去改,我的早期诗从大学毕业之后算起,也不错。

2. 谈谈诗对你的意义以及在你的写作生涯中,这种意义一以贯之,还是有一个变化的过程?

诗对我是一种提升。这个意义从未变过。当然,在不同的阶段,提升的方式不一样。刚开始时候,在大学阶段,诗是存在之黑暗中的一点亮,或秩序,当时我全心阅读存在主义。从1993年到1997年,我换了很多工作。诗对于我是在物质主义环境下精神的自由,当然也是痛苦。20世纪90年代是很自由的,但主要是打工经商的自由,由于我天生是一个精神的人,诗给了我一个媒介或理由,让我免于发财。1997年之后我从广州回武汉,已见过世面了，诗又让我骄傲和独立。以至于在2000至2013年我信仰基督期间，也从未放弃过写作的人文性和个人性。这是很难的。那时候是有一种氛围，好像基督宗教才是唯一真正的宗教，你一进去，就该用你的擅长为主作证——人们常说的"见证"，本意如此，一个源自基督教的概念。诗在中国传统中是"兴观群怨"，作用很丰富的，什么时候需要诗作证明了。见证——连"观"都算不上。当然，也可以说写诗是修身的方式，但决不是炫耀你所修的境界或目标，相反，由于它是"群"和"怨"，诗的表达往往应该比你实际的境界低一些，它需要从一个零或负面的境遇中"兴"起来。

3. 你如何看待思想之于诗歌的意义？这个"思想"，可以包括作为精神资源的思想，或作为诗之表达内容的思想，等等。

由于现在是一个门槛太低的时代，我应该从常识上强调，没有思想就没有好诗歌或有意义的写作。是"思想"决定了我们与世俗有那么一点不同。思想可以是诗歌的起点，它表现为一种不安，但又免于话语、体系。是这种思想成为现代诗的灵魂。思想是发动者，是潜在的主导，由于思想必须在形象性和其它诗歌传统的制约下表达，它决定了经验的视域。你有，或愿意表达什么经验，实际上是思想在起作用，因此思想还潜在地决定了你的表达方式等。作为精神资源的思想，主要是这种思想。作为内容的思想，即所言之物，是由精神资源开出来的。

但是放在中国传统中的话，究竟地看的话，现代思想，存在之思等，对于诗性是一种遮蔽。中国传统不那么重视"思想"，她看重的是道，不管哪一个道，都需要力行亲证。现代思想是头脑的产物，属于"识"，五蕴之一，而识是空的，在究竟意义上。从性和命中发出一个声音，才是真的诗，如果可能的话，就应该像《诗经》《古诗十九首》的作者们那样写诗，风雅颂，这是古典诗人从未放弃的规范。这种天真的诗，是从生活出发。你见过哪一位中国思想家刻意造过体系，说，这是我独特的思想。当然，你可能会说，我只有接受了中国思想，才有这种思想。但我要强调的是，在比较、钻进钻出各种思想之后，还是可以回到比较朴素的写作中来，这个朴素的写作，不是特定思想的结果，但可以是在一种状态下不必太辨认的，飘到你眼前的意象、词语。

4. 你的创作，在更多的时候，是随兴/性而为，还是在规划中稳步推进？

我从未成功地像李白那样随兴而写，但肯定是随性而写，这是从内心真实的意义上讲。从一开始我就严格要求自己，可以学，但学完即忘，而留下一种"风"，一种内心节奏，唤醒我的经验。

从偶然性和规划的层面，显然是两者必须结合起来，长诗和结构性的组诗必须有或深或浅的规划，但在具体实现中，每一节的开始，它的激动，是一种偶然，由于已有一个大致的计划，在照应中会出人意料地抵达。阶段性的组诗，精神上会有某种一致性，但写法、风格未必统一。

如果在规划中稳步推进的不是具体的写作，而是文学理想，这个当然是早就有。文学理想作为基于典范的一种想象，实际上也是变动的。不变的是志或气，我的气格很高，这个几乎不可解释。

5. 谈谈多年以来的写作这件事带给你的乐趣？全方位的乐趣，或可以谈谈具体到上一个问题，选择的不同而涉及到的不同乐趣。

不依赖外物，做一件不可能穷尽的事，才是真乐趣。但又是浅近可及的，是一首首具体的诗。你可以让一首诗完好、完整，却不可能真正完美。存在一首完美的诗，它是所有诗的动力。每首诗产生的情境不一样，有时人在极痛苦的时候，竟然写出一首纯净欢乐的诗。

写诗是一件疯颠的事情。而我实际上是一名农家子弟，带着传统的血脉，却在很长时间里不敢正视自己。写着写着，竟慢慢与过去合龙了。我开始宣称我原是具有野性思维的人，在现代内部要造现代的反。像卡夫卡《致科学院的报告》中的猿，从开酒瓶开始学习做人，进入文明世界，回到家里抚摸未开化的、更像自己的那一位——这也是一种乐趣。

6. 现代汉诗在它的早期（白话诗或狭义的"新诗"阶段）被提供了多种格律建构的方案，但在近几十年，这些方案被诗人们以实际行动所抛弃，而使得自由体诗成为当代诗的绝对主流。你如何理解自由体中的"自由"两字？

其实自由也是有"律"的，自由诗的"格律"在于自由之难，当你意识到自由的困境，也就渐渐地"合律"了。在很长时间里人们认识不清，种种格律方案的失踪，似乎从反面证明了：新诗的体性原是无。新诗是无体之体——这在道上是一个非常高级的特征。其实胡适写《尝试集》时即已进入某种困境，当代诗人只是已接受此自由之律。胡适能够摒除掉古诗中他认为非诗的成分，却对现代诗的诗意认识有限。他尝试着从零开始，从现在开始，这几乎是一个开悟式的决定。现代汉语从有进入无，意味着什么？新诗人一下笔就得体无。（故常无，欲以观其妙。《道德经》）诗是诗自身的规范。新诗有可能"积累"吗？到目前为止，新诗还在再出发。历史上从未有过，几十万人，一百年中拿着笔面对无——体无，也就是体天，这是中华文明复归的开始。我们不必美慕布罗茨基所称赞俄语或英语韵律传统，那些只是没落的延续，而我们已开始一个新生的大循环。

7. 谈谈你在创作一首诗的时候，对断行、分节或标点使用的具体考量：在大多数时候是出于不加反省的惯习，或依赖于某种无法言明的直觉，或有自己谨慎而细致思虑过的一套方案？最好举例说明。

断行，分节和标点，这是我极苦恼的一件事情。几乎占去了修改时间的一半，而修改又往往比写诗时间长。我已修炼到只扫一眼诗形，就可以大致判断一首诗的好坏，或作者的状态。诗形是自由诗"格律"的外在形式（内在于自由之律）。我往往是一气呵成写完初稿后，再誊写确定诗形，改得昏了，还得向初稿学习。那些完全不讲诗形的诗人，要么是无感觉，要么是气盛。

其实古代诗人既不用标点，也不分行。我最近意识到。于是尝试着不用标点，用空格（20世纪80年代诗人早做过了）；或只分段不分行。在20世纪90年代，我自然地行尾去标点，这其实挺好，行尾不标点意味着一种断的感觉，句尾吹着风。后来看了王佐良的《英国诗史》受影响，羡慕人家有韵律，所谓一念五十恶，一上去就下不来，用了五六年时间，将十四行，素体，各种哀歌，亚历山大体，以及各种韵式，试了个遍，回过头来才发现自由诗的"格律"。

8. 你业已创造的作品中，有多少长诗？未来的写作规划里是否有创作长诗的打算？你又如何处理长/短之间的关系？

一个小诗剧不算，真正的长诗，似乎有七首。二百行以上，一千行以内。二百行以内的在我不叫长诗。我实际上是一个长诗诗人——这个词是成立的，因为长诗的艺术与短诗截然不同。我的短诗好像无意中为长诗做准备，每一个阶段都以长诗结束。可以说有多少首长诗就有多少个阶段。但我不主张写太长的诗，爱伦·坡的论述是不朽的。现代诗本质上是一种短诗，长诗只是短诗的结构性集合。最佳结构当然是庞德为艾略特的《荒原》定下来的，这是两个大诗人合作的结果。《四个四重奏》的每一个都是《荒原》的结构。另一个典范是《杜伊诺哀歌》，系列小长诗。瓦莱里的长诗与里尔克相似。这些我都用过了。迄今没尝试的是马拉美的《骰子一掷永远取消不了偶然》（最近发现陈东东已用了），美国黑山派的实验其实是沿着这条线下来。还有我说漏的吗？爱伦·金斯堡的《嚎叫》接近里尔克哀歌。我写过一首传奇诗，因为那是叙述（普希金、华滋华斯等），我在气尽的地方划一条线，第二天接着写，如果没有这条线，就得费一些言辞去榫接，这不符合现代诗的精神。

西方的主要诗体我已尝试过了，以后当研究中国古诗的体。单就长诗，譬如《离骚》，汉赋，杜甫、李商隐的五古。这些都值得化用、翻新，够我下半生忙的。手头已有长诗的计划,有的正在写。

9. 相比于1980年代的文化史诗热,你又如何看待近年来局部的长诗/史诗热(譬如众多一线诗人近年来所热衷的长诗实践或"大国写作";譬如由诗人蝼冢主编的《现代汉语史诗丛刊》,体量多达二十九册、三十万行,其中的《在河之洲》长达八卷、九万行)?

关于长诗我只能结合自己的经验谈(如上述)。诗人蝼冢主编的《现代汉语史诗丛刊》,我没看到,没资格评论。在此向这些诗人致敬(已欣赏过一些片断)。"大国写作",这个词很有魅力——就现代汉语当有的自信说。不过我觉得自信应该建立在中国文化的复兴上,建立在王道上,如果建在《春秋》所说的霸力上,那是不应该的。

10. 在自由与谨慎之间,在跳荡与精微之间,诗一直在考验诗人的平衡能力。这种平衡能力,不是使作品变成风格妥协之产物的能力,而是让诗人明确自身擅长和局限之边界的能力,即对文本的控制力。当然,这是一种惯常的说辞,不同的诗人应该有更为"私家"的看法。请谈谈你对"控制力"的理解?

自由只有进入形而上的维度、道德的维度,才会自然地生出边界和控制力。这不是"自由表达"或"表达自由"的层次可以思议的。当然,形而上和道德感的经验,一定会带上个人气质,是对形而下的、异化经验的一种提淬和反省。由此形成诗人的擅长。所谓风格,本质上是一种道风。相对而言修辞还是比较接近形而下——修辞当立其诚,若无诚,本身构不成风格。道与技要互进。由于现代性本身是与物质相处的、异化的经验,现代性重视修辞,强调表达和发现,却往往茫荡无归。

跳荡,是语言精力充沛、饱满的现象,精微来自于积学——但在诗中,也是瞬间的跳出。有些诗人对语言也用心,学历也高,但是少见灵动,这是天赋在别的地方。我觉得即使有这个天赋,也不必依赖它,应该用活泼的气质去体道,成为空性的流露、浩荡之风的广被。

2018年,李建春(右)与张志扬先生在江苏句容伊顿学园合影

辑五／对话

如同回到了呼吸

黄斌　夏宏

黄斌，当代诗人，先供职于湖北某媒体。

夏宏，武汉大学文艺学博士，现任教于武汉某高校

夏宏访谈

如同回到了呼吸

○访谈人：夏宏
●受访者：黄斌

不是十分迫切，但有了一个契机，可以为多年的友情留下一篇对话。

四个人，生活在武汉的钱文亮、沉河、黄斌和我，从1993年前后开始吧，因诗歌、文字、话语层面的某种粘合力而常常相聚。朋友，是自己的延伸，里面有温暖，从日常到精神生活；也是自己的他者，所以有映照，让人不至于活得太盲目。

也许，激情难免消退，但热度会渐渐维持在适宜而坚定的感觉上，个人所追寻的，或者个人对朋友圈子的感受，都如此吧。黄斌这两年的写作却在喷发，叫好的人也多了。于我的习惯，在朋友日常相聚时的对话中更喜欢质疑，但这般认真起来，似乎就有所收缩。友情总是会对假定的读者有所展示。

一个用于录音的MP3，好像一个沉默的第三者加入进来。

1.角色的冲突消解于自我关爱

○我最急于问你的是角色问题。你在这么一个新闻机构上班，除了朋友和圈内的一些人知道你在写诗，你的写作和工作基本上没有什么文字上的联系。这样的角色里有没有什么分裂性？

●有啊，相当于就是一种精神分裂呗。一方面作为常人在社会之中，要过属于自己的日常生活。你看我们就是这样，成长啊，读书啊，然后工作，娶妻生子，就是这样一个流程。在日常里，我还是按部就班，大家怎么样我也怎么样，有份职业，有份工资，把生活打理得还算过得去，就行了。一方面还有个人的部分，它就分裂了，这也和个人经历有关。比如说我完全可以不写诗，但是小时候接触到这东西，然后慢慢就像一种习得。通过我的父亲，然后叶文福、饶庆年这样一些在蒲圻生活的诗人，20世纪80年代初，思想大解放，突然间好像生活的边界扩大了……

○现在单位里有多少人知道你在写诗？

●不少同事知道我在写，包括以前我刚进单位时的部门领导。

○到现在的单位上班以后，写作上有没有感觉到难受的地方？

●还好。一直在写诗，写笔记，还曾写过一篇八万字的小说。日常除了上班，还写写毛笔字。我把写诗当作很平常的事情来做。

○现在的时代环境中，人们几乎都认为写诗是疯子干的事。我反过来想，这个时代是一个没有多大诗意空间的时代。

●这是一个小时代。大众觉得诗人的角色太滑稽了，诗人也在不断地自我亵渎，比如去做行为艺术。是啊，没有办法，在社会环境的压力到了一定程度的时候，人只能用本能来反应了。当诗人被逼去做行为艺术的时候，说明在很多诗人那里压力已经到了相当的程度。

○问题是，如果在单位体制挤压得很厉害的情况下，你可以选择不写诗？

●但是我觉得我学了这门技术，就像入了行会，有师傅教过我。像踢足球啊，也有人带过我，练过那本事；写毛笔字，我从七岁开始，每一笔每一画都认真练过的。如果你把它当作平常事来做的话，也就不会对环境产生很大的反作用力，反而会有一定的空间。你的反作用力大，别人给的压力就更大，这样你的承受能力就有限了。

○抛开写作的社会功利这一块，一个诗人的精神生活和日常工作之间，对于你来说……

●我前天也想过这问题。孔夫子说"君子不器"，从一个人的角度来看，你要去做什么，总会成为一个"器"，玉不琢不成器，但是在孔夫子的理想里边，君子是不器的。还想到萨特有句话：人永远是其不是而不是其所是。在我看来，萨特和孔夫子讲的是同一个意思，首先还是关注人的自身，这就像后来福柯所说的：人的自我关爱。

角色就是命名，一个命名一定是道义性的或者束缚性的，如果你从一个个体本然的生去关怀、去爱护的话，比如对自己、家人、朋友的爱护，在这样一种爱护里头，对个体的生的重视程度就大于命名的程度了。所以我觉得，"君子不器"，孔子这样的通达态度很好。儒学后来成了那个样子，而在孔子这里一直是很活泼的，不是很容易被限定的，因为他一下子就可以把命名甩掉。

○可以用这样的想法来维护个人空间，不和一些行业规范发生直接冲突。但是，它对你的写作没有一点影响？

●怎么可能一点没有影响？你在这样的环境里生活，没有一件事情你不是用身体去经历它。

○就是说，不可能决然画一条界线：这是我的单位、我的工作，这是我看书写作的房间、时间。

●只是相对有一些分裂特征，像精神分裂似的。所谓分裂，用我的话来说，就是和而不同。确实有差异，但是不冲突，不至于那么紧张。我也不会因为和环境紧张就决然而去。我一直这样欠着点，和而不同，包裹在里边，对体制、工作没有明显的冲突和对抗。

我看到很多诗歌中，总是把政治当作敌人，然后抬高诗美，世界上很多诗人就是这么成功的。把政治看作一个要否定的对象，再来写出自己的"名诗"，这样对于诗人来说他个人是成功的，但对于整个文化来说可能是失败的，因为我觉得文化应该是一种共同的事业，不是个人的事业，比如一个民族的凝聚力、文化认同。在这种背景下，过多地强调某一种艺术形态的成就，过多地去辨认敌人，通过打击敌人来树立自己，这很像原始社会那种英雄模式，我觉得这样的模式不太适合现在。

○在你的作品里面，我几乎没有发现你表露出与工作发生冲突的地方。

●我自己也不把这个角色当回事。

○哪个角色？社会角色？

●不，任何角色，包括诗人角色。其实我一直没有怎么把自己当作一个诗人，没有自我承担什么角色的冲动。

个我，你是一个生命体在这里生活，这应该是第一位的。只要身体在，你就在。职业也在场，但它的影响不是决定性的。人可以不完全被逼死，被包围。经常是什么都可以包围你，但它只能是局限。你只有在有了一种自我的洞见，有了生活下去的基本的、牢固的想法之后，对那些角色自然就不太在乎了。当然，说把什么都不在乎又让人觉得无聊。在乎的是，还是用福柯的话来说，自我的关爱。说精神分裂的是他，临终的时候说自我关爱的也是他，我认为值得借鉴。

○我以为，一般来说，精神分裂是过度关注自我的一个表象，他不交出自我。如果交出了自己，是不可能分裂的。

●那是你的理解，和我的认识有差异。

○我发现你基本没写和工作、和社会角色相关的诗歌。

●散文中写到一点，诗歌是写我工作之外的。工作经验对诗歌没有什么特别的帮助，我觉得工作这东西就是为了吃饭吧，没有把它当敌人来抵抗，也没有把它当很美的事情来写。单位里就那么些事，说好也好不到哪里去，说多坏也没必要，大多数人都在体制之中，个体户无处讨皇粮，可也无处逃税吧。

○老追问这个，因为现在诗人的身份、角色成了很大的问题。1992年以后，社会越来越功利化、实用化了，人的心态是越来越要实在的东西，喜欢看得见摸得着的，越来越排斥虚的、看似无用的东西……

●消费兴起以后，社会物质生活丰富以后，快感的文化，大众的文化，各种媒体，都兴起了，传播样式多了，娱乐节目多了，就把诗歌这种比较古典的形式划开到大众生活圈之外了。

○感觉到近年来你的诗人角色这一面却越来越鲜明了。

●后来好像接上了气，看了陶渊明、屈原、杜甫、白居易、韦庄的一些诗歌，看到他们可以一直写到死，就觉得很安慰。中国古代诗人会了这门手艺后，哪怕像白居易、陆游后来越写越差，他们还是在写，并且产量还不少。反正我会这样尽力吧。

○在别的事情上找不到安慰？

●那不一定，写毛笔字，还有哲学。我还是最看重《老拍的言说》，诗歌文本相对还差点。《老拍的言说》已经写了五百多节，学的是古人的笔记体，在形态上是中国文化的东西。

○在你的整个写作中，思考是否起了更基本的作用？

●对。我对玄学一直有种爱好。

○能否这样说，不是诗歌消解掉了你的不同角色之间的分裂，而是思考让你消解掉了一些冲突性的东西？

●按照你的这种句式去说也可以，其实按我的表达方式，还是用对个体生命的关爱、和而不同、君子不器这些来解释。还有维特根斯坦的自我的疗救，哲学是种疗救法，写毛笔字、诗歌也可以是。

○角色总是长期担当的，不可能今天是这个角色，明天是那个角色。写某一首诗是短暂的行为，人不可能长久地在诗意情感里面，但是人的思考可以长久，可以在日常里，包括在你工作当中也可以进行自己的思考。

●思想有一个倾向，就是把一个东西不断固化、概念化，就是命名，就可以作为你的支撑。

为什么我老说"君子不器"呢？不要在一开始就成为小器的东西，不要成为器物，成了器就没有自由了。当你完全投入，成为一个工匠以后，想做别的就不大可能了，这以后所有的都是束缚。

○在和其他一些写诗的朋友谈话中，他们谈到自己生存的具体环境，会有一些很情绪化的话语，而发觉你很少谈工作环境和工作情绪。

●说这是行业规范的结果，我可以接受，但这也是个人自身训练的结果，我把它叫作工作伦理。自我关爱，你必须形成个性化的个人知识，思考就是建构这种个人知识的过程，我用这知识来应对我的日常工作和生活。

2.现代性门槛后的生与死

○虽然你在写作中对身边的单位环境不关注，但对更大的社会环境非常关注，一种巨大的社会变迁被自觉为写作背景。你写过一首《日常之诗或在全球化时代如何做一个中国诗人》，很大的一个标题，写了租界什么的。

●那首诗比较能反映我思考的一个特点，可以说是个人的回答。其实对日常单位的变化一样有感觉，比如以前是报社，慢慢成为集团；以前只有党委书记、社长、总编辑，慢慢有了董事长、总经理；集团慢慢成为公司，还要上市，一直在跟着时代变化。

你看古代的诗人，五斗米也可以吃饭，做大官也可以写诗，诗歌还是朝廷的主流的东西，还可以取仕，在当时的文化里它是很和谐的。现在，现代化之后，它就有了冲突。

个人以为，"五四"以后，我们在文化上断裂，西方的一整套东西基本改造了我们的日常生活，包括出现革命话语。这是晚清至民国现代性进入中国的表现形式。后来有了毛泽东领导下的成功，这是第一次现代性的成功。到了20世纪70年代末，改革开放，又是第二次现代性成功的开始。

小时候我在蒲圻新店镇，通过日常生活和中国传统发生联系，比如族群啊、民居啊，住的是三百年前、一百年前的老房子，日常生活里小到零食，大到家具，没有一件物不是中国传统文明的结果，现代性只是墙上的标语而已，墙上写的是"人民公社好"，可墙的底子还是那种青砖，生活方式没变。但是20世纪90年代以后，原来的农村不存在了，人都打工去了，哪里还有我们小时候那样的日常生活？农民卖了一篮鸡蛋之后，去买红桃K生血剂。现代工业完全摧毁了原来的日常生活。原来农村有节庆、端午划龙舟、春节舞龙灯，我记得1974年开始看到有人扎龙灯，被压抑的节庆娱乐在那时第一次反弹，在第一次和第二次现代性空隙之间。一个村几百号人打脚盆鼓，沿着镇、县城走，把龙灯玩到你家里去，这都是20世纪90年代以前的景观。1992年以后，大工业生产，商品化，一下子荡涤而过，现在哪还能看到打脚盆鼓了？

○为什么更多地思考时代的、社会的变迁，直接去写它们。相对而言，更具体、更实在的身边的环境变化不去碰？

●这可能是一种狡黠，或者说策略吧。因为从个人来讲，你还是渴求从这样的变动里面获得利益的，你想，你的办公室变得宽一点，你住的房子更大点，有更大的桌子让你写字。不去碰触，有生存策略在里边。

○觉得你诗歌的题材、风格、审美观有古典气息，或者说传统性。我以为你有一个针对性，就是针对前面提到的现代性来写作。

●形态还是现代汉语的，只是取向上相对偏重古典一点。

我有一种看法，20世纪70年代是中国现代性的最后一个门槛。20世纪70年代以前，不管现代性如何介入，传统还是有迹可循的，以后就都被破坏掉了，传统的宗祠里议事、节庆娱乐、民居啊，都没有了。

○但是这些和你在武汉的生活有什么关系呢？

●关系很小,但我可以去怀念它。在日常生活里我没有怎么去碰它,但是在文本里可以通过这样的范型去回答一些问题。我就在现代性的秩序里边,我用电脑,做网站,所在的集团还属于最早甩掉纸笔进入网络化的单位……我是把原来的日常生活方式放在与现代性相比较的层面来写。

○但新诗又被叫作现代诗。

●所以我觉得新诗很值得怀疑。从审美的角度,我对现代性是比较抗拒的。诗歌还是要接上传统的气息,看有没有触发的可能性,如果没有,就失败了呗。

○我们小时候是在比较乡土的环境里成长的,你对现在的城市生活是否有外在的感觉?

●也没有。在城市里认识的人是很有限的,只有公共设施对自己是有效的,谁都可以去享用它,比如博物馆、艺术馆、电影院、商场,谁都可以进去,谁进去都是主人。没有必要拒斥城市生活,我不是写过《不要》吗?比如你不要总开车带着朋友去吃农家菜,这行为是值得怀疑的,很矫情了。

○那么,过着城市生活,却去回忆乡镇的生活,不矫情吗?

●这个嫌疑是免不了的。但如果你是很认真地看待这个问题,没有炫耀、装饰、表演的成分,那么首先它就有一种记录的功能,现在它确实消失了,这样的记录还是有价值的。然后你倾注一定的情感,它可能就有一种指向。在一个消费主义的年代,后现代的语境中,你这样去写,它体现了人的一种生活方式,一种群体的方式,当时那个群体可以通过血缘组织起来,可以通过民居、村落组织起来。现在的组织方式不就是一些关键词了吗?比如说单位的效益、产品的销售量,现在的人通过数字来组织。以前的生活方式可能就是现在的参照和指向,至少是参照。

○有没有竭力想挽回什么的意图在里面?

●那倒没有,最多只是提供一种可能性,挽回不了的。

○如果挽回不了,那么这样写就成了一种策略?

●也不是。比如说,以前我是个蒲圻人,现在是个武汉人……其实武汉在现在这样的架构里还是很弱势的,可以说是中部塌陷的地方,武汉人的文化认同从来就很少,有多少骄傲可言?

○为什么你不回到自身来谈强势和弱势呢?为什么谈武汉和蒲圻,借助变化的地点来谈,而不直接谈自己?

●可能我不是很有优越感的人。我在这个城市里生活,和我在蒲圻差别其实不是很大,面对它,没有很疏异的感觉,也没有很亲近的感觉,只是我碰巧生活在这里。

○是对武汉来说这样,还是对所有的地方?

●差不多都这样。我在新店的时候,我奶奶就跟我说,你父亲在蒲圻,离这儿很远。

当时我就想，蒲圻就是这个世界的边界了，除了新店，这个世界只剩下蒲圻了。我有这样的经历，父亲从蒲圻城来看我，他坐了火车，还给我带了20世纪70年代那种很粗糙的俄式黑皮面包。当时吃到面包了，很牛啊，当时新店是没有面包的，火车上有卖的，火车是铁道部的，车上会生产这种苏联面包。蒲圻是远方，我没有去过。后来读书，课本上写着，北京天安门庄严雄伟，课本上画着的，那是更远的远方。

○诗歌中，你更多的是在回忆。

●我比较喜欢那个时候的认识，有局限的认识才是好玩的，虽然很不通情理，但是很有趣，我觉得比较美。

○谈到城市、城市生活，某些负面的价值判断就出来了；谈到年少时的乡镇生活，基本上都是肯定的。这里面有一个比较典型的形象，就是农村人到城市来讨生活，他们是否属于被剥夺的阶层和需要被悲悯的对象？

●其实我没有把城市生活当作负面的东西，你看我不是写过《日常之诗》吗？对于城市的底层……我们都是通过读书出来的，偶然地生活在这儿，不必由上至下地看他们。我们也接触到农民工，给我们装修房子、搬家具啊，肯定有触动，但是我很反对代言，你说你一感情冲动了就给他们代言，那很矫情。你不了解他们的生活，不如只说自己。

前面我不是说过，在单位里不要成为一个"器"，你在单位里觉得不公平、不合理，而去告状；然后同样的，因为你有乡村背景，农民工为你搬了家具、修了水管，你就去同情他，为他代言。我以为这两方面都是不可取的，对这两方面都要保持警惕。当然，这里面个人参与了多少，这个问题我倒是要认真考虑的。你问我为什么不把个人的体验带到这个城市里来，而是过多地去回忆那些乡镇生活经验？这是个问题。我对城市生活有回应，但不多。

○毕竟你是在都市化的生活中去回忆、去写年少时的乡镇生活。

●可能城市我写得不好。我写过在"钱柜"唱歌，在"神曲"喝酒，可比重很少。我不觉得外于城市多少，也不内于它多少，只不过人生如寄，不过如寄在城市而已。我没有有意去比较城市和乡村，相反我对城市还有种认同感，比如我老写到武昌府，写和女儿一起去昙华林，买酒啊，逛老街，其中就有一种认同意识。以前我们的蒲圻县，两汉的时候和武昌都是沙羡县，唐朝以后也属于老武昌府了，我总觉得蒲圻和武昌本来就是一个地方。

○为什么面对现在，一下笔就向过往、消逝的时间概念转化，总是要把时间推到以前去呢？

●不知不觉就写到经验以后了，觉得现在的经验沉淀得还不够吧，一时还无法有热情地去描绘它。

○对你写过去我有一个疑问，你能确信自己不去美化它吗？

●很有可能。美不美化是很主观的事情，主观性是避免不了的，这种美化我以后也避免不了的。有可能以后会写在单位上夜班，以前我上夜班，天天喝酒，酒足以带来快乐。

○为什么要去美化"过去"呢？是因为不能面对现实？

●现实的、现在的东西离经验近了，天天都在对付，你的手伸过去可以碰到，所以可以放一下。而远处的东西，你怎么抓也抓不着了。但还是有问题，我也反省过：你为什么老是写一些消逝了的20世纪70年代的东西呢？如果它不死绝，我可能还对它放一马。

○和你的兴趣、爱好结合起来看，好像怀旧有一种必然性。比如书法是一种正在走向消逝的艺术，从年轻一代来看，它的命运令人担忧，电脑教育普及了。

●书法的境遇看来比诗歌要好。比如大街上有店面存在，要写招牌，手写的比例还比较大；街面上，诗歌没有什么份额。

○但诗歌可以转移啊，比如说流行歌曲就转移了很多诗性的东西。

●这才是真的问题所在。如果诗歌不跟大众的日常生活、精神生活发生关系的话，它肯定垂死。

书法这样的东西，用商业话语来说，它是一个CI标志，如果被别人辨识为不同，它是本土的、中国的，和英格兰、德意志的是两码事，那可能还暗合了全球化的作为资本的策略，它可以和别的一起摆在博览会上，供人挑选。

○乡土是用以抵抗全球化最有代表性的武器？

●可能是最靠得住的武器，就像长矛对大炮，打不过，但是最顺手。

○你写的年少时生活的地方、人，基本上都是一种失败的结局。后来你在父亲住院、去世期间，还写了不少以生死之间为主题的诗。

●就是一种对失败的书写，对垂死的书写。明明知道父亲癌症骨转移，治愈不了，但还必须去治。理智和行为还是有一定分裂的，情感也在介入。那段时间，我天天给他送饭，每天问他想吃什么，尽可能去满足他。然后说说谎言：你可能慢慢康复。但心知肚明。

○是不是可以说你在写挽歌式的东西？

●挽歌谈不上，那是西方的形式，中国的只是悼亡。其实我的感性不那么强烈，到父母双亡的时候，感情全来了。以前我也没有对中国文化这样思考过，但是父亲死了，这扇门关闭了。我就绕过他去追溯，通过文本去看一下屈原、陶渊明、杜甫，再去找一个精神上的父亲。以前还没有意识到中国古代诗人一直可以写到死，意识到了之后，就得自己来承担了。

○从你父亲去世后，你开始大块地回忆、大量地写蒲圻，那是要补救什么？

●以前认为父亲不可能死，现在这种"不可能性"已经出现了，以后可能更多，所以想尽可能地去记录一些东西。我对人比较敏感，对风景、爱情倒不敏感，写人比较多，那些人都很熟，人的活动一记叙下来，就是文。

○父母的离去对你的写作产生了多大的影响？

●一种突然间中断的感觉，觉得人更加孤独了。以前，家是完整的。母亲是2000年去世的，当时感情上很难受，但还没有特别中断的感觉，因为父亲还在。父亲生病的时候，我的家庭条件好一些了，可以把他接到武汉来治，但是又治不好。整个过程我参与其中，直到送他走，对我的刺激比较大。中断之后，眼界放大了，开始对风俗、对人群敏感起来，以前好像视而不见，随时都存在的东西，没有特别的感觉。

父亲相当于我的导师，总是和我讲道理，把我带到他的文人朋友那里学习写诗，培养我写毛笔字。母亲给我的，更多是生活上的关爱。

○你写了一首给父母上坟的诗，里面写到生覆盖了死。

●生，有它本然的恶。只要生长，就会去攫取。善，就像老人对孩子，要抚育，他要，我给。善到后来，越来越是无力的，爱也是无力的，没有条件的。死呢，没有办法被经验到……可以这样比喻一下，死就是无力的善到了尽头。

日常，更日常些

○为什么对汉字这么敏感？你在笔记里谈到很多汉字神奇的发生意义，我的理解是，这不只是就汉字来谈汉字。

●这里面有其他的一些诉求。我体验到里面保留着人当初的行为方式、生命体验，包括思想情感。比如妥帖的"妥"，一只手抚摸到一个女人。只有用手的体温去抚摸一个女人的时候，那个女人才有所回应的，觉得安宁。很多东西可能已经失传了，若认真去考究一番，还能找到一些踪迹，比如这个"妥"字，我就找到了当初的一点踪迹。为什么不是手抚摸在一个男性的身体上才是"妥"呢？这里面是有东西的。

○去用就够了，为什么要去追溯、破析一个汉字的起源和意义的发生？

●福柯可以去做知识的考古，为什么我不能去做汉字的考古呢？这个唯一的还保持着象形特征，保持着人的活动内容，包括人的肢体形象的汉字，离我这么近的东西，我为什么不去思考它一下呢？

○对汉字的追溯与思考，对你的诗歌写作产生了影响吗？

●有一定影响吧。弄了一段时间的汉字分析以后，写诗的时候，一个字摆出来，和它当初的意义差不多，有这样的体验。一些具象的东西出现了。

○你写日常之诗的时候，有时还是喜欢用概念来表达。比如那首《人民考》，里面有大词，里面没有出现很具象的词和人，比如"城市之外是鄙野"，"城市"和"鄙野"对举都是大词。

●这首诗其实是受启于侯外庐先生的《中国思想通史》第一卷。

〇有时你有意地用一些很日常的口语来反抗、消解概念性的表达，比如《武昌城曾经的月光》中"黄鹤楼上一把大火/鸡巴毛都被烧了精光"这样的。近两年你的不少诗歌文本，接近口语，可以当作随笔来读，但是以前，你的诗歌追求与日常相陌生而产生的抒情意味，和日常拉开距离。这里面有着诗学观念的转变吧？

●以前写诗很难，现在变得容易了，越写越多。以前为了写一首好一点的诗要否定许多开口的办法，现在就这样开口算了，现在好像没尺度了，兴之所至。

〇不，我以为日常化是你的一个重要尺度。延展来说，诗歌，或者诗意，对你来说是一种日常化的存在，写作的频率越来越开，现在你是像写日记一样写诗歌。这是否是在追寻诗歌的真实性？

●常常就是一种日记式的，切合自己。以前写诗感觉挺崇高的，挺认真的，精雕细琢的，把哪个字放上去，在哪里转行、分行，都是很讲究的；现在写诗挺快感的，一句话中间不转行了，到底。

〇像《蒲圻搬运站》那么长的一首诗，完全可以当分了行的散文来读。以前你写中国传统的意象，在语言上是经过提炼的，像炼油一样，近年来你的诗歌中，一些"废话"出现了，比如写母亲的那首《敬惜字纸》中，"别人都叫她但老师　但是的但"。越来越像是一个人在说话，即使他抒情，也竭力把情感稀释到日常语言中去。这和在题材上多选择写日常的现象、人物、事是一致的。

●"但是的但"这样的句子，和日常生活是完全契合的。但是，《蒲圻搬运站》那样的诗歌，写了十年间的经历，像压缩饼干。一方面是压缩饼干，一方面要接近身体在现场时的感受，糅合在一起了。

〇以前在诗歌中不断地直接拔高意义，现在却是在降。

●现在和个人的关联多一些，对读者说话的语调少了。

〇你设立了怎样的读者？

●以前总是觉得写给朋友看，或者给诗歌刊物看的，要写得漂亮。现在有句子蹦出来就写，也不考虑什么转行了。以前二十年也没有这两年写的数量多。

〇你的写作速度很快了，有时每天一首，或者一个星期几首。开始我的理解是激情爆发，有一种创造力的冲动。现在我不这样理解了，这和激情的关系不是太大，你好像是越来越向自己的日常精神生活靠近了，似乎更贴近日常生活中的那个黄斌。笔记体的《老拍的言说》是一种刻意为之的写作，而诗歌是像呼吸一样在写，像呼吸一样平常。突然想到卡夫卡的写作，他像咳嗽一样，用力把它咳出来。

个人的经验不上升

○你是什么时候开始写诗的?

●最早写诗,可能是小学三年级吧,写学习雷锋好榜样,一口气写了四段,然后老爸还表扬了我。后来再写诗是从1983年开始,在读高中的时候,父亲和叶文福、饶庆年有交往,1985年我父亲还让饶庆年给我改诗。那时候觉得写诗是很过瘾的一件事。当时的成果之一是写了一首《我拉板车的父亲》,1984年在叶文福、饶庆年举办的蒲圻诗会上得了一等奖。还有一首《梦李白》,1986年我在武汉高校的一次诗会上朗诵过,得了第二名,呵!现在一想,叶文福是一个很有力量的形象,后来他见到我总用蒲圻话叫我"仔嘢",像父亲看到儿子那样叫。他的英雄情结很强,还对我说:当时是我影响了你,我就是你的精神上的父亲。前年我和他聊天,我说您是一个非常典型的诗人形象,但是作为后辈,我不情愿做您那样的诗人,我情愿去做一个学者,我写诗只是按照自己的意愿去写,不是您那种占有一切的诗人形象。饶庆年就很小巧,锦心绣口,写的东西很细腻、光滑,像岩石上的青苔。他在诗歌技巧上还是比较先进的,当时台湾的新诗影响了他,再加上中国古典诗歌。他是我诗歌的又一个来源。他们都是我启蒙式的老师。

○多大开始练毛笔字的?

●七岁。我从新店到蒲圻玩,父亲就给我一支毛笔,我哥哥、姐姐、弟弟他们也有,每个人一支笔、一瓶墨、一本字帖,就自己去练吧。坚持写到现在的只有我了。

我们新店镇的人都很骄傲,明清到民国,我们那里在蒲圻算是很富庶的,文风很盛,出了不少秀才。他们也认定"万般皆下品,惟有读书高",有这种民风在那里。我父亲虽然只读到高中,但他认为自己是个知识分子,跟人谈艺术、谈京戏怎么欣赏。

○后来上大学,是一个关键的转折时期吧?

●上大学以前,读中国传统的书和西方的诗比较多,比如郭绍虞主编的《中国历代文论选》,比如叶文福引导我去读苏联的诗歌,为了写诗去学习。其实没有读出所以然。

真正的思想启蒙,还是在进入大学以后。在大学里听了一门课——《纯粹理性批判》,发觉理性的东西一下子就上来了。其实在军训的时候看了弗洛姆的一本《在幻想锁链的彼岸》,理性的门已经打开了。军训回来又买了杰姆逊的《后现代主义与文化理论》。听中哲史、西哲史,读存在主义、弗洛伊德、现象学……还有张志扬老师。很典型的思想启蒙,以前受到的影响慢慢淡了,开始建构一种个人的知识。

○参加工作之后呢?

●从1990年到1998年,哲学占了主流,诗歌也写得很理性。1998年以后写老家、老城区、过年、风俗……又开始"回归"了,不知不觉又回到蒲圻去了。

当时有了互联网。我那时编时事版，可以说是报社最早的网民，现在还记得当时用14.4K的"猫"，要看张成人图片，半个小时图片也打不开，急死了，呵！

○接触了互联网后，你却开始回归。阅读和写作还发生了哪些变化？

●一个关键词：个人的承担。我就此写了一组诗，包括《一个人的武大》是这样写的；写了到苏州抚摸水，夜谒明孝陵，长跪在杜甫墓前⋯⋯当时，如果一下子投入互联网，可以体验网络化生存啊，比如七十二小时不吃不喝，那是很狂欢的。于是想刹车了，太快了。

○通过什么回归？

●回到具象，回到具体的地点。最后就回到中国的"象"了。这些让我感到踏实一些，有安稳感。跟着速度狂奔的时候，没有重量了。2004年写的《对个人的承担》里，有这么一句：一个具体和另一个具体一样具体，这就是奇迹。三个"具体"。

2004年8月份以后开始写博客。到父亲去世后，博客就写得很多了。

○从2005年开始，你大量地写到老家、青少年时代的生活，到底想回到一个什么样的地方去？

●是想用文字构建自己的一个底盘，底色的、根性的东西。可以让自己不发疯，能够很好地应对日常生活。写这些，首先是自我满足，然后期待能在文字里把这个家园留下来。

○有没有给家乡重新命名的意图？

●不敢。在作品里，她已经不是空间地理或者行政区划上的现赤壁市、原蒲圻县了，她是属于个人的。我对代言是非常警惕的，坚持不上升个人的经验，守住自己，不波及别人。

○不上升个人的经验，你怎样能做到？

●我只写我看到的、身体所经验到的，或者回忆里还留存的，听说的蒲圻我都还没写过。现在我写诗歌都是写身体在场的，参与其中了的，不像做学问那样，把什么东西作为研究对象而去言说。

黄斌诗选

人体一辩

手和脚辛苦一生
干所有的活　走所有的路
而好看　好听和好闻的东西
都被眼睛　耳朵和鼻子占有了
嘴　吃掉了所有的食物
但又把营养大部分上交给了大脑
心肺肝肾时刻都在黑暗中工作
连个露脸的机会都没有
头发和眉毛　时刻都在闲着
人体是如此的不平等
但又奇怪地紧密合作
得向女娲和上帝讨个说法

生命颂

秋夜萧索　但无法屏蔽一只秋虫的轻吟
人情淡薄　但隔离不掉一颗跳动的热心
还有那么多既看不见　也听不见的生命
它们都在　并且都在用力　在自然规定的奇迹中
活泼　生动　对于它们　活着就是活着本身
作为一个单独的自然人　我觉得
不是因为太阳每天都是新的
而是因为我每天都是新的

我心中的小楷

我心中的小楷　既不是钟繇和王羲之的
也不是林则徐或郭尚先的　而是
介于他们二者之间的一种样子
前者显得略过生涩和萧散　而后者
又太整饬　有一种馆阁体的政治正确
我心中的小楷自在天然
自由不顾盼　简淡且真诚

身体的乌托邦

在家读书清修　出门胡吃海喝
对身体的感性经验我依然兴致勃勃
我很少感到自身的统一性
或许这本是人身天然的阴阳相对
表现得好一点　可以说是动态平衡
如若做得差一些　那也是天然的分裂
精神和身体有其本然的争执甚或敌意
在当下　人性是遗传　动物性也是遗传
人性和文明固然很好　但有时不真并且凶险
而身体的动物性数百万年如一
哪里还有如此亘古的肯定值得尊重

东湖边的红嘴鸥

秋深了　武昌水果湖的双湖桥边
一群群红嘴鸥　翱翔于潋滟的波光之间
多年来我流连于这江城一景
默念着古人的诗句　湖上对鸥闲

红嘴鸥的那一点红唇
闪耀的　仿佛是我的红宝石

而春天到来之后　我有时去梅岭散步
在春雨春风春草春花的细腻香味之中
经常看到不少红嘴鸥的尸体
悬挂在不同的树枝之间　那么洁白无瑕
有的依然张开着双翅　一动不动
矗立着飞翔的汉白玉

自我油腻批判

一个早餐喜欢吃肥肠面的中年大叔
想必生就了一副好下水
所谓好学不倦　切问近思
不过是以今天的无知颠覆昨天的无知
知道点柏拉图和孟子　就无时不保持一种
在市井中的优越感　无来由被烟火气感动
通过怜悯底层而消费社会秩序的钢架结构
在小区的垃圾桶中　发现精确的剩余价值
坚决支持垃圾分类和循环利用
为地球变暖忧心忡忡　因为不知道塑料
何时能够降解而心神不宁
在地铁站坐电梯　习惯性地站在电梯右边
右手悠闲地搁在扶梯上
似乎很有教养地让出可能生活的紧急通道
但又无法不试图在公共场所吸烟
在所有可能的地方饮酒和游山玩水
并自信地给出非具象的理由
点亮审美的影影绰绰的光电效应
如有物焉　把声色和趣味替换为文化
把北辰的斗柄解释为一只蜷伏的天猫

一个大腹便便的现代之士
背负着一身现代都市暗疾　时不时突然发作
临近医院急诊室还不忘欣赏
住院部外墙璀璨的景观灯光

透　支

对于我生活于其中的这个社会
数十年来　我的感受只有两个字　透支
这种透支主要体现于人性
传统的礼义廉退　成了被唾弃的历史垃圾
占有　控制和交易成了生存首选
每天早上出门　我看到小区的狗
在不同的地方　东尿一下　西尿一下
宣示自我的地盘和控制的边界
就仿佛在它的这种尿性中获得了共鸣
其实狗还算是温驯的
我有时更多感到自己身体中的狼性
从小　我们就被教育成赴火的飞蛾
一个去实现目标的人肉工具
人生的意义在于　你为了什么永远大于你是什么
数十年下来习焉不察　并理所当然
几近疯狂地向外界投射个体之欲
另外　我感到社会也的确被透支了
GDP透支了环境　资本透支了劳动和价值
商品透支了诚信　医疗透支了健康
培训透支了教育　权力透支了公平
利益透支了信任和友谊
家庭也因之透支了爱
甚至希望和想象力都被透支了　变得窄小
我们在自己的透支中　变得功利　扁平　单薄
用自己的人性取消人性

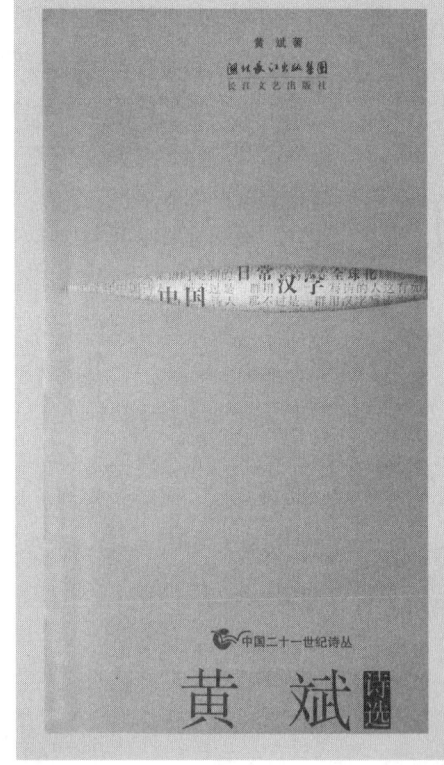

小区新来的扫地工

不知什么时候　小区新来了一个扫地工
一个矮小瘦弱的中年女性　每天从早晨到下午
清扫我家附近几栋楼的公共路面
我第一次注意到她　是听到楼下响起了一种声音
一种土沴味很浓的江北方音　听上去非常雄辩
我下楼上班的时候　才发现是她
一个人在那里　边使劲扫地边自言自语　但铿锵有力
日子久了　我才听明白　这是她在发泄不满
原来　是有人趁着她忙于扫地时
抢先捡走了小区楼下垃圾筒边的纸箱
每天　围绕着这些纸盒或纸箱
不少人在展开着竞争
有骑自行车的　有骑电动车的　还有
开三轮的　在不同的垃圾筒间巡视
想来是快递业的繁荣　推高了包装纸盒的回收价格
我也终于听懂了她的自言自语
她是在谴责那个开三轮的　说他一个月卖一千多元
纸盒子　还不知足　还要和她这个可怜人抢
由于我经常在网上购买整箱整箱的白酒
家里的纸箱自然不少　有一天上午
我双手捧着一个纸箱准备扔掉　才打开楼下的
铁门　她正好在路上扫地　见到我
她忙说　就放在门口　就放在门口
不用走过去放在垃圾箱边　她还笑着说
以后有这样的纸箱　可以给她留着
她可以上楼来取　我勉强点了点头
有一次我下班回家　正好碰见她在我家楼下
顺便说　我家有好几个纸箱　可以上楼来取
她忙扔掉扫把　连声说　谢谢　谢谢
和我一起上楼　双手把那几个纸箱拖进电梯
黑瘦的脸上满是圆润的笑容　欢欢喜喜地走了

这以后每次碰到她　她都热情地和我打招呼
而我每次见到她　就想起家里有没有要扔掉的纸箱
她的上下班时间　和我一样
有一次她对我说　她的中餐由后勤处管　免费
也是那种圆润高兴的样子　其实我都不好意思问她月薪多少
秋天已至　落叶已多　她也比平常更忙了些
我也几乎　再也没有听到过她那雄辩的江北口音
小区中　有不少老人主动把纸箱和纸盒交给她
在她的垃圾回收车上　我还见过
一大沓折得整整齐齐的用过的宣纸
她的自言自语　像一种申辩　得到了有效的回馈
不过　有一次我中午去食堂打饭
正好看见她在吃免费午餐　我看到
在她的筷子下　是一大碗米饭　足足有四两之多
而前面的菜碗明显缩小了一半　稀稀拉拉的一小碗
或许这就是免费工作餐的定义　而她
吃得那么忘我　眼睛都没有余光
去看周围的事物　也没有发现她的身边
还有我这么一个熟人正在经过　那一刻
我觉得　这像是她　对胃口不佳的我的无声地谴责
以后　我每次见她　都觉得有些不好意思
有时在下班的路上看到她　我便放慢脚步　走在她的身后
她现在经常戴着一个白色的宽边遮阳软帽
穿着半旧的厚布棉衣　双手推着垃圾车准备收工
我看到　在那辆垃圾车右边的扶手下
悬挂着一个塑料水杯　在微风和变暗的夕光中不停地左右摇晃

辑六／宫林作品

宫林随笔

水墨交响 苍茫无声
　　——韩国画家金正铉的水墨绘画

安迪·高兹沃斯作品《石屋》

论宫林

稍纵即逝的瞬间
　　——宫林作品《冰人》

宫林的"借潮汐而生"的大地作品

宫林 摄影

宫 林

1960年出生于山东济南
毕业于北京电影学院,博士
北京电影学院美术学院教授
中国电影家协会会员,理论评论委员会理事
中国美术家协会会员,实验艺术委员会委员
中国第十二届全国美术展览实验艺术展区评委
韩国世宗大学客座教授、博士生导师
2019年首尔国际动漫节评委
韩国《TECHART》杂志编委
韩国国际电脑游戏学会副会长

主要著作:

2018年,《所在集》(艺术创作随笔文集),中国电影出版社
2017年,《虚拟构象——当代艺术中的数字媒体艺术》
(上册:实验与互动;下册:创意与表达),人民邮电出版社
2016年,《梦中集》(电影美术研究文论集),中国电影出版社
2014年,《新媒体艺术》,清华大学出版社
2010年,《中国电影美术论》,中国电影出版社
2007年,《中国电影美术史》,山东美术出版社
2007年,《中国电影专业史研究——电影美术卷》,中国电影出版社

个人展览:

2016年,"宫林",保罗·瓦莱里博物馆(Paul Valery Museum),法国,塞特(Sete)
2014年,"面花——宫林剪纸作品",西东画廊(West & East Gellary),北京酒厂艺术区
2011年,"冰人——宫林作品展",瑞典,斯特罗姆斯塔德(Stromstad)
2006年,"宫林的作品",法国,拉罗舍尔(La Rochelle)

群体展览:

2019年,"今日中国美术大展"太原

2018年,"在东方"意象·新媒体艺术作品展,北京,今日美术馆
2017年,教学相长,北京,中央美院美术馆
2016年,欧洲遗产日艺术展,法国(Saint-Marc-la-Lande)
2016年,"无影之影"首届中国(隆里)国际新媒体艺术家邀请展,贵州,隆里
2014年,第十二届全国美术作品展览实验艺术展,北京,今日美术馆
2010年,大理国际影会,云南,大理
2009年,"逃离Escape(s) in/from Beijing",法国,里尔(Lille)
2009年,"水墨社会"艺术展,北京,宋庄上上美术馆
2008年,"龙之舞"中国当代艺术展,美国,特尔沁博物馆
2008年,"中国篮"中国艺术展,瑞典,马尔默(Malmo)
2008年,宫林、北水装置艺术展,北京,中华世纪坛艺术馆
2007年,中国当代艺术文献展主题展,北京,歌华美术馆
2007年,"中国气氛"当代艺术家提名邀请展,北京,环铁美术馆
2007年,"环铁时代"首届现代艺术部落邀请展,北京,环铁美术馆
2006年,国际数码艺术大展第二届北京巡回展,北京,今日美术馆
2006年,平遥国际摄影大展DV影像艺术展映,山西,平遥
2006年,第二届"今日中国美术大展"北京,中国美术馆
2005年,第三届亚洲国际短片电影节,韩国,首尔
2005年,平遥国际摄影大展DV影像艺术展映,山西,平遥
2005年,"阁"——当代艺术展,北京,宋庄
2005年,"自然的恩赐"新媒体艺术展,日本,横滨,Bank Art 1929
2004年,横滨国际影像文化节,日本,横滨,Bank Art 1929

(栾伟丽速写丈夫宫林)

宫林随笔

水墨交响　苍茫无声
——韩国画家金正铉的水墨绘画

宫　林

金正铉《老鹰的希望》

赏韩国当代画家金正铉作品,每次都让我仿佛置身于一个苍茫的宇宙空间之中,又好像总是有一种在大自然中的风雨云气交织一起的浑然无声的交响乐在耳边环绕。时而清扬通透,时而萧瑟寒噤。我愿意徜徉在这不染尘世的皓洁空间和大音希声的交响乐中流连和徘徊。

画家金正铉,不仅在工作和生活上,每个月穿梭于韩国首尔和中国青岛之间,而且在艺术上,也超越了中韩艺术的界限,将韩国的现代水墨和中国的传统艺术结合得如痴似醉。无论在现实中,还是在艺术上,他都是一个敢于挑战自我,善于探索实践和乐观豁达的人。

或许是金正铉在研习艺术过程中曾经专心研究电影和动画,并在中央大学获得了电影学博士学位。因而,他的水墨画创作,在我看来,除了体现出画面的激情与奔放,野逸与深沉,还表现出强烈的叙事性特征。

性格的激情与豪放,使他的笔墨超越了画面内在空间的一般性表达,从而达到一种自由境界的表达，并在不断的探索和实验中，形成了自己独特的富有激情的艺术风格和极度单纯的语言图式。野逸与深沉，来自金正铉对个人品格的艰苦修行和对大自然的崇尚与乡愁，他常常表现出对农人樵夫的尊重和崇敬。我想，近几年来，他所倾心表现的"白头大干"山脉，正是他以深沉和野逸的意境，表达了他对农夫品质的向往和梦境。与此同时，作品在他单纯的艺术语言和野逸的乡愁情怀中，潜在地显现出超越笔墨的叙事性因素：无论是画面中枯树的风动和山谷的水静，还是腾飞的老鹰和展翅的山鸡，也无论是遥望远山的盼母团聚，还是如深渊沉重的白头咆哮，无不叙述着金正铉内心乡愁的痛苦与希望的抗争。因此，他用极度凝重的笔墨和放纵的笔法来表达这种痛苦与抗争，无论是巨制，如《狂野的智异》和《太白的神话》等，还是那些小画幅作品，如《白头的赞歌》和《白头的咆哮》等都能够强烈地表达出这种震撼内心的力量。

金正铉年轻时深受西方现代艺术影响，到欧洲和美国游学、举办展览，积极尝试新材料和新方法，用水墨进行综合材料实验，还做过雕塑和装置艺术，研究动画和电影艺术，在多年的对东西方艺术思考、教学与创作实践中，取得了令人瞩目的成就。除了勤奋创作和游山观水，现在还兼任韩国中央大学艺术大学院和艺术研究院教授。这些经历让金正铉的作品历练出一种超凡脱俗、孤傲冷峻的意象和包容兼汇、雍容豁达的姿态。他把自己所画的所有作品统统归为"白头大干"。然而却已经不再是某一山和某一水，而是融会在心中积聚在笔下的意象山水和梦中故乡。他崇拜石涛八大，却不沉迷其中，他研究现代艺术构成，却不抛弃传统艺术根基。所以，我们从他作品中的浓墨泼洒与枯笔飞白中，感受到他的稳健与豪迈，在淡墨点染与随意勾勒中，能体会到他的理性与思辨。在他的作品中，即显现了一个潜心苦读勤画的学者才可获得的高逸皓远的书卷意境，又表现出一个浑身布满尘土游走异乡的行走者的赤子之心。

金正铉《梦想》

治学与行走，思考与作画，成就了金正铉的艺术人生，也成为形成金正铉艺术语言的根本之源。所以，他的作品极端而不做作，枯笔焦墨如临飞沙走石（如《太白的神话》《狂野的智异》《梦想》等）；他的作品放纵而不矫情，肆意挥洒宛如西风落叶（如《冬天的历史》《凌晨的风》《历史的挣扎》等）；他的作品凝重而不凝滞，笔墨重重欲见山雨欲来（如《深夜的暴雨》《老鹰的希望》《白头的咆哮》等）。所以，干湿浓淡的笔墨，在他的作品中早已转换为墨分五色的水墨言语，吐露的是金正铉内心的孤傲与期盼，描绘的是故乡的历史和纷争，叙述的是金正铉的梦想与乡愁。

金正铉是一个在艺术上永不满足的探索者，特别是在水墨语言上的思考与实验，使他的现代水墨超越了笔墨技术的窠臼，并在传统章法的基础上，笔法所到之处达到了随心所欲和率真直观的视觉语言的指向性。画面中墨色的枯焦浓湿和笔法的强弱轻柔，都如同音乐演奏中的张弛急徐，形成了富有节奏的视觉交响乐，我们在他的水墨交响中听到的是风的呼啸、秋的萧瑟、山的呐喊和海的寂静。

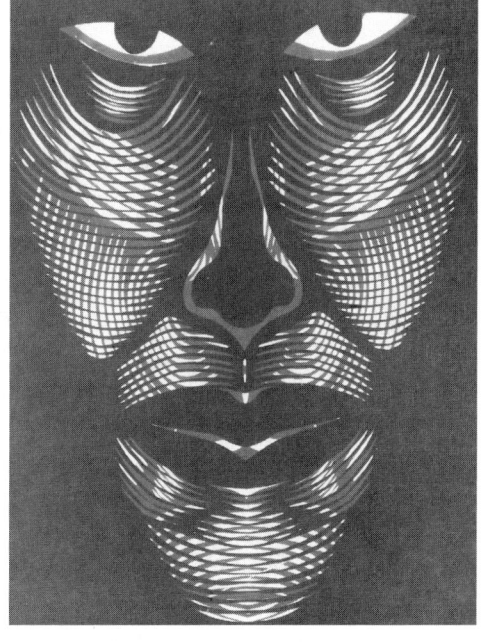

宫林作品《面花》（2005—2009年，剪纸）

安迪·高兹沃斯作品《石屋》

宫 林

苏格兰的朱庇特艺术公园（Jupiter Artland）尽管离爱丁堡不远，但是如果没有当地人的带领是很难找到它的，艺术公园里面安置的都是世界各地著名艺术家的雕塑、装置和大地艺术（Land Art），其中有好几件是我特别欣赏的苏格兰著名艺术家安迪·高兹沃斯（Andy Goldsworthy）一贯在视觉上低调而思想上出格的作品，令人观后难忘，回味无穷。艺术园森林中的《石屋》（Stone House），带给我又是一次意想不到的对于生命的震撼和生活的启示。

《石屋》坐落在艺术公园光线昏暗的森林里，如果不是手里地图的提示和按图仔细寻找，是很容易错过这件作品，因为人们常常不以为一座石头建造的普通房子就是一间"大地艺术"作品。《石屋》的外观建造得既普通又精美，普通得如同在苏格兰最常见到的老

式石头建筑,从不会引起人们的特别注意;精美的地方在每一个石头缝隙都严丝合缝,不苟怠慢。石屋房顶上的石瓦片儿,就像烘烤过的苏格兰干面包片一样,尺寸统一,排列整齐。此时,你会想到,这难道就是一件艺术作品?

在日常生活中,人们总是会把房子当作安全、舒适和庇护的场所。尤其是在阴冷乏味的森林里,当人们远远看见大树下的一所石头房子,就会对房子里面人和物有所向往,并产生各种各样温馨而美好的联想,甚至故事。但是,当你一走进《石屋》这所在自然中的房子里的时候,一切与你想象的恰恰相反,黑暗的屋子里充满了高低不平,嶙峋奇怪的石头,让你在屋子里站不稳停不下走不动,给人以强烈的不安和紧张,甚至是恐惧。

当代艺术,表达的不仅仅是艺术家为建造石屋所付出的体力和耐力,更重要的是欣赏和思考艺术家的智力和思想。带我们一起来Jupiter Artland的苏格兰好友Lin最崇拜安迪·高兹沃斯,她一路不停地谈论着关于对安迪·高兹沃斯和《石屋》的感受,最后她说,他总是在想,他什么都不想。

我理解她这句话的意思是:看安迪·高兹沃斯的作品会感觉到,他的作品充满了思想和冷静,他总是不断地在思考他的艺术,除此之外,他什么都不去想。所以他的作品极为单纯而吸引你去思考,因而具有强烈的思想震撼力。

所以,我想,安迪·高兹沃斯作品带给我们的震撼和力量,不是来自作品巨大而沉重的石头,而是来自艺术家什么都不想的思想。

宫林装置作品：《冰人-2》材料：冰，金属废料，2004年

论宫林

稍纵即逝的瞬间
——宫林作品《冰人》

莱纳特·乌特斯特罗姆

  看起来这似乎是一个老生常谈：人从出生到生存，从死亡到消失，生命在这个世界上非常短暂。但是，毫无疑问这也是个事实。生命充满了艰辛的劳动、安逸的闲暇或者是什么都没有。无论我们人类多么利用年复一年的时间，不管你希望还是不希望，一切万物都可能会突然在瞬间消失，你抗议也无济于事！永恒如此短暂。

  宫林的装置作品《冰人》（*The Ice Man*）可以说就是表现了生命过程的本质。生命如上帝造物一般降临，然后，再实实在在地离去！他的作品是由水制造的，而水本身就是生命存在的基本元素。他从自己的身体上浇注出一个人体模型，在模型里填充进水和与人的生命活力相关的物质，如：五谷杂粮、金属碎屑和衣物碎片等。几年前在法国和最近在瑞典的作品，他使用了鲜花，几天之后冰融化了，冰人的造型看似消失了，实际上它又回到了自然状态——水。另外一个作品是用海水和沙子在中国的一段海边沙滩上制作的，潮汐的波浪不断冲打着沙人塑像，仿佛在证实自然是什么，自然属于什么，或者更确切地说这就是自然。沙人塑像在潮汐的冲击下逐渐变回沙粒在沙滩上栖息，沙人在融化后余留下的沙子和海边的沙滩和谐地融为一体，没有留下人的生命和存在的任何痕迹。

  以往，《冰人》以装置和影像的形式在亚洲和欧洲多次展出过，宫林在2011年夏天不但在瑞典小城斯特罗姆斯塔德（Stromstad）精心制作和展出这一项关于生命的装置艺术作品，而且还盛情地参加了在市中心的艺术画廊举办的关于中国当代艺术的研讨会。与此同时展出的是宫林在瑞典制作的三个与当地环境和空间相关的"冰人"作品：第一个作品，以"冥钱"作材料的冰人在"艺术画廊"展出，表现的是超级消费社会中人们在物质欲望下，"钱"这一身外之物对阴间后世的一种人生态度。在特罗穆斯塔德城市中央花园展出的第二个作品，是一个充满了鲜花的冰人，作品和我们一起表达了对最近在挪威首都奥斯陆恐怖袭击下被夺去生命的六十九位受难者的哀悼。第三个作品，就是选用当地海滩的沙子和海草来制作的冰人，试图呈现人的生命过程与其生存环境的和谐状态。"他们"都在由外向内地慢慢融化，让人惊奇，作品从融化到消逝的过程，既富有情趣而又让人震惊。

这是对生命本身一个激动人心的诠释：出生，存在，然后慢慢地消失，直到最终彻底消逝，正如生命本身。

（莱纳特·乌特斯特罗姆（Lennart Utterstrom），瑞典艺术评论家）

宫林的"借潮汐而生"的大地作品

柳宗宣

写这篇短文前,重温了多年前宫林教授寄给我的资料和在一起的照片。那年我在编辑以后流产了的文学读本,我找他和以前中青社的同事高海军寻求稿件支持。在寄来的他的艺术作品及出版资料时,附上了这样一句抒情语句:是神让我们相识。

我和他的相见因了画家高海军,他到武汉来是为一家杂志做总体设计,念及我这个在北京时和他多有交往的同事。我到他下榻的酒店,碰到宫林教授,受邀和海军一起南下,他也是海军的朋友。可能第一次到武汉,记得他们穿过长江隧道回到汉口,我们在酒店的白色床铺前热烈地交谈。现在想来2013年夏日,海军问起我的状态,我说总算调整到写作上来,其中经历了由北南迁,换城市和工作单位,经受动荡后的回归词语生活的安宁与欣

宫林(左一)、高海军(中)、柳宗宣(右一)在木兰湖(2013)

慰。当即向他俩读起自己的近作。现在想来我将海军的朋友也当成我的，相见如故，没有一丝隔膜，我的倾诉式的朗读几乎就是读给他听似的。

他和海军各自坐在半弧形背靠的枣色木椅上，中间的圆形桌几放着茶杯和香烟、打火机。宫林不大抽烟，在我递给他时也不拒绝，配合我们抽上一根，融入我们喜相逢的气氛中。读诗时有时候抬头面向他，眼睛闪亮着，嘴角抿着一丝微笑，专注地听着我的夹杂楚地方言的普通话念诗，似乎与我沉浸于诗中的情景里；高海军低着头听的时候偶尔首肯会意。现在想来给他们读诗，如果仅有海军可能就不读了，送给他一本书即可，我们之间可能因为交流过多没有倾情读诗的愿望，更多地是读给第一次见面的宫林听的。

他的身体语言向我传递某种信息，这是我喜欢的可以交流的人。他穿着两裤腿边上有着荷包的淡绿色裤子（我喜欢这种裤型，有相似的一条），上身穿着和下衣相似色调的类似于牛仔的休闲上衣。看上去戴着金丝眼镜的他显得生气满满。他的服饰不是大学教师使用的服装，透显他的个人讲求的审美，持守他的个性表达的生活艺术。以后每次见到他总是留心他的衣着。使用的不同于市场上的大路货，是他甄别挑选的，他穿着的麻料有扣瓣的新中式短装，有着与传统的关联和透出新潮设计；他不会穿牛仔，因为他不是蓝领族，也不完全是行吟艺人，他得穿着同身份契合的服饰走向讲台，面向他的学生们；和他的同事们同行不至于特别另类但又保持其审美个性；受着环境的规训、反抗、妥协，他保守着某种平衡；他的服饰或身体语言和他从事的艺术类工作有着内在关系，电影学院的教授和当代艺术家的双重角色区别开纯然的学者。他的服饰写尽了他的双重身份。当代艺术家的身份是他自愿成为的。或者这样表述，他将他的职业和爱好相互得到成全，在艺术创作研究与教学的同时进行着他的原创，这双重身份自然透过他的身体语言透显出来：超常的对自我的控制力和超常的觉醒力在他的生活与创作中得到完好的微妙平衡。有节制的学者的谦逊与中正与个性内在的张扬野性同时显现在他的身体语言中。

那年我是如何招待这两位新朋与故旧呢？我刚从北京回南方工作，一时找不到状态。在武汉郊县的山林寻找隐居处，发现一些钟爱的山水。我想以无名山水款待这北方来客，我开着那辆铂金灰雪铁龙，海军和宫林在我的带领下驶向汉口北的木兰山水；车在山冈间起伏，车载爵士乐的小号和黑人的歌唱播散在山野，如同为我们即兴谈话瞬时配乐，或者说我们将酒吧的氛围移置到可望见湖水边角的岛屿。无名山水有着对人的某种治疗作用，如同我们从事的创作给人心灵有安抚的功效。我们仨在自然的环境中变了一个人，说话更有了趣味，人的自由的精神给焕发出来。一个艺术工作者得有乡村生活的经历。和他们提及这个观点时，宫林提及童年曾寄养到威海乡间的外祖父家；这个经历颇有必要，对他以后的艺术创作提供了某种隐在的补养。当车停在无人的木兰湖边，我说我想来一个裸游，像早年一样，这样说着，我和宫林投向清碧的湖水间，不约而同的；可是我的气力不济，入水不久就上了岸，回头见宫林的白皙的身子在清水中腾挪如游鱼，这个在海中学会游泳的人在湖水里显得自在安闲；他热爱的水域唤醒了他的身体，吸引他的投入，他的身体与湖水构成某种互动；因了他身体的游弋，湖水有了生机与灵韵，在那片浮荡绿水间呈现丰富多样的泳姿；天空的云朵映照其中，向他灵韵伸展的身体投映交汇光影。身体与湖水的共在生成出一件偶然的行为艺术。

　　游动在湖水中的宫林保持他的柔韧与活力的体感，那是强健的有着能量散逸的不是我印象中学者的身体，那是一个艺术家中年男人的身体，支撑一系列装置作品的创作，或者说，他的经过艺术改造过的身体参与到他的户外的大地的创作中。那是被文明修理过的艺

宫林作品《灵魂出窍》泥烧陶

术审美改造过的身体，意欲成为的敞开的身体，其内蕴的诗性是打开的，没有外物的遮蔽和他者的掌控；一个解放的身体忽然投入一片迷人的水源，这和宫林创作的大地艺术作品构成某种呼应。身体的诗性源于身体的创造性活动。所谓身体诗性表现为万物的生机及形态。万物自有诗性，而世界的诗性则体现为万物的联结与互动，表现为经验个体的亲知亲证。

　　身体的诗学显明地出现在宫林的创作语言中。创作者的身体必须的出场、在场，在作品中建立起与自身和他者万物的各种关系。作品不仅仅感受到我们的身体的局部，还感受到身体自身展开的整体的形式，或塑造出身体整体的形式性张力；只有触及极限，才可能感受到身体的整体性。只有进入某种总体性的感受，不仅仅是身体器官，而是整个身体的表面张力，才能找到一个张力的"点"，以此塑造的力点，成为身体的张力之"线"；身体继而打开一个空间的"面"，身体在生命力形式上得以充分展现。身体确实展开为一个有着张力的新形式，身体才可能感受到自身，即感受到自身及身体的触感，这与自身触及相关，也与生命的触感相关。在亚里士多德那里，触觉是与生命本身共在的触感，是灵魂

的感受性，有着命定与适时的感受性。任何生命或身体的现象学研究如果没有对身体触感的研究都是不可能的，身体自身展开其实已经把自身向着外在性展开了，并与不同的他者相遇，与之"共在"。

身体的外展与感受来自外在性的另一些身体，这是灵魂或者精神，尤其是精神的激发，其形式语言是身体极限彼此触及的交错，交叉与重叠。无数身体的交织成为世界。艺术领域的力量在当今世界图景之中探讨"身体"。具有身体主体性，具备能量与灵性的身体艺术，显明地出现在宫林的类似行为的作品中，突显的身体意识融入他的艺术创作过程，如他的用陶泥制作的《皮囊》，以自己身体复制出的模具人体，显现在受挤压后形成的方块结构，我看到的他本人头像，混淆或显明在那些烧制的陶泥中间。身体和事物挤压后的变形和物件相融的形态有着不可言说的诗性的传递，作品的材料的语言转换和身体参与的压力与收缩、平面与凹凸，印泥时的厚薄、挤压时的轻重、烧制时的碎裂合成一起，透出某种隐喻及生变奇观。他展览在瑞典户外装置作品《冰人》，一个填充了不同物品的冰人出现公园中央，冰人的头像也让我隐见作者本人的面容，似乎就是他本人面容的拓片；其剪纸作品《面花——对称研究》，运用东方传统民间剪纸中最基本的剪纸技法——通过纸的"折叠线"或"对称轴"刻画的身体的面相，呼应着他《皮囊》中的面相，就是说他的身体意识与图形渗透入他所有的作品图像中，参与着与事物的共生同在。

哲人尼采所说的"一切从身体出发"，这不是抒情，是对价值的重估，重新衡定看世界的本体与视角，得回到自身身体，再以此感知他人。尼采时代面临的身心分离的问题仍然存在我们身处的时代，尼采感受到柏拉图——笛卡尔一脉的身心二元论命题、基督教传统对身体漫长的压制，在资本主义扩张、媒介发展、技术革命和生物学的推助下，身体的逐渐瓦解。从尼采到福柯以及梅洛·庞蒂、德勒兹等哲学家对身体的研究，加上媒介技术、全球运动与消费文化对身体主体的不断建构，直至20世纪，我们卷入了这一场发生于欧美的思想与文化激烈变革过程的身体的凸显。我们谈论身体，出于种种社会变迁和文化的变迁下的身体自觉。一切从身体出发成了艺术创作的维度，回到身体本体，回到肉身的脆弱性，进行跨学科身体探究，向着身体艺术的回归。

时隔多年，总是记忆起宫林的影像装置作品《潮汐，潮汐》（参见本书封三彩图），其视频中，一个躺在海边沙地上的赤裸的沙人被潮汐渐渐吞没的全过程，那个沙人的身体就是创作者的模具的翻制，他的身体替代物融入创作的场址：他选择他热爱的海边沙滩作为创作的场址。用他的话来说，大海给他带来创作的冲动和启发，他从潮汐的涨落变化获得灵感，或者说直接冲击他的身体。作为创作主体的身体感知与意识渗透到作品呈现的全过程。这个现场应当就是能量场。身体参与主体的、流动的、具备能量的现场艺术：一个躺在那里的"我"感觉到自然沙地被包围在海浪的一阵阵涌来的潮汐声浪中，感受时间在他身上刻下的痕迹，最后"我"在海浪和沙地中消失不见，只剩下大海。这是一个人与身处的世界进行的感应和心理测量。如前所述，身体与外部世界的沟通与共在。创作者的身体介入了他的创作装置影像作品；思考身体与意识与存在关系，通过身体与自然元素性关系的互动来展示身体的不同面相，来隐显生命的形式。存在不是存在而是发生，这个存在就是身体拥有它自身的外在性，延迟与差异，向着空间敞开自由的思考，身体性的打开就是向自由的敞开，解放的我们从生命的敞开而获得的礼物，与存在共在共通共显。创作主体消失不见和整个作品呈现的时间意识有说不清的虚无实存与混茫感，这件作品只呈现不言说，或者让这件作品本身散逸透显出它的丰厚的意蕴。任何强说都是遮蔽与遗漏，观者只可倾听默思它的不可言尽的意蕴，或者说看者只是停在那里吃惊地观看。

当我看见宫林的《潮汐，潮汐》，即刻想到澳大利亚艺术家罗恩·米克的展品《亡父》，一个赤裸的雕塑躺在展厅地板上，一件超级的写实的身体，一件温柔又无情的死亡身体；宫林作品中的躺在沙地上的男人是一个活体模具，放置在了户外沙滩，让不断上涨的潮水把"我"的身体消融在海之中，放置在一个充满戏剧性的情景中，让观者的身体体验对时空的感知。身体的小衬着海的无垠，时间的流逝写在了身体的出现与消逝间，在那里呈现又在那里消隐不见，仿佛一切不曾所在。这有意味的作品的场址就是作品本身的构成，它不是外在于作品的，它是内在于作品之中的，或者说作品构成了这个场址，赋予这个场址以身份以意味。宫林的作品意识激活了这个场址，产生相互归属的关系。宫林的艺术创作转移到了野地，向户外发展，一个更大的非艺术的场域，创作朝向空间站发展，这个不需要画笔只需要"身体"来营建的事件，创作着他的大地景观作品，这伴随着材料和观念的革命；他把他的作品场域从画布转入野外，这和他在纸面上绘制人体与肖像的妻子不同，他是拓展了后者的表现场域，或者说他们艺术之家从事着不同界面的艺术实践。宫林从事着他的当代艺术创作，这是让我迷恋的地方，在那样的有着诸多的规范也限宥的围墙内校园能走出来，面向旷野进行他的艺术实践得有各种气场来支撑他，他多年累积能量作用了他身体和精神和审美的解放，从他的这类作品可看出行为艺术、观念艺术的影响或元素的借用，应归属于大地景观艺术，又与我们知晓的景观艺术的名作有着区别，虽然他们的创作场域都设置于野外空地，如迈克尔·海泽（Michael Heizer）实实在在地运用西部风景来创作他的《内华达的九个洼地》；罗伯特·史密森（Robert Smithson）的《螺旋形防波堤》则建立在犹他州大盐湖东北岸边，用六千六百吨黑色玄武岩和泥土堆成，形成一个线圈和提琴头伸向僻静的滩地的纪念碑式作品。

但宫林的《潮汐，潮汐》在海边沙滩作为创作场址，但这是出现又消逝不见的场址，在此创作他的作品，如他所用的材料四十袋白黄色细沙铺在展厅，如同混入沙滩海水中。他展出这件作品加入了高清投影仪、音响、影像同步播放器，运用了新媒体技术来协助完成这件流逝的影像装置作品，让这个消逝的作品得以保存传播而不是实存在那里。在这件作品中。他用三部摄影机在不同角度同时拍摄，却没有采用常规电影的多条拍摄技术，而让《潮汐，潮汐》一次性完成，虚拟情景和计算机组合的互动，使这件大地景观作品充分展示其审美体验与生成全息，将大地作品扩展到另一个虚拟场址，也就是说他的场址意识不同于其他大地艺术家们，他的户外作品与彼时彼地融为一体，既可在现场观看，也可以在异地通过媒介观看这个消逝了的不可复现纪录图像。诗思参与了作品制作的缝隙间，作品世界由"祛魅"到"施魅"，作品中现实成为一种意识形态的母体，象征化的能指链，构成我们与真实之间的帷幕，我们揭开帷幕窥视到其背后透显的真实。宫林的作品就是一个事件，一个纯粹的偶然。转瞬即逝的事件展现辉煌之后又悄然消失，无迹可寻，又返回到那个永远在场的真实中。直面潮汐留下有意味的痕迹，让我们再次重返。

在我的观察中，宫林是一个触摸大地的艺术家，他的一系列作品向我展示了他的这一肖像，并让我从对理查德·朗的作品中获得他们之间的某种参照与类似。查德·朗（Richard Long）有些作品基于他在自然中散步、就地取材，重新组织、并用照片记录下来，连同地图和行走路线一同展出的作品。他没有显明观念艺术，他总是行走在自然环境中寻找非机械化的材料来创作，如他的作品《1988年，在撒哈拉用布满尘土的靴子走出的线和圈》《1988年在玻利维亚用石头踢出的一条线》，他们都是向自然借势创作他们的大地作品，其作品随着时间的推移和其环境融为一体（作品会自行消逝），作品创作时会有某些痕迹，那也是作为风景中匿名的存在，留存于更广阔的物的系统之中。关乎时间和人的存在之间的关系，作品与自然处在无处不在的韵律和张力中，作品有某种自然的无与伦比的源头般的力量、节奏和周期。或者说自然本身就是奇观之源，他们做艺术考虑或感觉到创作者与外部的特殊关系，其作品是就是一种感受形式。理查德·朗喜欢步行，他在行走中涌现，这体现在他的借风做雕塑，宫林喜欢在田野考察，或在有意味的人造风景中流连，如他常在野长城边上逗留拍照或沉思，他在海边的行走出于与自然沟通感知的欲望。和自然一样，艺术是一种涌现的形式。他们在作品里放弃过多技术，他们尊重的是自然的自我呈现，让大地是大地，让艺术语言自我言说，让作品自行设置入存在，作品朝向物，在物中自我显现、阐释或重置于文化世界。他们使用的如其所是的直接的具体的可观好懂的材料，避免形式的暗示、假象和符号主义，他制作的是偶然的，环境中一个多变的文本，他放弃在作品在风物中表现自己的意志，2016年宫林创作《太极图》时，在法国一个修道院果园内，用风雨吹刮掉下来的苹果，在果园内两棵苹果树下拼置成红白两色相间的阴阳"太极图"。这类似于东方道家的阴阳学说与当地的空间环境融合在一起，果园里的苹果和草地都发生着奇妙的变化——苹果在逐渐干枯，而苹果下地，草地却在茂盛地生长。他对时间流逝的沉思，物质在从无到有从有到无轮回转换。这个存在意味的呈现和那个躺在潮汐中的"我"是相通的，宫林的作品这种品咂意味连绵有趣地呈现在他的系列作品中。是这样的，我们的艺术就是在宽广的世界中的劳作，不管我在哪儿都是在大地上。一个好的作品就是对的东西出现在对的时间和地点。在有限的转瞬即逝的诗性的身体的场址找寻创作者的存在之光亮的闪现,收藏于身体之中,全然地体验,以相似的身体感知他人,恢复我们对自身和对世界的责任感,并记录创作者行动所表现的承诺、反抗和我们当下所珍视的声频影像。

图书在版编目（CIP）数据

新诗学．叁 / 柳宗宣主编．—太原：北岳文艺出版社，2020.12

ISBN 978-7-5378-6339-1

Ⅰ.①新… Ⅱ.①柳… Ⅲ.①诗集—中国—当代②诗歌评论—中国—当代—文集 Ⅳ.① I227 ② I207.22-53

中国版本图书馆 CIP 数据核字（2020）第 246833 号

新诗学（叁）

柳宗宣 / 主编

//

出品人
赵瑞

责任编辑
李向丽

封面设计
高海军

内文书法
雪松

版式设计
柳莲子

印装监制
郭勇

出版发行：山西出版传媒集团·北岳文艺出版社
地址：山西省太原市并州南路 57 号　邮编：030012
电话：0351-5628696（发行部）　0351-5628688（总编室）
传真：0351-5628680
经销商：新华书店
印刷装订：山西新华印业有限公司

开本：720mm×1030mm　　1/16
字数：315 千字
印张：15.5
版次：2020 年 12 月第 1 版
印次：2021 年 7 月山西第 2 次印刷
书号：ISBN 978-7-5378-6339-1
定价：68.00 元

本书版权为本社独家所有，未经本社同意不得转载、摘编或复制